毛 姆 文 集
W. Somerset Maugham

# 总结:毛姆创作生涯回忆录
The Summing Up

〔英〕毛姆 著 冯涛 译

上海译文出版社

一

　　本书既非自传，也不是回忆录。我这一生当中发生过的林林总总无论什么事情，我全都以这种或那种方式用在了我的创作中。有时候我把一桩经历用作一部作品的主题，为了表现这个主题，我会围绕它虚构出一系列的事件和插曲；更经常地，我会将我偶然结识或者相交很深的真人当作底子，创造出我小说中的人物。事实和虚构在我的作品当中已经混成一片，难分彼此，以至于如今回想起来，连我自己都很难将二者区分开来了。即使我能够想得起来，我也没有兴趣去记录事实，因为我已经将它们派作了更好的用场。再者，它们本来也会显得平淡而又乏味。我这一生过得可说是丰富多彩，经常称得上妙趣横生，却绝非惊险刺激、胆大妄为。我记性很差。一件趣事除非听上两遍，否则我绝对记不住，而且还没等到机会将其转述给别的人听，我就已经又把它给忘了。就连我自己讲过的笑话我都记不住，所以迫不得已我就只能再去编些新的笑话。我有自知之明，知道这种缺陷使我在人际交往中很难成为讨人喜欢的良伴。

　　我从来没记过日记。现在我倒是希望我以剧作家崭露头角之后的那一年间如果能留下一部日记的话该有多好，因为那段时间我见到过许多重要人物，记录下来的话会成为一部非常有趣的文献。当时，人们对于贵族和乡绅地主的信任由于他们在南非所造成的糟糕的局面而化为泡影①，而贵族和乡绅地主阶层却并无自知之明，仍旧一如既往地自信满满。在我经常出入的政客宅第中，他们说起话来就仿佛管理大英帝国仍是他们的私事似的。在大选仍旧悬而未决之际，听到他们大言不惭地讨论汤姆是否该执掌内政部、迪克对于去爱尔兰任职是否满意，真给我一种匪夷所思之感。我想今天是不会有人再去读汉弗莱·沃德太太②的小说了，她的小说虽然沉闷，不过在我的印象中有那么几部倒是将当时统治阶层的生活描绘得很是出色。当时的小说家们对于这方面还是非常关心的，就连那些一位勋爵都不认识的作家，也认为有必要对于那些有爵衔的人物大加描写。把当时的戏单子拿来看看，见到有那么多登场的角色都是有爵衔的，谁都会因此而大吃一惊的。戏院的经理认为这样的人物对公众有吸引力，演员们也乐得扮演他们。不过随着贵族在政治上的势力日渐衰退，公众在这方面的兴趣也随之而锐减。爱看戏的观众们开始愿意观看属于他们自己这个阶层的戏剧情节了：那些成功的商人以及掌管国家事务的专业人士成为主角；一条不成文的法则也开始流行起来：除非对于主题而言必不可少，否则剧作家就不应该让舞台上出现有爵衔的人物。就算是这样，仍旧不可能让公众对下层阶级的生活产生兴趣。不论是小说还是戏剧，其内容只要是跟这一阶层相关的，通常都被认为是污秽下贱的。现如今这一阶层既已获得了政治上的权力，那么一般的公众对其生活是否也会像长期以来对于贵族阶层、一度也曾对富裕的布尔乔亚那样产生同样的兴趣呢？这倒是个饶有兴味的问题。

在这一时期，我颇认识了几位就其职衔、名望或是地位而言都自认为极有可能会青史留名的人物。我却发现他们并不如我想象

---

① 此处指的应是南非战争（South African War），又称布尔战争或英布战争，英国与南非布尔人之间的战争。布尔人是南非荷兰移民后裔，十九世纪中叶在南非建立德兰士瓦共和国和奥兰治自由邦，一八九九年十月英国发动战争，布尔人战败，一九〇二年媾和，德兰士瓦和奥兰治被英国吞并，一九一〇年并入英国自治领南非联邦。

② 汉弗莱·沃德太太（Mrs. Humphry Ward, 1851—1920），英国小说家，作品多写真人真事，以宣扬宗教旨在为人服务的长篇小说《罗伯特·埃尔斯梅尔》闻名。

当中的那般才智超人。英国人是个政治化的民族，我经常受邀前往那些把政治当作首要兴趣的宅第中做客。我在那些地方结识了不少显赫的高官政要，而在他们身上我也没有发现任何特出的才能。由此我得出一个结论——或许有些失之草率——统治一个国家是并不需要什么高超的才智的。打那以后，我在不同的国家也认识了很多身居高位的政治家，我仍旧继续因为觉得他们智力的凡庸而不胜困惑。我发现他们在日常事务的生活层面上简直可以说是孤陋寡闻，而且也很少能在他们身上看到敏锐的智慧或是活泼的想象力。有一度，我倾向于认为他们之所以得踞高位，唯一仰赖的就是他们的口才，因为在一个民主的社群中，除非你能抓住公众的耳朵，否则是根本不可能掌权得势的；而且众所周知，口才上佳未必意味着思维能力的强大。可是我眼见着那些在我看来并不很聪明的政治家在处理公共事务上取得了相当的成功，我也就只能认为我又想错了。那么事实只能是这样：治国理政需要的是一种特别的才能，而且这种才能极有可能并不是跟那些一般的能力相倚共存的。同样，我也认识了一些家资巨万、生意兴隆的企业家，只要一离开跟他们的生意相关的领域就显得连最普通的常识都概付阙如了。

就连我当时听到的那些谈话，也并没有我所期望的那么聪颖。话中鲜有引你回味思考的东西。通常都很轻松（也并非总是如此）、快活、亲切而又流于表面。严肃的话题是从来都不会触及的，因为他们感觉在大庭广众之下讨论这样的话题是有些令人难为情的，对"行话"的畏惧又使得人们避免去谈论他们最感兴趣的那些话题。在我看来，谈话差不多也就止于高雅的揶揄；却又很少能听到一半句值得转述的妙语。你可能都会觉得，文化教养的唯一用处就是让人能够把废话说得天花乱坠。总的说来，我认为我认识的人中谈起话来最有趣而且自始至终都能让人兴味盎然的当属艾德蒙·戈斯①。他阅读面广泛,虽然显得并不太求甚解,而他谈起话来真是字字珠玑。他记忆力超群,具有敏锐的幽默感,而且非常恶毒。他跟斯温伯恩②有过密切的交往,谈起这位诗人来真让人迷醉神往,不过他照样也能谈论雪莱,虽然他是绝不可能认识他本尊的,但谈起来照样像是在谈论一位莫逆之交。多年以来他结识了众多的闻人名流。我想他是个自视甚高之人,他是怀着一种志得意满的心情来观察他们那林林总总的荒唐行径的。我敢说,经过他的一番评说,那些人一定比实际上更加有趣和好笑。

---

① 艾德蒙·戈斯(Sir Edmund Gosse,1849—1928),英国文学史家、评论家、翻译家,译有易卜生及其他欧陆作家的作品,主要著作有《十八世纪文学史》《现代英国文学史》等。
② 斯温伯恩(Algernon Charles Swinburne,1837—1909),英国诗人、文学评论家,主张无神论,同情意大利独立运动和法国革命,作品有诗剧《阿塔兰忒在卡吕东》、长诗《日出前的歌》、评论《论莎士比亚》和《论雨果》等。

## 二

对于很多人一心想结识名人的心态我一直都不太理解。依靠跟朋友们吹嘘你认识很多名人来获取声望，只能证明你自身的微不足道。名人们已经磨练出一种应付他们遇到的普通人的技巧。他们展现给世界的是一个假面，往往还是一种令人肃然起敬的假面，却很小心地将他们真实的自我隐藏起来。他们扮演着世人期望他们扮演的角色，并在实践中学习着如何将其扮演得惟妙惟肖，如果你认为他们这种展现给公众的表演和他们内心的自我是契合一致的，那你可就太傻了。

我曾依恋——深深地依恋过——不多的几个人；不过总的说来，我对人的兴趣并非因为他们自身，而是为了我的工作。我并没有像康德教导我们的那样，将每个人都当作他们自身的终极目的来对待，而是将他们看作对我的写作可能有用的素材。对于默默无闻的人，我一向比对声名显赫的人更加关注。相比而言，他们的表现更加自我。他们并不需要创作出另外一个形象来保护自己不受外界的侵犯或是让世人对他们刮目相看。他们个人的特质有更多的机会可以在他们有限的活动范围内得以展现，而且由于他们从来不曾置身于公众的目光之下，他们也就从没有想到过有任何的东西需要藏着掖着。他们会展露出特有的怪癖，因为他们从没想到过那有什么怪僻的。毕竟，作家要处理的还是普普通通的人；国王、独裁者和商业巨头们，在我们看来都是非常难以让人感到满意的。描写他们是一种常常能让作家们心痒的冒险，而他们的努力所换来的失败则表明,这样的人物实在是过于特殊了,无法为艺术作品形成一种合适的土壤。你没办法把他们表现得真实可信。普通人才是作家创作的沃土。他们的出人意表,他们的独一无二,他们的千差万别为作家提供了无穷无尽的素材。伟大的人物通常都是铁板一块;小人物才是各种矛盾龃龉的集合体。他们取之不尽、用之不竭。他们会不断地令你意外、让你惊奇,永无止境。在我看来,如果一定要在一个荒岛上过一个月的话,跟一个兽医做伴会远比与一位首相为伍更容易打发时光。

# 三

我这辈子有过不少感兴趣的东西,在本书中我将尝试着把有关这些东西的想法整理清楚。可是我所得出的这些结论像是波涛汹涌的大海里一艘沉船的残骸那样,在我的脑海中漂浮不定。在我看来,如果我能以某种秩序将它们确定下来的话,我自己也会更加明确地看清它们的真面目,从而也就有可能赋予它们一种首尾一致的连贯性。我早有此意,而且不止一次,比如说在开始一段将持续几个月的旅行时就下定决心付诸实施。这种时机似乎是很理想的。但总是发现我被这么多繁杂的印象所困扰,我看到这么多新奇的事物,见到这么多激发了我的想象的人物,结果我根本就没有时间去回忆往事了。瞬时的经验是如此鲜活生动,我都没办法调节自己的心绪去内省和反思了。

另一个使我无法下笔的原因是,我厌恶自说自话,以自己的身份记下自己的想法。尽管我已经站在这个立场上以这种观点写了很多东西,但我那是以一个小说家的身份来写的,所以在某种意义上我可以将自己视作小说中的一个人物。长久以来养成的习惯,使我在通过我塑造的人物开口说话时感觉更加自在。相比较而言,决定他们的所思所想反倒比确定自己的想法更为容易。前者对我来说一直都是种乐事,而后者却是一桩我宁肯推脱了事的苦差。不过现在我已经无可推脱了。年轻的时候,展现在一个人眼前的时光是如此悠长,你简直很难意识到总有一天它们也将成为过往,即便是人到中年,对于人生仍旧还有彼时那些平常的企望,还是很容易为那些本该去做却不想去做的事情找到拖延的借口;但终于还是到了必须认真考虑死亡的时候了。同时代的人物相继开始凋零。我们知道人必有一死(苏格拉底是个人；所以——如此这般的道理)，但一直到我们被迫认识到在世间万物日常进展的过程中，我们的终点距离我们已经不再遥远之前，这对我们来说都不过是个逻辑上的前提而已。偶尔瞥一眼《泰晤士报》的讣告栏，你会认识到人一上了六十岁，那健康状况就颇为堪忧了；长久以来我就在想，如果我在写这本书以前就撒手而去的话我真是会死不瞑目的，所以我想还是马上动手的好。等我把它写完以后，我就能内心平静地去面对未来了，因为我已经圆满完成了我这一生的工作。我不能再自欺欺人地对自己说，写这本书我还没有做好准备，因为如果时至今日我还没有下定决心去做这件对我而言非常重要的事的话，那么将来再去做的可能性就更是微乎其微了。我很高兴，终于把已经在我意识的各个层面随波逐流了这么久的所有这些想法都收拢到了一起。等把它们全都写下来以后，我跟它们的纠葛终于算是银货两讫、功德圆满，我也就能放下包袱，自由自在地去想些别的事情了。因为我还希望这并非我写的最后一本书。一个人不会在他立完遗嘱以后马上就死掉的；立下遗嘱是为了以防万一。把自己的各种事务安排妥帖是一种非常好的准备工作，这样就可以没有任何牵挂地安度自己的余生了。等我写完这本书以后，我也就知道我确切的立身之处了。到了那时，我也就能够从容地去选择如何去度过我一息尚存的岁月了。①

---

① 毛姆一九三八年在六十四岁上写完《总结》(The Summing Up)，之后不仅又活了二十七年，而且仍保持着旺盛的创作力，最重要的长篇小说代表作之一《刀锋》(The Razor's Edge)就出版于他七十岁高龄时。此外的作品尚有长篇小说《情迷佛罗伦萨》(Up at the Villa, 1941)、《过去和现在》(Then and Now, 1946)、《卡塔丽娜》(Catalina, 1948)，短篇小说集《换汤不换药》(The Mixture as Before, 1940)、《环境的产物》(Creatures of Circumstance, 1948)，以及文学评论集《巨匠与杰作》(Ten Novels and Their Authors, 1954)等。

## 四

在本书中，我将不可避免地说到很多以前已经说过的事情；这也是我之所以称其为《总结》的原因所在。法官在对一桩案子做出归结的时候，他会扼要地重述已经摆在陪审团面前的种种事实，并对律师的陈词做出点评。他并不提供新的证据。而既然我已经把我整个的生命都写进了我的作品中，那么大部分我要说的话自然也就都能在那些书里面找到。只要是我兴趣范围之内的主题，我几乎都已经或轻松或严肃地讨论过了。现在我所能做的，无非是把我的情感和意见呈现为一幅清晰一致的画面；而且在这里或是那里，对于之前因受限于小说或者戏剧的体裁，我认为只能点到为止的某个想法或观念，也许可以将其阐发得更加明晰和详尽。

这肯定是一本自我本位的书。书里所写的都是对我来说很重要的主题，是关于我自己的，因为我只能讲述那些对我产生过影响的主题。但本书要写的又并非我的所作所为。我并无意于袒露我的内心，并且对于我希望读者已经开始跟我达成的亲密关系加以限制。在有些事情上，我仍想保守自己的隐私。谁都不可能说出自己全部的真相。阻碍那些力图向世人完全展露自我的人讲出全部真相的，并非只是虚荣心作祟；自己趣味的指向、对自我的失望以及对于自己居然能表现得在他们看来如此反常而感到的惊讶，都会使得他们对那些他们自认为超乎寻常的事件做出过分的强调。卢梭在他的《忏悔录》里讲述了一些对人类的情感造成了极大震骇的偶发事件。由于描写得如此坦诚，结果反倒使他的价值观显得虚伪了，也由此在他的书里面赋予了它们比他生活中更高的重要性。这些事件是与大量其他良善的或至少是不好不坏的事件掺杂在一起的,结果是他完全忽略了它们,因为它们太过平常而不值得特意记录下来。有一种人,对自己的善行不加注意,却深受自己不良行为的折磨。描写自己的作品当中,绝大多数都属于这一类。作者忽略了自己的可取之处,于是表现出来的就唯有意志薄弱、没有原则和邪恶堕落的一面。

## 五

我写这本书是为了将我的灵魂从某些观念的困扰中解放出来，这些观念已经在其中徘徊了太久，引起了我很大的不适。我并不想去说服任何人。我缺乏说教的本能，我在了解了一件事情以后，内心中从未感到过要去将它传授给别人的欲望。我不太关心人们是否赞同我的看法。我当然认为自己是对的，否则我也就不会这么想了；我认为他们是错的，但他们错他们的，我丝毫不会为此而生气。而且在发现我的判断和大多数人都不同时，我也并不会感到特别地不安。我对自己的天性是有信心的。

我必须把我自己当作一个重要人物来写；我也确实重要——对我本人而言。对我本人而言，我是这个世上最重要的人物；不过我并没有忘记，且不论像"绝对"这样堂皇的观念，就算只是从常识的立场出发，我也无论如何是无关紧要的。就算我从来没有存在过，对宇宙而言也不会有什么两样。尽管我在写作本书的时候，我的某些作品貌似必然地被赋予了重要意义，我的意思也只是：它们的重要性仅仅体现在我为了讨论的目的而有机会提到它们的时候。我想，极少有严肃作家（我的意思不仅是指那些写严肃题材的作家）会对其作品在他们身后的命运遭际完全漠不关心。令人想起来感到高兴的，并非他有可能获得不朽的地位（文学作品的不朽最多也就几百年的时间，然后就极少有能超越学校教科书意义上的不朽的了），而是你的作品仍有可能被好几代的读者饶有兴趣地阅读，并在本国的文学史上占据无论多小的一席之地。不过就我而言，即便是对于这种并不算过分的可能性也是深表怀疑的。远的且不论,在我的有生之年,我就眼看着有好几位曾在文坛红极一时、风头远胜过我的作家,已经重又沉入默默无闻之境。我年轻的时候,乔治·梅瑞狄斯[①]和托马斯·哈代貌似肯定是会流传下去了,可是他们对于今天的年轻一辈来说已经没什么重要性了。时不时地,无疑还会有某位想找个题目写写的批评家写出一篇有关他们的文章,有可能会使得这里或那里的读者去图书馆找出他们的这本或是那本作品来看看;但我想,他们很明显并没有写出任何一本像《格列佛游记》《项狄传》或是《汤姆·琼斯》那样如此广泛地被人阅读的作品。

假使在接下来的篇章里,我在个人意见的表达上显得有些独断专行的话,那只是因为我觉得在每种说法前面都加上"我认为"或者"在我看来"实在令人感到厌烦。我说的一切都仅仅是我个人的观点。读者可以接受,也可以不接受。如果他有耐心去阅读以下的内容,他会看到我能确定的只有一件事,那就是一个人能够确定的事情是少之又少的。

---

[①] 乔治·梅瑞狄斯(George Meredith, 1828—1909),英国小说家、诗人,擅长人物的心理刻画,其内心独白技巧为意识流小说的先导,主要作品有长篇小说《利己主义者》、诗集《现代爱情》等。

## 六

当初我在开始写作的时候,感觉那仿佛是全世界最自然不过的事情。我开始写作就像鸭子下水一样。我至今还没完全从成为一个作家所带来的惊奇中恢复过来;除了一种无可抗拒的癖好以外,似乎找不出我会成为一位作家的任何理由,而且我也弄不明白我为什么会生出这样一种癖好。在远远超过一个世纪的漫长岁月里,我的这个家族一直都是从事律师工作的。据《国家传记辞典》的记载,家祖父是"联合律师协会"的两位创办人之一,在大英博物馆的藏书目录里,有一长列他的法律著作。他只写过一本跟法律无关的作品。那是一本他为当时几种稳健派杂志所写随笔的结集,出于他对何为稳重得体的考虑,这本书是匿名出版的。此书我手头曾经有过一本,小牛皮装订,漂亮得很,但我从没有读过,后来也再没有能拥有过一本。真希望这本书能留下来,因为我也许能够从中知道他是个什么样的人。他在大法官法庭巷①住了多年,因为自任他创办的那个律师协会的秘书;退休后搬到了肯辛顿三角地②的一幢可以俯瞰海德公园的房子里,他收到的退休礼物中包括一个托盘、一套茶具和咖啡具,还有一个分层的果盘,这些银器全都无比厚重而且雕镂精美,打那以后就成了他子孙们的拖累。我小时候就认识的一位年老的诉状律师③,跟我说过他当初做见习律师时被邀去跟我祖父一起吃饭的往事。家祖父先把牛肉切开,这时一个仆人递给他一盘带皮烤的土豆。世上很少还有比裹上大量黄油、胡椒和盐的烤土豆更好吃的美味了,不过家祖父显然并不这么想。他从桌首的椅子上站起来,把土豆一个个从盘子里拿出来,依次朝四壁挂的每一幅画上扔去。然后,未发一言,再次坐下来继续用餐。我问我这位朋友,他这一举动对于同桌的其他人有什么影响,他跟我说大家全当什么都没发生过。他还跟我说,我这位祖父是他平生所见最为丑陋的小矮子。我有一次特意前往大法官法庭巷"联合律师协会"所在的那幢大楼,为的就是亲眼看看他是不是真有这么丑,因为协会里还挂着一幅他的肖像。假如那位老绅士所言非虚的话,那么画师一定是大大地美化了祖父;画中的祖父黑色的眉毛下面生着一双非常漂亮的深色眼睛,眼睛里还隐约闪现着一抹嘲讽的亮光;坚定的下颌,挺直的鼻梁以及两片噘起的红唇。深色的头发被风吹起,飞扬的角度就如同安妮塔·卢斯④小姐的秀发一样恰到好处。他手握一支鹅毛笔,身旁那堆书无疑是他本人的大著。尽管他一身黑衣,却并不像我预期的那般道貌俨然,反而有少许恶作剧的神气。多年前,我在销毁他的一个儿子——我一位去世的叔叔——的文件时,居然发现了一本祖父的日记,那是十九世纪初他年轻时到法国、德国和瑞士进行所谓的"小旅行"沿途所记的。我记得他在描述沙夫豪森⑤那并不怎么壮观的莱茵河瀑布时,他感谢全能的上帝,因为祂通过创造"这惊人的大瀑布"使"祂那可怜的造物在跟祂的杰作那非凡的伟大相比较时,有机会认识到自身的渺不足道"。

---

① 大法官法庭巷(Chancery Lane),伦敦金融城内一街道名,因历史上的大法官高等法庭位于此巷内而得名,以律师事务所云集著称。
② 肯辛顿三角地(Kensington Gore),对于伦敦市中心海德公园南侧两条通衢大道的称呼(这两条干道夹出一个三角形地块)。
③ 在英格兰,诉状律师(亦称初级律师,solicitor)和出庭律师(亦称高级律师,barrister)的职责是有明确划分的。
④ 安妮塔·卢斯(Anita Loos,1893—1981),美国女小说家、好莱坞电影剧本作家,以喜剧小说《绅士更爱金发女郎》一炮而红,一生写有六十余部无声电影脚本。
⑤ 沙夫豪森(Schaffhausen),瑞士最北部沙夫豪森州的首府,位于莱茵河右岸。

# 七

我幼失怙恃：八岁丧母，十岁丧父，除了道听途说以外，我对他们实在知之甚少。我不知道家父为什么会跑到巴黎去做英国大使馆的诉状律师，除非是他也被吞噬着他儿子的同样一种对于未知的令人寝食难安的渴望所驱使。他的办公室就是大使馆正对面，在圣奥诺雷区，不过他住在当时叫作安定大街的那条街上，那是从香榭丽舍圆形广场延伸过来的一条宽阔的大街，两旁栗树成荫。他在当时可算得上一位了不起的旅行家。他去过土耳其、希腊和小亚细亚，在摩洛哥最远曾到过非斯①——这地方当时可是极少有人见识过的。他旅行类书籍的收藏颇为可观，安定大街的公寓里摆满了他从世界各地带回来的纪念品：塔纳格拉陶俑②，罗得岛③的陶器，以及刀柄上镶有富丽银饰的土耳其短刀。他四十岁上和我母亲结婚，母亲比他要年轻二十多岁。她非常漂亮，而他异常丑陋。我曾听说，他们在当时的巴黎以"美女与野兽"著称。她父亲在军中供职；死在印度，他的遗孀，我的外祖母，把一大笔财产挥霍一空后，在法国定居下来，靠她的养老金过活。她是个很有个性的女人，我猜想，或许也有些才情，因为她用法语写过 pour jeunes filles④ 的小说，还为客厅情歌谱过曲。我乐于想象这些小说和歌曲都是为奥克塔夫·弗耶⑤那些出身高贵的女主角所阅读和吟唱的。我有她的一张小照，是个身着衬裙、一双漂亮眼睛的中年女人，一副心情愉快、杀伐决断的神气。我母亲生得很娇小，一双很大的棕色眼睛，头发是富丽的红金色，五官精致、皮肤细致娇嫩。她非常受人倾慕。安格尔西夫人是她的一位挚友,一个美国人,不久前刚以高龄谢世,她跟我说她有一次曾经问过我母亲:"你那么美,有那么多人拜倒在你的石榴裙下,你为什么对你下嫁的那个丑陋的小矮子那么忠诚呢?"而我母亲的回答是:"他从没伤过我的感情。"

我只见过她写的唯一一封信,那是在叔父去世后我整理他的文件时发现的。他是位牧师,而她写信请他做她其中一个儿子的教父。她的表述直截了当而又无比虔诚,之所以有此请托就是希望他所从事的圣职能给他新出生的教子带来良好的影响,使他能成长为一个敬畏上帝的好人。她嗜读小说,在安定大街那幢公寓里的弹子房里,有两个摆满了陶赫尼茨⑥版书籍的大书橱。她身患肺结核,我还记得曾有一排驴子停在家门口为她提供驴奶,当时的观念认为喝驴奶有益于肺结核。夏天我们通常都去多维尔租一幢房子消夏,那时候多维尔还不是什么时髦的地方,只不过是个被更摩登的特鲁维尔的光彩完全盖过的小渔村。在她的生命即将走向终点的那几年里,我们在波城⑦过冬。她卧床不起以后,我想是在一次大出血过后,她自知已经不久于人世,想到她的儿子们长大后都不知道她生前到底长什么样,于是她叫来女仆,为她穿上一身白缎子的晚礼服,专门去照相馆照了相。她有六个儿子,最后死于生产。那时候的医生有一个理论,认为怀孕生产对患有肺病的女人是有好处的。她死时三十八岁。

---

① 非斯(Fez, Fès),摩洛哥中北区城市、省会和省份名,非斯市为摩洛哥四座帝国城市中最古老的一座。
② 塔纳格拉陶俑(Tanagra statuette),在希腊中部塔纳格拉村的古坟中发现的赤陶小雕像。
③ 罗得岛(Rhodes),希腊地名,位于爱琴海东南部。
④ 法语:供少女阅读。
⑤ 奥克塔夫·弗耶(Octave Feuillet, 1821—1890),法国小说家、剧作家。
⑥ 陶赫尼茨(Karl Christian Traugott Tauchnitz, 1761—1836),德国印刷出版商,一七九六年在莱比锡建立印刷厂,尤以印制古典文学版本著称。
⑦ 波城(Pau),法国西南部城市,避寒胜地。

母亲去世后,她的女仆成了我的保姆。在那之前我都是由法国保姆来照看的,上的也是法国的儿童学校。我对英语的掌握非常差劲。我听人说,有一次我看到火车车厢外面有一匹马时,我大叫的是:"Regardez, Maman, violà un 'orse。①"

我感觉父亲富有浪漫主义的情怀。他心血来潮,决定要亲自造一所房子,夏天的时候搬去消夏。他在叙雷讷②的一座小山顶上买了块地。俯瞰平野的景色非常壮美,远处就是巴黎。有一条路通往山下的一条河,河边有个小村子。房子造好以后将会像是博斯普鲁斯海峡边上的一座别墅,顶层环绕着一圈凉廊。我曾经每个礼拜天都和他一起乘坐塞纳河上的bateau-mouche③去那儿看建筑的进展情况。盖好屋顶以后,我父亲特意买了一副古董火钩子装饰在上面。他订购了大量的窗玻璃,在上面刻上一个他在摩洛哥发现的防凶眼的符号,读者可以在本书的封面上看到这个符号④。那是幢白色的房子,百叶窗漆成了红色。花园都规划好了,各个房间都布置好了,然后我父亲就去世了。

---

① 法语:看呀,妈妈,一匹马。
② 叙雷讷(Suresnes),巴黎西郊的一个市镇。
③ 法语:游览船。
④ 毛姆在他位于里维埃拉那著名的玛莱斯科别墅的大门上也刻上了这个符号,同样,他生前和身后出版的众多作品的封面或扉页上都印上了这个符号,本书中文版的扉页上也有。

## 八

我从法国学校里被带走,每天去使馆附设的教堂的牧师的公寓去上课。他教我英语的方法就是让我大声朗读《标准报》[1]上登的治安法庭新闻,我至今犹记得我在朗读巴黎和加来之间的火车上发生的一桩谋杀案那可怕细节时的恐怖感。那时候我应该是九岁。在很长一段时间内,我对于英语单词的发音都很没有把握,我永远都不会忘记我在预备学校[2]里朗读"水性杨花"(unstable as water)这个成语,把"unstable"读得像是"Dunstable"(邓斯特布尔,英国一城市名)时大家爆发出的一阵狂笑,真是要把我给臊死了。

我这辈子上过的英语课不会超过两次,因为我上学的时候虽然也要写作文,但我不记得曾接受过任何如何将句子组织在一起的指导。我那两堂课由于上得太迟了些,恐怕也没法指望能从中获得多少教益了。第一堂课就在几年前。我打算在伦敦待上几星期,请了一个年轻女人做我的临时秘书。她人很腼腆,相当漂亮,跟一位已婚男士打得火热。我已经写完了一本叫作《人生乐事》[3]的书,打字稿在一个周六的上午送了过来,我问她能否帮个忙,带回家去利用周末的时间将打字稿校改一遍。我的本意也不过是想请她标出打字员可能犯下的拼写错误,指出因手稿不容易辨认而造成的错误。可她是个认真尽责的年轻人,更多是从字面上理解了我的意思。周一上午她把打字稿带回来的时候,随稿附上了满满四页大号书写纸的更正意见。我得承认,一瞥之下我是有点生气的;不过然后就想,如果拒不接受她的费心劳力可能给我带来的助益,那未免就有点儿傻了，于是我坐下来细看了一遍。我猜想这个年轻女人应该是在文秘学院里进修过课程，她是按照老师给她修改作文的同样系统的方法来修改我的小说的。整整齐齐地写满了四页大号书写纸的修改意见尖锐而又严厉。我只能猜测，文秘学院的那位英语教授想必是绝不会含糊其辞的。他画定一条标准线，这是毋庸置疑的；对于任何事物他都决不允许存在两种不同的意见。他的高足不会容忍一个句子的结尾上出现一个介词。她标惊叹号的地方表示她不赞成使用某个口语化的惯用语。她有一种感觉，认为一个词在同一页纸上不能使用两次，每次碰到这种情况她都会准备好一个同义词作为替代。如果我偶尔纵容自己，洋洋洒洒地写出一个长达十行的句子，她就会写道："把句子理清楚。最好分成两句或更多句。"当我用分号表示出某个我自觉令人愉快的停顿时，她就会批道"用句号"；如果我冒险使用了一个冒号，她就会尖刻地评道"陈腐"。不过她最严厉的评论还是冲着那则我自认为相当不错的笑话的："你确信那是真的吗？"把这一切归结在一起，我只能得出这样的结论：她学院里的那位教授是不会给我很高分数的。

第二堂课是一位大学教师给我上的，这位教师睿智而又迷人，在我正修改另一本书的打字稿的时候碰巧跟我待在一起。他出于好意主动提出想看一下这部稿子。我有些犹豫，因为我知道他历来都是以一种常人难以达到的优秀标准来作出评判的；而且尽管我也知道他对伊丽莎白时代的文学有颇高的造诣，但他对《埃丝特·沃

---

① 《标准报》(*Standard*)由出庭律师 Stanley Lees Giffard(1788—1858)创刊于一八二七年五月二十一日，自一八五七年六月二十九日起成为一份晨报，一八五九年六月十一日开始出版《标准晚报》(*Evening Standard*)。
② 预备学校(preparatory school)，学生为升学做准备而进的学校，在英国特指为进入公学或其他中学做准备的私立小学，以收费高和比较贵族化为特征。
③ 《人生乐事》(*Cakes and Ale*)，又译《寻欢作乐》《笔花钗影录》。

特斯》①过高的推崇让我对他有些疑虑,不太信任对于当代作品的眼光:凡是对于十九世纪的法国小说相当熟悉的读者,都不会对这部作品有这么高的评价的。不过我渴望能把我的作品尽量做到最好,于是也就希望能从他的批评当中获得教益。他的评价事实上是很宽宏大量的。我对其特别产生兴趣的原因在于,我推测他是以对待大学生作文的方式来看待我的作品的。我想,我这位导师具有一种语言方面的天赋,语言就是他精耕细作的事业;他的品位在我看来是完美无瑕的。我为他对于单个词汇所具有的力度的坚持而大受触动。相对于和谐悦耳,他更喜欢更为强有力的词汇。举个例子,我在作品中写到一座雕像将被安放在某个特定的广场上,而他建议我改为:那座雕像将站立在广场上(the statue will stand)。我没这么改,因为我的耳朵受不了这里所押的头韵②。我还注意到,他认为词汇不但应该用来平衡一个句子,还应该用来平衡一种思想。这是很有道理的,因为一种思想如果表述得比较唐突的话,是会丧失它的力量;不过这是个事关精准的问题,因为它也很可能会导致累赘冗长。在这方面,对于舞台对白的知识应该会有所帮助。一位演员有时候会对作者说:"您就不能在这段话里再增加一两个字眼吗?如果就这么结束的话,我这段台词感觉上就没有任何意义啦。"我一边倾听着我这位导师具体的修改意见,一边忍不住暗想,要是我年轻的时候就能有幸听到这么明智、旷达而又体贴的建议的话,我写得不知道要比现在好多少呢。

---

① 《埃丝特·沃特斯》(*Esther Waters*)是爱尔兰作家乔治·穆尔(George Augustus Moore, 1852—1933)的小说代表作。穆尔将法国自然主义小说的笔法引入英国文学,这部出版于一八九四年的小说即带有明显的自然主义色彩。
② "statue"和"stand"押头韵。

## 九

实际上,我只能自己教自己。我又看了一遍我很年轻的时候写的那些短篇小说,为的是发现在我有意地对其加以发展之前,我具备什么样的天资,即我到底有哪些存货。我的行文有一种轻狂少年的凌人盛气,岁月或许已经将其消磨净尽,还有性急和暴躁,这就是天性的缺陷了;我现在所说的仅仅是我表达自我的方式。貌似我天生就拥有一种明晰晓畅的风格,知道怎么能写出轻松随意的对话的诀窍。

亨利·阿瑟·琼斯①,当时的一位著名剧作家,读了我的第一部长篇小说以后曾对一个朋友说过,假以时日,我会成为当代最成功的剧作家之一。我猜想他是在其中看到了一种直截了当的风格以及呈现一个场景的有效方式,而这种方式给人一种剧场的感觉。我使用的语言都是老生常谈,我使用的词汇相当有限,我对语法的掌握很不牢靠,我使用的习语陈腐平庸。但是写作于我就像是一种呼吸一样的本能,我根本就不会停下来想一想我写得到底是好还是坏。一直到数年以后我才开始明白,那是一门必须经过艰苦的努力才能掌握的精巧的艺术。这是在我发现要把想表达的意思落实到纸面上困难重重时,才被迫接受的一大发现。我写起对话来流利晓畅,可是碰到要进行大段描写的时候,我发现自己就陷入了各种进退维谷的窘境。为了两三个句子我会挣扎上好几个钟头,结果还是没办法理出头绪。我下定决心自己教自己写作。不幸的是,我找不到人来帮我。我走了很多弯路。要是当初就有人像我刚刚提到的那位迷人的大学教师那样来指导我的话，我也许能节省下很多的时间。这样的一个人也许就能告诉我，像我拥有的这种禀赋是存在于这个方向的，它们必须朝着那个方向培养才行；努力去硬做那些我根本就没那个天分的事情，终究也只能是徒劳无功。可是那时候华丽的散文正大行其道。质感的丰盈是通过镶金嵌玉的成语和塞满了各种异国情调的名号的句子来实现的：其理想就是嵌入太多黄金，自己都能立起来的一块织锦。睿智的年轻人满腔热情地阅读沃尔特·佩特②。常识告诉我这都是些贫血的东西；在这些极尽精巧优雅之能事的文辞后面，我感受到的是一种疲惫、病态的品格。当时的我年轻力壮、生气勃勃、精力充沛；我需要新鲜的空气、行动和力量，我发现在那种僵死、浓香的气氛中我很难呼吸，端坐在那讲话只能轻言耳语否则就算失礼的房间里我非常难受。但我不会听从我的常识。我劝说自己，这就是文明的高峰，因此对于那个人们在呼喊咒骂、装疯卖傻、狎妓醉酒的外部世界轻蔑地背过身去。我阅读《意图集》③和《道连·葛雷的画像》。我为遍布于《莎乐美》字里行间那些异想天开的奇妙字眼所具有的色彩和珍奇而心醉神迷。我为自己词汇的贫乏而感到震惊，专门带着纸笔前往大英博物馆，特地把那些珍稀宝石的名字、古代珐琅的拜占庭式色调、各种织物给人的感官带来的感受记录下来，然后煞费苦心地编造出一些句子来把它们放进去。幸运的是，我从来都没找到可以使用

---

① 亨利·阿瑟·琼斯（Henry Arthur Jones, 1851—1929），英国剧作家，最初写通俗剧，后来改写维多利亚时代的"社会剧"，他的剧作对维多利亚时代的道德准则不加任何分析，一概接受，使他失去了思想比较自由解放的观众的喜爱，不过，他的剧作仍表现出高超的技巧。
② 沃尔特·佩特（Walter Horatio Pater, 1839—1894），英国文艺批评家、散文作家，主张"为艺术而艺术"，主要著作有《文艺复兴史研究》和小说《伊壁鸠鲁信徒马利乌斯》等。
③ 《意图集》（Intentions）是奥斯卡·王尔德出版于一八九一年的散文集，包括四篇有关美学的对话体文章，分别为《作为艺术家的批评家》《谎言的衰朽》《钢笔、铅笔和毒药》以及《面具的真相》。

它们的机会,它们现在仍旧蛰伏在一本旧笔记本里,时刻准备着为任何有心编造胡言乱语的人采用。那时候钦定本《圣经》被公认为英语这门语言所能创作出来的最伟大的散文作品。我于是勤勤恳恳地阅读,尤其是其中的《雅歌》,草草记下那些打动了我的具体措辞,还为那些非同寻常或是异常美妙的字眼列出清单,以备将来不时之需。我细心研读杰里米·泰勒①的《圣洁死亡》。为了能彻底消化吸收他的文体,我整段整段地抄录,然后再凭记忆默写出来。

这种劳动的第一个成果是一本写安达卢西亚的小书,书名叫《圣母的国度》②。几天前我还特意又读了一下其中的部分章节。如今我对于安达卢西亚的了解是远胜于当初了,对于我写到的很多东西也已经改变了看法。由于这本书在美国一直都还有少量的售出,我就想到或许还值得对它进行一点修订。很快我就发现这是不可能的了。这本书是由一个我已然彻底忘记的人写的。它无聊到让我无法专心的地步。不过我关心的是散文的文体,因为我当初是作为一种风格的演练来写这本书的。它写得引人遐思、充满隐喻而又煞费苦心。真是既不松弛又不自然。它散发出一种温室植物和礼拜天晚餐的气味,就像是贝斯沃特③某幢豪宅里直通餐厅的花房里的空气。使用了非常多富有韵律的形容词。使用的词汇多愁善感。它令人想到的还并非一幅意大利的织锦,拥有富

---

① 杰里米·泰勒(Jeremy Taylor, 1613—1667),英国基督教圣公会牧师,以所著的《圣洁生活的规则和习尚》《圣洁死亡的规则和习尚》而闻名。
② 《圣母的国度:安达卢西亚速写和印象》(*The Land of the Blessed Virgin: Sketches and Impressions in Andalusia*)是毛姆出版于一九〇五年的一部旅行随笔集。
③ 贝斯沃特(Bayswater),伦敦市中心威斯敏斯特市和肯辛顿与切尔西皇家自治市内的一处地名。

丽的织金图案,而是一块由伯恩-琼斯①设计、莫里斯②制作的窗帘布料。

---

① 伯恩-琼斯(Sir Edward Coley Burne-Jones,1833—1898),英国画家和工艺设计家,其绘画体现了拉斐尔前派的风格,设计过金属、石膏等浮雕和挂毯的图案等,代表作有油画《创世》《维纳斯的镜子》等。
② 莫里斯(William Morris,1834—1896),英国设计师、作家、画家、空想社会主义者,在牛津大学求学期间受罗斯金的影响,参加拉斐尔前派,立志复兴中世纪行会的手工艺和设计传统,除文学上的成就外,在家具、挂毯、壁纸、瓷器的设计上,尤其是在书籍装帧艺术上都有很大的贡献。

## 十

不知道是由于潜意识地觉得这种写作方式与我的才具背道而驰，还是因为一种井井有条的性情使然，当时我把注意力转向了奥古斯都时代①的作家。斯威夫特的散文把我给迷住了。我认定这才是写作的完美方式，于是我就开始以研读杰里米·泰勒的同样的方法来对待他。我选择《木桶的故事》②作为钻研的对象。据说这位教长在晚年重读这部作品时曾惊叹："那时我可真是天纵奇才！"依我看，他的天才在其他作品中体现得更明显。这是一则有些无聊的寓言，其中的讽刺有些过于廉价取巧。可是文体真是令人钦佩不已。我想象不出用英语还能写出更好的作品了。其中没有花哨藻饰的文句、异想天开的措辞或者夸张高蹈的意象。这是一种真正高品位的散文，自然、朴素而又直截了当。从不企图通过使用夸张的语汇来惊人耳目。看起来斯威夫特是把顺手抓到的第一个词凑合着就用了，但既然他的头脑非常敏锐而又条理分明，那个词就总是最恰当的，而且他还把它放到了最正确的位置。他句子的力量和均衡起因于一种高尚的趣味。我就跟以前一样，整段整段地抄录下来，然后再凭着记忆尝试着再把它们写出来。我还尝试着变更某些字眼或是它们所处的位置。我发现唯一可用的字眼就是斯威夫特使用的那些词汇，而且他所安排的位置正是唯一可能的顺序。那真是一篇无懈可击的散文。

但是"完美"有一个严重的缺陷：容易变得有些乏味。斯威夫特的散文就像是法国的一条运河，两岸栽种着整齐的白杨，缓缓地流过一个亲切优美、地势起伏的国家。它那宁静的魅力使你的内心充满了一种满足感,可是它既不能激发你的情感又不能刺激你的想象。你读啊读啊,要不了多久就会感觉有些无聊。 所以,尽管你会万分钦佩斯威夫特那绝妙的明晰,他的简洁精练,他的毫不做作,你仍会发现你的注意力过了一会儿就有些游移,除非是他的题材特别能引起你的兴趣。我想,如果时间可以重来的话,我会把花在斯威夫特身上的功夫花在细心研读德莱顿③的散文上。我是在已经不再愿意花费这么多苦工用于学艺以后才邂逅他的作品的。德莱顿的散文美味可口。它没有斯威夫特的完美或是艾迪生④的轻松优雅,但它具有一种春日的欢欣,一种闲话家常般的安闲,一种令人着迷的漫不经心的自然流露。德莱顿是位非常优秀的诗人,但普遍的观点并不认为他有多少抒情的特质;奇怪的是,在他那散发着柔和光芒的散文中回响着的却恰恰正是这种特质。在他之前,英国人还从没有这么写过散文;在他之后也很少有人这么写。德莱顿活跃于一个欣欣向荣的时刻。詹姆斯时代⑤的语言所具有的那种铿锵有

---

① 奥古斯都时代(Augustan Age, Augustan Period),拉丁文学史上最繁荣的时代之一,约公元前四十三年至公元十八年,它与以前的西塞罗时代一起构成拉丁文学的黄金时代,代表作家有维吉尔、贺拉斯、李维和奥维德等。引申开来,任何国家的"古典"文学时期都可以被称为"奥古斯都时代",尤其是十八世纪的英国文学。有些批评家倾向于将英国的奥古斯都时代限定在安妮女王统治时期(1702—1714),这一时期正是亚历山大·蒲柏、约瑟夫·艾迪生、乔纳森·斯威夫特等作家的创作盛期;另外一些批评家则将这一时代上溯至将约翰·德莱顿、下沿至将塞缪尔·约翰生包括在内。
② 《木桶的故事》(The Tale of a Tub),乔纳森·斯威夫特第一部重要的作品,创作于一六九四年至一六九七年,出版于一七〇四年,是一部讽刺散文杰作。
③ 德莱顿(John Dryden,1631—1700),英国桂冠诗人、剧作家、批评家,著有诗歌《奇异的年代》、剧作《奥伦-蔡比》、文学评论《论戏剧诗》等,共写过三十部悲剧、喜剧和歌剧,有文学史家将他的创作时代称为"德莱顿时代"。
④ 艾迪生(Joseph Addison,1672—1719),英国散文作家、剧作家、诗人,英国期刊文学的创始人之一,曾与斯梯尔合办《闲话报》和《旁观者》等刊物,所写散文多以英国社会风俗和中上层社会为题材,还著有悲剧《加图》和诗篇《远征》等。
⑤ 詹姆斯(Jacobean)时代,英王詹姆斯一世朝代(1603—1625)。

力的文辞和巴洛克①式的雄伟庄严已渗入他的骨髓，同时在他从法语学来的那种灵动而又有教养的贴切巧妙的影响下，他将其转化成一种完美的工具，不但适于表现严肃的主题，也同样可以表达瞬息间的轻快遐想。他是第一位洛可可②艺术家。如果斯威夫特让你想起的是一条法国的运河，那么德莱顿则会让你想起一条英国的河流，一路欢快地迤逦绕过山丘，安静地穿过忙碌的市镇，环抱着乡村，现在暂时停歇在一处宏伟的河段，然后又气势磅礴地穿越一片林木葱茏的乡野。它生动活泼、变化万端、向阳当风；具有一种英格兰户外空气的那种令人愉悦的气息。

我所做的功课对我确实大有好处。我开始写得比以前好一些了，不过还是不够好。我写得太生硬而且太刻意。我试图将我写的句子纳入一个范式，但结果并没有看出什么明显的范式。我非常注意如何去遣词造句，但没有考虑到一种在十八世纪初非常自然的语序，到了我们这个世纪初就变成最不自然的了。我努力去尝试以斯威夫特的方式写作，结果却是我不可能达到那种水到渠成的无比恰切的效果，而那正是我在他的作品中最仰慕的一点。后来我写了不少的剧本，心无旁骛地完全致力于对话的写作。一直到五年以后，我才重新开始写小说。到了那时，我已经不再有成为一位文体家的任何野心了；我把所有"完美文体"的想法统统抛在一边。我想不带任何语言方面的虚饰去写，以尽可能干脆直白和毫不做作的方式去写。我有那么多话要说，我一字一句都浪费不起。我只想把事实

---

① 巴洛克(baroque)，巴洛克风格的建筑和艺术品多装饰曲线以追求动势与起伏，以铺张浮华为特色，文学作品的巴洛克风格以结构复杂和意象新奇为特征，追求奇崛效果。
② 洛可可(rococo)，十八世纪初起源于法国、十八世纪后半期盛行于欧洲的一种建筑装饰艺术风格，其特点为精巧、繁琐、华丽。用于称文学和音乐一般带有贬义，但此处毛姆显然用的是它的正面意义。

记录下来。一开始我为自己定下了一个不可能完成的目标：写的时候一个形容词都不用。我认为你如果能找到那个精确的词汇，那些限定性质的描述性词语是可以省去不用的。在我的心目中，我的那部小说应该就像一封特别长的电报，为了经济起见，每一个对于传情达意并无必要的词汇都已经被拿掉了。我在改正了校样以后就再没有读过这部小说，不知道我到底在多大程度上达到了我所预定的目标。我的印象是，这本书至少比我以前写的任何东西都更自然；不过我敢肯定里面经常会有潦草马虎的地方，我料想其中一定也有大量的语法错误。①

打那以后，我又写了很多的其他作品；虽说我已经不再去系统地研读前辈大师的作品（因为实在是心有余而力不足），我继续加倍刻苦勤勉地尽力想写得更好。我发现了我能力的局限，看来唯一的明智之举也就是在我的能力范围之内做到最好了。我知道我没有抒情的才能。我的词汇量很小，我努力想去扩大它的尝试对我也没多大用处。我几乎没有隐喻方面的天分；我很少能想到富有原创性的、引人注目的明喻。热情奔放的诗意和席卷一切的高妙想象都是我力不能及的。我很羡慕体现在人家的作品中的这些才华，正像我钦佩他们那些牵强附会的借代以及用以包裹其思想的那些与众不同而又富于暗示性的语言一样，可是我自己的创作从来都不会呈现出这样的装饰效果；而我也厌倦了再去努力强求那些对我而言不容易做到的结果。另一方面，我拥有敏锐的观察能力，貌似我能看出别的人视而不见的很多东西。我能用清楚的字眼把我看到的东西记录下来。我具有一种良好的逻辑感，即便我对于文字的丰赡和诡奇没有特别大的感觉，不管怎么说对于它们的声音我还是有一种

---

① 这部作品应该就是毛姆的自传体长篇小说《人生的枷锁》(*Of Human Bondage*)，出版于一九一五年。

生动的鉴别力的。我知道我永远都不可能写得像我希望的那么好,不过我想经过不懈的努力,我还是能在我的天赋缺陷所允许的范围内做到最好的。经过思考以后,我感觉我必须把我的目标确定在明晰、简洁和悦耳这三者上。这三种特质是按照我赋予它们的重要性依次排列的。

## 十一

对于那些要求读者付出一番努力去理解他们的意思的作家,我从来就没多少耐心。只要到那些伟大的哲学家那儿去看看,你就会明白,要清晰地表达那些最为精微的思考都并非不可能。你可能会发现理解休谟[①]的思想是件难事,因为如果你没有受过哲学方面的训练,你无疑很难抓住他的言下之意;但是每一个受过一点教育的人至少都能确切地理解每一句话说的是什么。极少有人的英文能写得比贝克莱[②]更加优美。在作家当中你会发现有两种方式的晦涩难懂。一种是因为疏忽,另一种则是有意为之。人们经常写得晦涩难懂,是因为他们从来不肯费这个麻烦去学习如何写得明白清楚。这一类型的晦涩难懂你在现代哲学家、科学家,甚至在文学批评家那里见得太多了。这实在是有些奇怪。你会以为这些以研究文学大师为业的人,对于用以写作的语言之美应该是有足够的敏感性的,美不美姑且不论,至少应该写得清楚明晰吧。然而你在他们的作品中发现到处是那种你必须读上两遍才能明白的句子。你经常就只能是猜测,因为作者显然没有说出他们想要表达的意思。

另一种造成晦涩的原因是作者本人对自己要表达的意思也不十分确定。他对于想要表达的东西只有一个模糊的印象,但或是由于心智能力的匮乏,或是纯粹出于懒惰,并没有在头脑中形成确定的概念,那么无法将一个糊里糊涂的想法明晰地表达出来,也就是理所固然的了。这一情况之所以出现,主要应归咎于这样一个事实:很多作家不是想好了再写,而是一边想一边写。指望笔端能催生思想。这么做的不利之处在于形诸笔端的文字是具有一种魔力的,这是一种作者须时时防备的危险。观念借由一种可见的样态而获得了实体性,然后反而阻碍了它自身的清晰呈现。不过这一种晦涩很容易被并入有意为之的那一类中。有些事先并没有想清楚的作家,反倒是倾向于认为他们的想法具有某种比初看上去更为重大的意义。如果相信他们的思想是因为太过深奥所以才没办法表达得很清楚,让所有那些正在跑步的人也能看明白,这会让他们很是得意,所以很自然,这样的作家也不会想到错在他们自己没有想清楚,他们的头脑压根儿就不具备精确思考的功能。书写文字的魔力在此又一次显露出来。一般人很容易说服自己,认为一个他不怎么明白的措辞可能包含着远比他所认识到的更多的意义。到了这一步,距离陷入这样一种习惯就只有一步之遥了,即就完全以其最初的模糊性将自己的印象记录下来。人们发现,傻瓜倒是总能在这样模糊的表述中发掘出一种隐藏的含义。有意为之的晦涩还有另外一种方式,即乔装成一种贵族式的唯我独尊。作者用一种谜团将他的本意包裹起来,凡夫俗子们就没办法掺和进来了。他的灵魂是一座秘密花园,唯有上帝的选民在克服了重重的艰难险阻后方得进入其中。但这种晦涩不仅仅是自命不凡,而且还是目光短浅的。因为时间会跟它玩一个古怪的恶作剧。如果其意义是贫乏的,时间会将它变成一种毫无疑义的辞藻堆砌,谁都不会再想去读它了。这也就是那些受纪尧姆·阿波利奈尔③的例子诱惑去煞费苦心地雕词酌

---

① 休谟(David Hume,1711—1776),英国哲学家、经济学家、历史学家,不可知论的代表人物,主要著作有《人性论》《人类理智研究》等。
② 贝克莱(George Berkeley,1685—1753),爱尔兰基督教新教主教、唯心主义哲学家,认为"存在即被感知",存在的只是我的感觉和自我,著有《视觉新论》《人类和知识原理》等。
③ 纪尧姆·阿波利奈尔(Guillaume Apollinaire,1880—1918),法国现代主义诗人,主张革新诗歌,打破诗歌形式和句法结构,曾参与二十世纪初法国先锋派文艺运动,代表作为《醇酒集》,对法国超现实主义作家有一定影响。

句的法国作家们所遭受的命运。不过偶尔,它也会在曾经显得无比深奥的作品上投以一抹强烈的冷光,揭示出这样一个事实:那些扭曲的语言掩盖之下的原来都是些陈腔滥调的观念。现在看来,马拉美①的诗作中几乎没什么不清楚明了的地方了;人们不由得会注意到,他的思想尤其缺乏独创性。他的很多诗句都很优美;但他诗作的素材却都是他那个时代诗歌创作的滥调。

---

① 马拉美(Stéphane Mallarmé,1842—1898),法国诗人,象征派代表,提倡"纯诗"论,追求在诗中表现"绝对世界",对法国现代诗有深远的影响,主要作品有诗篇《牧神的午后》、诗剧片段《埃罗提亚德》等。

## 十二

作为一种优点,"简洁"并不像"明晰"那么显而易见。我以此为目标是因为我没有"丰赡"的天赋。在一定范围内,我还是挺羡慕人家的丰赡的,尽管量一大了就很难克化。我可以欣然地读上一页罗斯金①,但二十页的话就真有些吃不消了。那些音调铿锵的藻饰的文辞,那些堂皇庄严的修饰语,那些富有诗意联想的名词,那些赋予句子分量和富丽的众多从句,那如同开阔的大海上一浪接着一浪的雄伟壮丽;在所有的这些特色当中毫无疑问都有一种令人振奋、给人启示的东西。这样串联在一起的字句,就像音乐般落入你的耳鼓。它诉诸的更多的是感官,而非智能,声音之美很容易使你得出你无须为其意义费心的结论。可是词语是一种独断专横的东西,它们是为了自身的意义而存在的,如果你注意的不是这些的话,你也就根本注意不到它们了。你的思维就会开始游离。这种写作需要一个适合它的主题。用宏大华美的风格去写那些无足轻重的琐事,肯定是不合适的。以这种方式写作的人中,没有比托马斯·布朗爵士②更加成功的了,可即便是他,也并不总能逃过这个陷阱。在《瓮葬》的最后一章中,其内容,也就是人类的命运,与那具有巴洛克式光华的语言配合得可谓珠联璧合,这位诺里奇的医生由此创作出了一篇在我们的文学史上无出其右的完美文章;但是当他用同样华丽的风格来描述发现古瓮的经过时,(至少在我看来)就不那么令人感到愉快了。当一位现代作家无比夸饰地向你描述一个小妓女无法决定是否要跟一个碌碌无为的年轻人滚床单的时候,你觉得恶心就对了。

不过,"丰赡"需要的禀赋固然不是每个人都能拥有的,"简洁"也绝非来自天然。要达到这样的标的,需要经过严格的训练。据我所知,我们的英语是唯一一种需要给散文中所谓藻绘的段落加上一种名目的语言;其实本来无此必要的,除非辞藻华丽本就是它的特征。英语的散文与其说它简洁,不如说它刻意。但它并非一直都是这样的。再没有比莎士比亚的散文更生动、直接和活泼的了;不过须要记住的是,那是写来让人说出来的对话。我们并不知道如果他要像高乃依③那样为他的剧作写前言的话,他到底会怎么写。也许会像伊丽莎白女王的书信那样夸饰浮华。不过更早一些的散文,比如说托马斯·莫尔爵士④的散文,则既不笨重、华丽,也不雄辩滔滔。它带有英国泥土的气息。在我看来,钦定本《圣经》对英语散文产生了有害的影响。我当然不会愚蠢到否认其大美的程度,而且其中的有些段落,其简洁明快也至为动人。可那是一本东方的书。它那些异国的意象和我们一点关系都没有。那些夸饰,那些肉感的隐喻,对我们的天性来说是异质的。我禁不住想,脱离罗马教会给我们这个国家的精神生活带来的不幸,尤为重要的一点就在于这么长时间以来,这本著作就是我们的人民日常的、对很多人而言还是唯一的读物。那些韵律,那些强有力的词汇,那些豪言壮语,已经变

---

① 罗斯金(John Ruskin,1819—1900),英国艺术评论家、社会改革家,推崇哥特复兴式建筑和中世纪艺术,捍卫拉斐尔前派的艺术主张,反对经济放任主义,著有《近代画家》《建筑的七盏明灯》《威尼斯之石》《芝麻与百合》等。
② 托马斯·布朗爵士(Sir Thomas Browne,1605—1682),英国医生、作家,其创作将科学和宗教融为一体,名著有《一个医生的宗教信仰》等。
③ 高乃依(Pierre Corneille,1606—1684),法国剧作家,法国古典主义悲剧的奠基人,擅长运用戏剧场面揭示人物内心的冲突,剧作有四大悲剧《熙德》《贺拉斯》《西拿》《波里耶克特》等三十余部。
④ 托马斯·莫尔爵士(Sir Thomas More,1477—1535),英国人文主义者,天主教圣徒,曾任下院议长、内阁大臣,代表作为《乌托邦》,因对国王亨利八世离婚案和教会政策持异议,被诬陷处死,一九三五年被追谥为圣徒。

成了国民认知的重要组成部分。平实淳朴的英语言语被矫饰和妆点所淹没。耿直的英国人硬扭着舌头就像希伯来先知那样讲话。在英国人的国民气质当中,明显有与这样的倾向意气相投的地方,也许是民族思维上缺乏精确性,也许是对妍辞丽句本身的一种天真的欢喜,一种天生的怪癖以及对于夸饰渲染的喜好,我说不清楚;但事实是从那时候起,英语散文就不得不一直跟靡丽之风作斗争。语言的精神哪怕偶尔也会重申自己的主张和权威,如德莱顿和安妮女王[1]时代的作家们那样,但也只是再一次被吉本[2]和约翰生博士[3]的炫耀浮夸所淹没。当英语散文在赫兹里特[4]、作为文人的雪莱和全盛时期的查尔斯·兰姆[5]那里恢复其简洁的特质以后,却又在德·昆西[6]、卡莱尔[7]、梅瑞狄斯和沃尔特·佩特手上重新失陷。很明显,堂皇的风格比平易的文体更能打动人心。的确,有很多人都认为一种无法引人注意的文体就算不上是种文体。他们会对沃尔特·佩特赞赏有加,但在阅读马修·阿诺德[8]的文章时须臾都不会想到要去注意他用以传情达意的优雅、清晰和节制。

---

[1] 安妮女王(Queen Anne,1665—1714),一七〇二至一七一四年在位。
[2] 吉本(Edward Gibbon,1737—1794),英国历史学家,著有史学巨著《罗马帝国衰亡史》六卷,为启蒙时期的史学代表作之一。
[3] 约翰生博士(Samuel Johnson,1709—1784),英国作家、批评家、辞书编纂家,编有《英语辞典》《莎士比亚集》,作品有长诗《伦敦》《人类欲望的虚幻》、小说《拉塞勒斯》、评传《诗人传》等。
[4] 赫兹里特(William Hazlitt,1778—1830),英国散文作家、评论家,著有《莎剧人物》、评论集《英国戏剧概观》及散文集《燕谈录》等。
[5] 查尔斯·兰姆(Charles Lamb,1775—1834),英国散文家、评论家,以伊利亚(Elia)为笔名发表的《伊利亚随笔》笔端常带感情,触及社会矛盾,与其姊玛丽·兰姆合编《莎士比亚故事集》。
[6] 德·昆西(Thomas De Quincey,1785—1859),英国散文家、评论家,主要作品有《英国一个吸食鸦片者的自白》《自传散记》《英国邮车》,评论《论〈麦克白〉剧中的敲门声》《论风格》等。
[7] 卡莱尔(Thomas Carlyle,1795—1881),苏格兰散文作家、历史学家,著有《法国革命》《论英雄、英雄崇拜和历史上的英雄事迹》等著作。
[8] 马修·阿诺德(Matthew Arnold,1822—1888),英国维多利亚时代的诗人和评论家,主要著作有抒情诗集《多佛滩》、叙事诗《绍莱布和罗斯托》及论著《文化与无政府状态》等。

"风格即人"①的格言众所周知。这是那种无所不包,其含义却又令人不甚了了的警句之一。歌德的人在哪里呢,是在他那鸟鸣般的抒情诗句中,还是在他那笨拙的散文中呢?赫兹里特呢?不过我想,如果一个人的思维混乱,他写作的方式也会是缠杂不清的;如果他的性情反复无常,他的散文也将富于空想;如果他手头上有一百种材料可供施展他那迅疾、飞奔的悟性,除非他有极强的自控力,他的笔下必定会充满隐喻与明喻。詹姆斯时代的作家们沉醉于新近才被带进语言里的新财富中,不过他们之间的夸夸其谈其实存在着巨大的差异,而吉本和约翰生博士之间的浮夸也自不同,他们两位都是错误理论的受害者。我可以满怀兴味地阅读约翰生博士写的每一个字,因为他有良好的判断力,迷人而又睿智。如果他不是一门心思想要以宏伟风格写作的话,本来是不会有人写得比他更好的。他只要看得到,是知道什么是好的英文的。没有哪位批评家对德莱顿散文的赞扬更为中肯了。他说他除了能清楚地表达他那充满活力的思想以外,似乎也再无别的才具。他在其《诗人传》的一篇当中是以这样一句话来收尾的:"不论是谁,如果想习得一种亲切而不粗俗、优雅而不炫耀的英语文体,就必须日夜研习艾迪生的作品。"可是当他自己坐下来写作的时候,他的目标却又大不相同了。他误将浮夸做作当作了庄严高贵。他不具备良好的教养,不明白简洁和自然方是卓越的至真标志。

因为要想写出好的散文,事关良好的风度。不同于诗歌,散文是一门文明的艺术。诗是巴洛克。巴洛克是悲剧性的、雄伟的和神秘的。它是原始而又粗犷的。它需要深度和洞察。我忍不住觉得

---

① "风格即人"是法国博物学家、作家布封(Georges-Louis Leclerc, Comte de Buffon, 1707—1788)的名言。

巴洛克时代的那些散文作家、钦定本《圣经》的作者们、托马斯·布朗爵士以及格兰维尔①，都是些走错了路的诗人。散文是一种洛可可艺术。相比力量它更需要品味，相比灵感更需要得体，相比堂皇更需要气势。形式之于诗人就是马嚼子和马笼头，没有了它们你就没办法驾驭你的马匹（除非你是马戏团的）；可是对于散文作家而言，它就是汽车的底盘，没了它连你的汽车都不存在了。洛可可诞生于优雅和适度，最好的散文都写于它最辉煌的巅峰时期，这并非偶然。因为洛可可正是在巴洛克已经变得言过其实，这个世界已经厌倦了它的大而不当，转而要求节制的时候逐渐发展起来的。那是珍视文明生活的人们的自然表达。幽默、包容和常识使得全神贯注于宏大的悲剧性问题的十七世纪前半期显得有些过为已甚了。这个世界变成了一个更宜于居住的地方，多少个世纪以来，有教养的阶层也许是第一次能够安坐下来享受他们的闲暇了。有人说，好的散文应该像是一个很有教养之人的谈话。而只有在人们的心境已经从各种紧迫的焦虑感中解放出来以后，谈话才有可能进行。他们的生活必须得到足够的保障，而且对他们的灵魂也不需要有严重的关切。他们必须非常重视文明的日益进境。他们必须珍视礼仪，他们必须注意自己的仪容（不是也有人说，好的散文应该像是一个衣着考究之人的着装，得体而不唐突吗？），他们必须害怕惹人厌烦，他们必须既不轻浮又不严肃，而总是要恰如其分；而且他们必须以一种批判的眼光来看待"热情洋溢"。这是一片非常适合散文的土壤。也难怪它为我们现代世界所能见到的最好的散文作家——伏尔泰的出现提供了合适的机遇。英语的作家，可能是由于这门语言

---

① 格兰维尔（Joseph Glanvill, 1636—1680），英国牧师，自封的怀疑论者和皇家学会辩护人，作品有《论教条化之无益或对意见的信心》《超激进的意见或亚里士多德时期以来知识的进步与提高》等。

天生的诗性特质,很少有人能达到伏尔泰似乎自然而然就已达到的优秀程度。不过就他们已经达到的由那些法国大师们所确立的平易、节制和精确的程度而言,他们已经相当令人钦佩了。

## 十三

不管你是否认可悦耳的重要性,我所提到的三个特点中最后的这一个,必须仰赖你耳朵的灵敏性。非常多的读者以及很多令人钦佩的作家其实都缺少这一品质。我们知道,诗人总是大量地使用头韵。他们相信一种声音的重复可以产生美感。我认为在散文中并非如此。在我看来,散文中的头韵只应该为了某种特别的原因方能使用;如果随便使用的话,听起来就会非常不悦耳。但是这种随便使用的情况又是如此普遍,你只能认为其声音并不会让所有人都感到不快。很多作家会毫无压力地将两个押韵的单词放置在一起,在一个长得吓人的名词前面加上一个长得吓人的形容词,或者在一个词的结束和另一个词的开始之间加上一个由好几个几乎会拗断你下巴的辅音构成的连接词。这都是些微不足道而又显而易见的例证。我提出这些不过是要证明,如果细心的作家能做出这样的事情,那只是因为他没长耳朵。词语是有分量,有声音也有表情的;唯有意识到这一些,你才能写出一个看着优美、听着悦耳的句子来。

我读过很多讨论英语散文的书,却发现很难从中得到教益;因为绝大多数都含混不清,过于理论化,还经常破口叱骂。不过福勒①的《英语用法词典》是个例外。这是本很有价值的著作。我觉得无论你写得已经多好了,都能从中学到很多东西。这书读来鲜活生动。福勒喜欢简洁、直白和常识。他对炫耀做作缺乏耐心。他有一种健全的感觉,认为习语是一门语言的脊柱,最喜欢辛辣活泼的措辞。他并不是逻辑的盲从者,很愿意在语法那无比精确的领地内给用法以优先权。英语语法非常难,鲜有作家能避免在这上面犯错。举例来说,即使像亨利·詹姆斯这样谨小慎微的作家,有时候也会写出完全不合语法的句子来,一位校长如果在某位男生的文章中发现这样的错误,他是有充分的理由大发雷霆的。懂得语法是很有必要的,而且写得合乎语法总比不合语法要好,不过最好也不要忘记,语法只不过是系统化了的普通言谈。用法才是唯一的试金石。相对于一个合乎语法的措辞,我更喜欢简单、自然的措辞。法语和英语的一个不同之处就在于,使用法语你可以做到完全自然地合乎语法规则,但在英语中就并不总能做到这一点。用英语写作时碰到的一个困难是,活人的声音盖过了印刷文字的外观。我就文体这个问题做过很多的思考,而且下过很大的功夫。我写的东西当中很少有哪一页我会感觉可以无须再作改进了,而在太多的情况下我也只能就此作罢,因为尽管我并不满意,尽管我已经竭尽所能,我还是没办法写得更好。我没办法拿约翰生说蒲柏②的话来说我自己:"他从不会因为漠不关心放过一个错误不加以改正,也不会因为绝望而将其放弃。"我不能按我的愿望来写,我只能照自己的能力来写。

不过福勒也没有耳朵。他没认识到简洁有时候也可以对悦耳做出让步。一个有些牵强、陈旧甚至做作的词汇只要比一个直截、明白的词汇更加好听,或者能让一个句子显得更加均衡,我并不认为它就一定要不得。不过我要赶紧补充一句,尽管我认为你可以无所顾忌地向悦耳的声音做出让步,但我认为你绝不应该向任何可能使你的意思变得费解的词汇让步。再没有比写得明白清楚更重要

---

① 福勒(Henry Watson Fowler,1858—1933),英国词典编纂家和语法学家,著有第一版《牛津简明英语词典》(1911),与其弟 F. G. 福勒合著《现代英语用法词典》(1926)。
② 蒲柏(Alexander Pope,1688—1744),英国诗人,长于讽刺,善用英雄偶体,著有长篇讽刺诗《秀发遭劫记》《群愚史诗》等,并翻译荷马史诗《伊利亚特》和《奥德赛》。

的了。除了有可能显得有些枯燥无味以外,没有任何理由去反对写得明晰和写得简洁。当你认识到秃顶也比戴一顶卷曲的假发不知要好上多少倍以后,这个险还是很值得一冒的。不过在悦耳这一追求当中,有一个危险也是必须充分加以考虑的。那就是它有显得单调的可能。当乔治·穆尔①开始写作的时候,他的文体是很差劲的;给你一种用钝头铅笔在包装纸上写字的感觉。不过,他逐渐发展出一种非常富有音乐性的书面英语。他学着写那种听上去带些朦胧慵懒的句子,他为此而非常高兴,从此乐此不疲,一发而不可收。他就没有能逃过单调这一劫。就像是海水拍打着一片布满卵石的海滩,那声音是如此抚慰人心,你很快就再也感觉不到它的存在了。它是那么流畅甜美,以至于你会渴望某种粗厉的声音,渴望一种突然的不协和音来打破这种丝般的和谐。我不知道你怎么才能防范这种情况的出现。我想,最好的办法也不过是要比你的读者具有一种更为活跃的厌烦机能,你要抢在读者之前率先感到厌烦才行。你必须时刻对于过于风格主义的倾向保持警惕,当某些特定的抑扬顿挫太过容易地从笔端流淌出来的时候,你就需要扪心自问它们是否已经流于机械了。要想发现你已然形成的用于自我表达的那些习惯的语言用法到底在哪一确切的点上失去了其独特的韵味,是件很难的事情。正如约翰生博士所言:"你一旦费尽千辛万苦形成了一种风格,以后就鲜少能够完全自由自在地写作了。"虽然我很佩服地认为马修·阿诺德的文体非常适合他那特定的写作目的,我也必须承认,他那过于风格主义的做派经常会很令人恼火。他的文体是他一劳永逸地打造出来的一样趁手的工具;但它毕竟还是不像

---

① 乔治·穆尔(George Augustus Moore,1852—1933),爱尔兰小说家,将自然主义小说笔法引入英国文学,主要作品有小说《埃丝特·沃特斯》、自传体小说《欢呼与告别》三部曲等。

人的手那样灵活自如,可以胜任各种不同的职能。

如果你能写得明晰、简洁、悦耳,并且还能写得生动的话,那你就能写得很完美了:你就能写得像伏尔泰一样了。不过我们也知道追求生动有时可能会是件多么致命的事:它有可能导致梅瑞狄斯那种无聊的杂耍表演。麦考莱①和卡莱尔引人注意的方式各有不同;却都付出了"自然"的沉重代价。他们那俗丽的效果会让你分心。这些炫技会毁掉作品的说服力;你不会相信一个手持铁环、每隔一步就从铁环里跳过去一次的人是会认真想去犁地的。好的风格不应该显示出努力的痕迹。写出来的文字应该看似妙手偶得才对。我认为在当今的法国,没有人写得比柯莱特②更为出色了,她表达上的闲雅从容让你感觉她在写的时候就像是浑不费力。人家告诉我,有些钢琴家拥有一种天赋的技巧,他们演奏的方式大部分演奏者唯有经过不懈的辛劳方能达到,我愿意相信有些作家也有同样的幸运。我很倾向于把柯莱特置于这样的作家之列。我亲口问过她。听她说她无论写什么东西都是数易其稿后,我真是大为惊讶。她告诉我,要写满一页稿纸她经常要花费整整一上午的时间。不过一个人到底是如何达到闲雅从容的效果的,这个过程并不重要。就我而言,如果我终究还是达到了这样的效果,那也是唯有经过艰苦的努力才做到的。我贫弱的天赋极少能提供给我既恰如其分同时又不牵强附会、陈腐平庸的词汇和表达方式。

---

① 麦考莱(Thomas Babington Macaulay,1800—1859),英国历史学家、作家,自由党人、下院议员,曾任陆军大臣,著有《詹姆斯二世登基后的英国史》(五卷)、《古罗马的抒情短诗》等,因前者华而不实,过于倾向于辉格党人观点,曾被称为"辉格派史学家"。

② 柯莱特(Sidonie Gabrielle Colette,1873—1954),法国女作家,早年以维利(Willy)为笔名发表四部自传性小说,代表作有长篇小说《茜多》《流浪女伶》等。

## 十四

我在哪里看到过,说阿纳托尔·法朗士[①]尽量只用他钦佩不已的那些十七世纪的作家们的句法结构和词汇来写作。不知道这是不是真的。假如果真如此的话,那倒可以解释他那优美而又简洁的法文当中为什么总是缺少那么一点活力了。但如果你仅仅因为你没办法以一种理想的方式来讲述一件事,你就干脆不去讲那件你本该讲述的事情的话,那么所谓的简洁也就变得虚假了。一个人还是应该以属于他那个时代的方式来写作。语言是活的,而且一直都在变化当中;努力写得像是已成为遥远的过去的那些作家一样,只会导致做作和不自然的结果。只要能够带来生动和切实的效果,我会毫不犹豫地使用当今的通用短语或者俚语写作,尽管我也知道前者只能流行一时,而后者最多十年以后就可能令人费解了。如果文体真有一种经典的形式,那么它也应该能支持对那些仅适用于一时一地的措辞和语汇加以审慎的使用。我是宁可一个作家很庸众流俗,也不希望他装腔作势;因为生活本就是庸俗的,而作家寻求的就是真正的生活。

我觉得在我们美国的作家同行身上,有很多值得我们英国作家学习的地方。因为美国的创作已经逃脱了钦定本《圣经》暴政的奴役,而且美国的作家们也较少受到那些前辈大师的影响,而这些前辈的写作模式已成为我们文化的一部分。他们已经形成了属于自己的文体,也许是在不知不觉中,更多的是直接受益于他们周围那活生生的言谈话语;出于最佳状态中的这种文体直截了当、充满活力和动力,相形之下,我们这种更加温文尔雅的写作方式就显得无精打采、暮气沉沉了。很多美国作家都曾当过记者,而他们的报刊文章是用一种比我们更犀利、更强健、更生动的英语写成的,这也是他们的一大优势。因为我们现在看报,就像我们的祖先读《圣经》一样。也同时对我们不无益处;因为报纸,尤其是通俗类的,会给我们这些作家提供一部分绝不能错失的经验。那是直接取自家畜屠宰场的原材料,如果因为它散发出血腥和汗臭味儿我们就掉头不顾,那我们可就太蠢了。我们无法逃离日常散文的影响,不管我们多么希望能够免受其影响。不过一段时期以内的报刊文章都有非常相似的文体;仿佛全都是出自一个人的手笔;是没有个人色彩的。为了中和一下它的影响,最好也去读读其他文体的作品。一个人唯有通过不断地接触距我们的时代不远的各种作品,才能做到这一点。只有这样,你才能形成一个检验自己文体的标准,确立一个以你现在的方式能够达到的理想。就我而言,我发现要想实现这个目标,研究两位作家的作品是最有用的,那就是赫兹里特和纽曼主教②。这两位我都不想去模仿。赫兹里特会有过度修辞的倾向;而且有时候他的修饰就像维多利亚时代的哥特式建筑那样过分浮华琐细。纽曼则有一点过于华丽。不过在他们的最好状态下,他们都妙不可言。时光的流转对他们的文体几乎毫无损伤;那几乎就是一种当代的文体。赫兹里特鲜活生动、令人振奋而且精力充沛;他拥有力量和活力。从他的措辞当中你能感觉到他这个人的存在,而且不是他展现给认识他的世人的那个小里小气、吹毛求疵、难以相处

---

① 阿纳托尔·法朗士(Anatole France, 1844—1924),法国小说家、文艺评论家,一九二一年获诺贝尔文学奖,主要作品有《波纳尔之罪》《当代史话》四卷《企鹅岛》《诸神渴了》《天使的叛变》等。
② 纽曼主教(John Henry Newman, 1801—1890),英国基督教圣公会内部牛津运动的领袖,后改奉天主教,著有《论教会的先知职责》《大学宣道集》等。

的赫兹里特，而是那个他理想视域中的自我。（而存在于我们内在当中的那个人，是和我们在现实当中的那个看起来可怜巴巴、磕磕绊绊的自我一样真实的。）纽曼则具有一种精致的优雅，一种时而嬉戏时而严肃的音乐性，一种森林般的语词之美，高贵而又芳醇。两个人的写作都极为明晰。那种最为纯粹的趣味所要求的简洁，两人则均付阙如。在这一点上我觉得马修·阿诺德超越了他们。两个人都能极佳地掌控措辞的完美平衡，也都知道怎么才能写出悦耳的句子。二人都有极为敏感的听觉。

如果有人能将他们的优点与当今的写作方式结合为一体，他将能创造出可能的限度内最理想的文体。

## 十五

有时我会问自己，假如我把整个一生都奉献给文学的话，我是否本可以成为一个更好的作家。早年的时候，具体多少岁数我记不清了，我就认定了一个道理，既然我只有这一次生命，就要尽可能地萃取其所有的精华。仅仅写作在我看来是远远不够的。我想为自己的生活塑造一种范式，写作在其中将成为一个基本的要素，但也将包括所有其他适合人类从事的活动，而死亡将在最后画上一个功德圆满的句号。我有很多不利条件。我身材矮小，我虽有耐力却没什么气力，我说话结巴，我腼腆羞涩，我健康不佳。我没有任何运动的天分，而运动和竞技在英国人的正常生活中却占了这么大的比重；而且不知道是因为以上的任何一种缘故，还是出于天性，我对自己的同伴们有一种本能的畏缩感，这让我很难和他们建立任何一种亲密的关系。我喜欢单个的个体，但从不喜欢总体意义上的人。我没有任何一样那种使人和人第一次见面就能相互吸引的迷人的魅力。虽然历经这么多年的磨练，我已经学会了在不得不跟一位陌生人接触时摆出一副热心的神气，我从来没有一眼看去就喜欢上任何人。我在火车上从来没有跟一个我不认识的人打过招呼，在客轮上也从没和一个同船的旅客说过话，除非是人家先跟我说话。身体的羸弱使我无缘享受三杯下肚后所促成的那种人际间的亲密交往；陶然的酒醉状态能让那么多身体更为健康幸运的人把所有的人都看作手足兄弟，可我在还远没有达到这种状态前胃里就翻江倒海，难受得像条病狗了。以上这些无论对于作家还是一般人而言，都是严重的缺陷。对此我必须加以妥善处理。我并不是说那是个完美的范式，不过我想这已经是在这种情况下，在老天赐予我的非常有限的能力范围内，我所能做到的最好结果了。

亚里士多德在找寻人类的特殊功能时认定，既然人和植物一样能够生长，跟动物一样有知觉，而唯独他拥有理性的成分，那么他的特殊功能就在于灵魂的活动。由此他得出的结论，并不像你合情合理地设想的那样，认为人应该全面地培养他归之于人的这三种活动方式，而是只应该追求他所特有的那一种。哲学家和道德家们对待肉体的态度一直都疑虑重重。他们已经指出，肉体的满足是短暂的。但快乐终究还是快乐，尽管它给我们带来的快乐并不能持久。在大热天一头扎进冷水里是一桩乐事，尽管不一会儿你的皮肤对于冷水就不那么敏感了。白色不管是能维持一年还是一天，都不会显得更白。于是，我把尝试去接近所有感官的快乐也当作我那个范式的一部分。我并不怕"过分"：过分有时候也是令人兴奋的。它能防止"适度"演变成一种半死不活的习惯。它能滋养肌体，休息神经。在身体饱享快乐之际，经常是精神最为放松之时；的确，有时候星星从贫民区里比从山顶上看去更加明亮。肉体能够感知到的最强烈的快乐是性交的快感。我认识一些把全副生命都倾注在这上面的人；他们现在也老了，但我不无惊讶地注意到，他们认为自己这一生过得很值。我的不幸就在于，我与生俱来的一种吹毛求疵的品性使我无法尽可能地耽溺于这种特别的快乐。正因为我这人难以取悦，我一直都在涵养"适度"之道。当我时不时地看到那些在伟大的情人身上得以满足了欲望的人时，相比于艳羡他们的成功，我更多地倒是更惊讶于他们胃口的强健。很显然，如果你愿意拿羊肉末和芜菁叶当正餐吃，你也就不会常常饿肚子了。

大部分人过着随遇而安的生活，屈从于命运那变幻莫测的掌控。很多人受制于他们出生的环境，又为了赚钱活口而只能走一条笔直的窄路，在这条道上是没有左转或者右转的可能的。生活的范式是强加在这些人头上的。生活本身强迫他们接受。这样的一种范式没有理由就一定不如任何人自觉自愿去创造的那种范式那么完美。不过艺术家却处在一个特权的地位。我使用"艺术家"这个字眼，并无意于为其作品附加任何价值上的度量，而只是用来指那些艺术的从业者。真希望能找到一个更好的字眼。"创造者"显得自命不凡，而且自我标榜的那种独创性也是极少能够得到证实的。"手艺人"又有些不够。一个木匠是一个手艺人，虽然他可以算是一位狭义的艺术家，他通常却不具备那些最无能的小文人和最拙劣的小画匠所拥有的自由。在一定的限度内，艺术家能将他的喜好变为他的生活。在其他的行业里，比如说医药和法律业，你可以自由选择是否成为医生或者律师，但一经选定以后，你也就不再自由了。你将受制于你的职业规范；一种行为准则将强加在你身上。范式都是预先已经定好了的。唯有艺术家，也许还有罪犯，才能创造属于自己的范式。

可能是出于一种对有条不紊的本能的追求，使我在还那么年轻的时候就想为自己的生活设计一种范式；也许归因于我在自己身上发现的某种倾向，这一点我稍后还有几句话要说。这种做法的缺点就在于人生的"自发性"有可能遭到扼杀。真实生活中的个人和小说中的人物之间有一个巨大的不同，那就是真实生活中的个人都是冲动的造物。有一种说法，说形而上学就是要为我们出于本能相信的那些东西找到糟糕的理由；也可说，在实际生活当中，我们用所谓的深思熟虑去为我们想做的那些事情寻找合法性。而屈服于冲动正是这种范式的一部分。我认为，一个更大的缺点就在于它使得你过多地生活于未来，而非当下。很久以来我就认识到这是我的一个毛病，而且也努力想去改正，却终究徒劳无功。我从来都不曾——除非是凭借一种意志的努力——希望这正在逝去的一刻能够稍作停留，让我能从中得到更多的乐趣，因为即便是这一刻已经为我带来了我曾热切期盼的结果，我的想象也会在心愿达成的那一刻又开始忙于憧憬未来那些还很成问题的快乐了。每次我走在皮卡迪利大街①南侧的时候，都一门心思在牵挂着北侧正在发生什么。这很蠢。正在消失的这一刻是我们唯一能有把握的东西；尽我们所能从中榨取最大的价值才是题中应有之意；将来总有一天会变成现在，会像现在一样显得渺不足道。可是常识对我并无什么用处。我并不是觉得现在有多么令人不满意；我只是把它视为理所当然。它已经被编织进了那个范式当中，使我感到兴趣的是那些即将到来的东西。

我犯过很多很多的错。有时候我会陷入身为作家特别容易陷入的一个圈套，那就是想在自己的实际生活中去实施我让自己创作的人物去做的某些行为。我曾尝试去做与我的天性本不相容的事情，而且固执地坚持不懈，因为我的虚荣心不允许我承认自己其实已经败了。我曾过于在意别人的意见。我曾为一些没有价值的东西做出过牺牲，因为我没有勇气给别人带来痛苦。我曾经做过一些傻事。我有敏感的良心，我曾在这一生当中做过某些我无法完全忘怀的事情；如果我有幸成为天主教徒的话，我本可以在做告解时把这些全都讲出来，在行过忏悔礼、受到赦免以后，就可以一劳永逸地把它们抛到脑后了。我却不得不依照我的常识对我的指示去对待它们。我并不为这些错误感到后悔，因为我认为正是由于我自己犯下的这些大错，我才学会了去包容别人。这花了我很长的时间。我

---

① 皮卡迪利大街（Piccadilly Road），伦敦市中心著名的繁华路段，连接了西南方向的海德公园角和东北方向的皮卡迪利广场。

年轻的时候心胸特别褊狭。我还记得我第一次听人说"伪善是恶行付给美德的贡品"时的愤怒,这其实也并非那人的原创,只不过我头一次听到而已。我当时想,一个人应该有承担其恶行的勇气。我有诚实、正直、忠诚的理想;我无法容忍的并非人性的弱点,而是人性的怯懦,对那些两面下注和见风使舵的人我毫不容情。我从没有认为自己才是最需要人家宽容的。

# 十六

我们自己的过错在我们看来远没有别人的那么十恶不赦,这事儿乍看起来是有些古怪。我想这道理在于我们对产生这些过错的所有情况都了如指掌,所以我们无法原谅别人的过错,却能想方设法原谅自己的过错。我们对自己的缺点经常是掉头不顾的,而当迫于意外的麻烦而不得不去考虑它们时,会发现很容易就能原谅它们。我们这么做是对的,也未可知;因为它们都是我们的一部分,我们必须同时接受我们自身的好与坏。可是轮到我们去评判他人的时候,我们却并非以我们真实的自我去评判他们,而是以一种我们为自己塑造的自我形象去评判,这种形象已经去除了所有冒犯到我们的虚荣心,或者在世人的眼里会使我们丢脸的一切因素。举个微不足道的小例子:我们在抓住一个人说谎的时候,我们的表现是何等地鄙夷;可是谁又能够坦白地承认,他说过的谎话可不是一次,而是一百次呢?当我们发现伟人的软弱和卑琐,不诚实或者自私,性行为方面的败德、虚荣或是放纵时,我们会感觉无比震惊;很多人也都觉得向公众们揭露他们的英雄的缺点是件很不光彩的事。其实在人与人之间并没有多少选择的余地。他们都是伟大与渺小、美德和恶行、高贵与卑贱的大杂烩。有些人有更强大的性格力量,或者更多的机会,于是在这个或者那个方向上就使他们的本能得到了更为自由的发挥,但在潜在的可能性上来讲,他们都是一样的。就我而言,我并不认为我比绝大部分的人更好或是更糟,可我知道,如果我把我生活的每个举动和我脑海中闪过的每个念头全都记录下来的话，世人肯定会认为我是个罪不可赦的恶魔。

我很怀疑，一个人在检视了自己的思想以后，怎么还会有脸去指责别人。我们生活中的一大部分都花在幻想上头了，我们的想象力越是丰富，这种幻想就越是丰富多彩而又逼真生动。如果我们的这些幻想全都自动地记录并展现在我们面前，我们能有多少人敢于面对呢？我们肯定会羞愧不已。我们会大喊我们不可能真的那么卑鄙、邪恶、小气、自私、下流、势利、虚荣和感情用事。然而，我们的幻想的的确确就和我们的行为一样，是我们自身的一部分，如果有一种生物能洞悉我们最隐秘的思想的话，我们也许就该像对我们的行为一样对这些思想负责了。人们会忘记徘徊于他们自己头脑中的那些可怕的思想，而在别人身上发现有同样的想法时却又感到愤慨。在歌德的《诗与真》①中，他讲述他年轻的时候是如何无法忍受他父亲只是法兰克福一个中产阶级的律师这样的一种想法。他觉得他的血管里一定流淌着贵族的血液。所以他一心说服自己，当初是有某位王侯路经他们这个城市时遇到并爱上了他母亲，而他就是这一结合的产物。我读的那本书的编者义愤填膺地为此写了一个脚注。在他看来，这么伟大的一位诗人居然为了势利地自夸他是贵族的私生子而对亲生母亲那不容置疑的美德贞操表示怀疑，实在是很不光彩。这自然是有些丢人现眼，但并没有什么不自然，而且我不揣冒昧地说一句，也并没有什么不正常。肯定极少有几个满怀浪漫的情感、桀骜不驯而且富有想象力的孩子不曾有过这样的胡思乱想：他们不可能是他们那古板而又可敬的父亲的儿子，而是将他们在自己身上感觉到的那种优良基因，依照他们自己的气质，归因于

---

① 《诗与真》(Dichtung und Wahrheit)，歌德描写自己童年到青年时期的自传，毛姆将书名误写成了"真与诗"(Wahrheit und Dichtung)。

一位不详其名的诗人、伟大的政治家或者执政的王侯。歌德晚年那超凡脱俗的姿态激起了我的崇敬之情，而他的这种表白则使我产生了一种更为温暖的情感。因为一个能写出伟大作品的人也仍旧是个人。

我想，当那些圣人已经将自己的生命奉献给懿德善行，而且忏悔也已经救赎了过去的罪愆之后，仍旧折磨着他们的应该就是这些违反他们的意志仍旧根植于他们内心深处的淫猥、丑陋、卑劣而又自私的念头。众所周知，圣依纳爵·罗耀拉①在前往蒙特塞拉特的修道院做过总告解并接受了赦罪书以后，却继续被罪恶感纠缠，以至于到了几乎要自杀的程度。在他转意归主之前，他过的无非是当时出身良好的年轻人的普通生活；他对自己的仪表有些无可厚非的虚荣心，狎过妓赌过博；但至少在某一种场合之下，他曾表现出罕有的豪侠精神，而且他一直都是个正直、忠诚、慷慨和勇敢的好人。如果说他依旧无法获得安宁，那看起来他无法原谅自己的就应该是他的思想了。知道就连圣徒都这么备受折磨，对我们来说真是一种安慰。每当我看到那些尘世中的伟人如此庄严肃穆、道貌岸然地正襟危坐之时，我就会经常自问，在这样的时刻他们是否会记起独自一人的时候他们的头脑中充斥的那些想法，当他们想起他们潜意识的自我所藏匿的那些秘密时，他们又是否会因此而感到不自在。在我看来，在知道这些幻想对所有的人都很平常以后，应该能够激起我们对人对己的宽容之心。如果它们能够使得我们以幽默的心情来看待我们的同胞，即便是最杰出、最值得尊敬的那帮人，如果它们能引导我们不要太把自己当回事，这也未尝不是一件好事。当我听到法官们在法庭上津津有味地大肆说教之际，我就忍不住自问他们是

---

① 圣依纳爵·罗耀拉(St. Ignatius Loyola, 1491—1556)，西班牙教士，原为军人，天主教耶稣会创立者。

否有可能像他们标榜的那样完全彻底地忘掉他们的人性。我曾希望，法官大人能在老贝利①他那束鲜花旁边再摆上一包卫生纸。那会让他想到，他和其他任何人一样，也是一个人。

---

① 老贝利(Old Bailey)，伦敦中央刑事法院的俗称。

## 十七

人家都说我尖酸刻薄。人家指责我把人写得比他们实际上更坏。我不认为是这么回事。我所做的无非是把很多作家视而不见的某些特质突显了出来。我觉得，人类给我印象最深的地方就在于他们缺乏一致性。我还从没见过表里如一的人。使我感到大为惊奇的是，那些最不相容的特质居然能够存在于同一个人身上，而且尽管如此，竟能产生出一种貌似颇有点道理的和谐。我经常扪心自问，那些看似不可调和的特征是怎么能在一个人身上共存的。我认识肯于自我牺牲的骗子手、天性温良的小偷以及把为顾客提供物有所值的服务视作攸关个人荣誉的妓女。我所能提供的唯一的解释就是，每个人都本能地坚信他在这个世界上是独一无二的，是得天独厚的，以至于他会觉得，不管在别人看来这有多么大谬不然，他作为个体的所作所为即便说不上是自然而然和绝对正确的，那至少也是可以原谅的。我在人们身上所发现的反差使我大感兴趣，不过我并不认为自己对此做了过度的强调。我时不时就会遭受的非难可能是因为对于自己所创作的人物，我并没有明确地去谴责他们身上的劣迹，也没有去揄扬他们的善行。我并不会特别地震惊于别人的罪行，除非是它们直接影响到了我，而即便是的确影响到了我，一般说来我也已经学会了最终宽恕他们，这肯定是我的错。不对别人抱有太多的期望是应该的。他们待你好的话，你应该心怀感激，他们待你不好的话你也该镇定自若。"因为我们当中的每一个人，"正如那位雅典的陌生人[①]所言，"大部都是由其嗜欲的倾向和灵魂的天性所造就的。"只是由于缺乏想象，才使得人们只会以自己的观点看问题而完全罔顾了其他人，如果因为他们欠缺这种能力而生气，那就大可不必了。

假如我只看到人们身上的毛病而看不到他们的美德的话，那我理应受到责备。我并不认为情况是这么回事儿。没有比"善"更美的东西了，能够把那些以通常标准只合被无情谴责的人身上的"善"彰显出来，经常让我很是高兴。我把"善"彰显出来，因为我已经看到了"善"。有时候在我看来，"善"在他们身上闪耀得更其明亮，因为它被罪恶的黑暗所包围。我把好人的善行视为理所应当，而当我发现他们的缺陷或者恶行的时候，我会很开心；当我在恶人身上看到"善"的时候，我会很受感动，我很愿意对他们的恶行宽容地耸耸肩膀。我不是我兄弟的监护人。评判我的同侪这样的事情我可做不来；我满足于观察他们。我的观察使我相信，归根结底，在好人和坏人之间并没有道德家们要我们相信的那么大的不同。

总的说来，我并不以人们的表面价值来看待他们。我不知道这种详察细审的冷静态度是否承继自我的先祖；如果他们不具备一种不为外表所骗的精明的话，他们是很难成为成功的律师的；或者是否应该将其归因于我在待人接物时缺乏那种兴兴头头的情感冲动，正是这种冲动使得很多人像俗话说的那样把家鹅当成了天鹅。我作为一个医科生所受到的训练肯定是对这种冷静的态度有所助长的。其实我并不想当一名医生。我只想成为一个作家，可我当时因为过于羞怯而说不出口；而且在那个时候，一个出身于体面家庭的十八岁少年居然会把文学当作自己的职业，那无论如何是桩闻所未

---

① 雅典的陌生人（Athenian Stranger），柏拉图的最后一部也是篇幅最大的对话录《法律篇》中的三位对话者之一，其余两位是克里特人克里尼亚斯和斯巴达人梅奇卢斯。一般认为雅典的陌生人就是柏拉图的代言人。

闻的奇事。这种想法是如此反常,我是从来做梦都没想把它告诉任何人。我原本一直都设想自己该进法律界的,但我的三个哥哥——都比我大很多——已经都从事了这一行,貌似已经没有留给我的空间了。

## 十八

我很早就离开了学校。我在预备学校里过得很不开心,父亲一去世我就被送去了那里,因为学校位于坎特伯雷,距我叔父和监护人担任教区牧师的惠特斯特布尔仅六英里之遥。它是历史悠久的国王公学的一所附属学校,十三岁的时候我就进了这所学校。终于从低年级里熬出头来以后我已经很满意了,那些年级的老师都是些恐怖的恶霸,可是因为一场疾病不得不在法国南部待了一个学期以后,我的境况重又变得可怜巴巴了。我母亲和她唯一的姐姐都死于肺结核,在发现我的肺部也出现了感染以后,我叔叔和婶婶就大为担心起来。我被安置到耶尔①的一位家庭教师的家里。等我回到坎特伯雷的时候,我就不太喜欢那个地方了。我的朋友们已经交上了新朋友。我很孤单。我被插入了高年级,可是因为有三个月的时间不在,我找不到属于自己的位置。我的年级主任也不断找我的茬儿。我劝说我叔叔,如果接下来的那个冬天我不留在学校里,而是去里维埃拉②度过的话将对我的肺部大有好处,在那以后再去德国学习德语,对我也会大有帮助。我可以在德国继续学习进入剑桥必需的科目。他是个意志薄弱的人,我的理由又貌似有些道理。他并不怎么喜欢我,为此我也不能怪他,我自己都不觉得我是个讨人喜欢的男孩儿,再者说花在我的教育上的都是我自己的钱,他也就乐得随我爱干吗就干吗。我婶婶很赞成我的计划。她自己就是个德国人,一文不名却出身高贵;她的家族拥有一个盾形纹章,上面有扶持盾牌的人形和大量多种的纹样,她为此一本正经地无比自傲。我在别的地方曾经讲过,她虽然只不过是个穷牧师的妻子,却坚决不去拜访在附近有幢消夏别墅的富裕的银行家的太太,只因为他是个生意人。是她通过慕尼黑的亲戚打听到海德堡的一户人家,这才安排我住到那里去的。

可是等我从德国回来,年满十八的时候,我对自己的未来已经有了非常明确的想法。我在德国比以前任何时候过得都开心。我生平第一次尝到了自由的滋味,一想到要去剑桥再次受到约束我就受不了。我感到自己是个大活人,急不可耐地要马上就投入真正的生活。我感觉一时一刻都不能浪费。我叔叔原本一直希望我从事圣职,尽管他应该知道得很清楚,像我这样的结巴再没有比牧师的职业更不合适的了;当我告诉他我不愿从事圣职的时候,他以其惯常的无所谓态度接受了我不去剑桥的决定。我还记得那些有关我到底该从事何种职业的相当荒谬的争论。有一种建议是我应该做个公务员,于是我叔叔就给在内政部担任要职的一位牛津的老朋友写信,征求他的意见。对方的答复是,由于考试制度以及由此制度而进入政府部门服务之人员所属的社会阶层,现在的政府部门已经没有可以容纳一个绅士的位置了。这个问题就这么解决了。最终决定,我应该当一名医生。

我对医生这个职业并没有什么兴趣,不过这给了我住在伦敦的机会,由此可以获得我所渴求的人生经验。一八九二年秋,我进入圣托马斯医院③。我发现头两年的课程非常枯燥无味,我对学业也没多大热心,但求通过考试而已。我不是个让人满意的学生。但我

---

① 耶尔(Hyères),法国最南部的地中海海滨区最古老的游览胜地和浴场。
② 里维埃拉(Riviera),南欧地中海沿岸地区名,位于法国东南部和意大利西北部,著名的假日游憩胜地。
③ 圣托马斯医院(St. Thomas's Hospital),伦敦市中心一家历史悠久的大型教学医院,毛姆于一八九二至一八九七年间在此学习。

拥有了渴求已久的自由。我喜欢拥有属于我自己的住处，在那里我可以想干吗就干吗；我把它布置得漂亮而又舒适，并为此而自豪。我所有的空余时间，还有大部分本该专心攻读医学的时间都用来阅读和写作。我博览群书；我在笔记本上记满了写小说和剧本的点子、对话的片段，以及由阅读和正在体验的各种经历而获得的非常坦诚的思考。我基本上不怎么介入医院里的生活，也没在那儿交到什么朋友，因为我正忙于其他的事情；不过在两年以后，我先是在门诊部做文员、后来又给外科医生当助手的时候，我开始对我的工作越来越有兴趣了。等我开始在病房内工作以后，我的兴致更是突飞猛进，有一次我因为对一具高度腐烂的尸体进行尸检解剖的时候染上了化脓性扁桃体炎，不得不卧床静养几天，我还没等完全康复就迫不及待地重新开始了工作。为了得到一张行医执照，我必须参加一定数量的接生工作，这就意味着我得深入兰贝斯的贫民区，经常出入就连警察进入前都要颇费踌躇的那些污秽的院落，到了这里我那黑色的医用皮包对我就是一种充分的保护：我发现这种工作非常令人着迷。有那么一小段时间，我日夜都值意外事故的班，为紧急的病例提供急救服务。这工作累得我精疲力竭，可同时又让我振奋不已。

## 十九

因为在这里,我接触到了我最想要的东西:原汁原味的生活。在那三年当中,我饱览了生而为人可能拥有的每一种情感。这吸引了我的戏剧本能。这激发了我小说家的潜质。时至今日,四十年已经过去了,我仍能如此精确地记得某些人的样子,我都能画出他们的像来。当初听到的那些言语声口仍在我的耳边回响。我看到过人们如何死去。我看到过他们怎么忍受痛苦。我看到过希望是什么样子,还有恐惧和解脱;我看到过绝望是如何在一张脸上刻出黑暗的纹路;我也看到过勇气和毅力。我看到过信念在人们眼中闪耀,而他们确信的在我看来却不过是幻影,我看到过真正的勇气,它使一个人以讥讽的玩笑来迎接死亡的诊断,因为他过于骄傲,不愿周围的那些人看到他灵魂的惧怖。

在当时(那是个大部分人都享有充分的安闲的时期,和平似乎已经确定无疑,繁荣好像也得到了保证),有一派作家夸大了苦难的道德价值。他们宣称苦难对人是有益的。他们宣称苦难会促进人们的同情心,加强人们的感受力。他们宣称苦难为精神打开了美的全新通道,使它能够接触到上帝的神秘王国。他们宣称苦难能使人的性格变得更强,使它能从其人性的粗鄙中得以净化,为那些寻求而非回避它的人带来更完美的幸福。有几本秉持这种价值观的小说取得了巨大的成功,而它们的作者住在舒服的家里,三餐无虞,身体健壮,赢得极大的声望。我不止一两次,而是十多次在我的笔记本上记下我亲眼目睹的事实。我知道苦难并不能使人高贵;它会败坏一个人。它会使人变得自私、卑鄙、小气而又多疑。它使他们只专注于琐碎的小事。苦难不会使人们更加超拔；只会使他们更加渺小；我曾不无残忍地写道，我们不是从我们自己的苦难，而是从别人的苦难当中学会了顺从。

所有这些对我都是一种有价值的经验。对一个作家来说，我不知道还有什么比在医学行当中待上几年更好的训练了。我想，在律师事务所里你能学到很多人性的真相；不过总的来说你在那里须要对付的是有全副的自控力的人。他们撒的谎可能跟对医生撒的谎一样多，可是撒得更加圆融一致，而且对律师来说，他可能也不一定要知道事情的真相。除此以外，他所要对付的通常都是物质上的利益。他是从一个专业化的视角来看待人性的。可是医生，尤其是医院里的医生，确实是赤裸裸地来看待人性的。患者的缄默通常都能被暗中瓦解；更为经常的是根本不存在缄默。在大多数情况下，恐惧都会击垮每一道防线；就连虚荣都会被它解除武装。大多数人都有一种想要谈论自己的热望，只不过受制于别的人根本不愿意倾听。矜持对大部分人来说都是一种人为的特质，不过是遭到无数次挫折的结果。医生是谨言慎行的。倾听是他的分内之事，没有任何详情是他不可以与闻的隐私。

不过当然了，即使人性展现在你面前，你如果视而不见的话也什么都学不到。如果你因为偏见而冥顽不化，如果你的性情多愁善感，你就算走遍了医院的病房，也会跟一开始一样无知无识。如果你想从这些经验中得到任何益处的话，你就必须拥有开放的心胸以及对人类的兴趣。我觉得我在这方面还是很幸运的，因为我尽管从来都不是很喜欢人，我却发现他们如此有趣，以至于我几乎从来都不会对他们感到厌烦。我并不是特别想要说，倒是非常愿意听。我并不很在意人们对我是不是感兴趣。我并不好为人师，一心想把自已拥有的知识传授给别人，如果他们错了，我也没觉得有去纠正他们的必要。如果你能保持自己头脑的冷静，你就能从那些单调沉闷的人身上得到很多的乐趣。我记得有一次在国外，一位好心的女士开车想带我四处去看看。她说的那些话都是众所周知的老生常谈，她使用了那么多陈腐的空言套语，绝望之下我只能不再去记它。可是她有一句话却像少数的几句俏皮话一样深深留在了我的记忆里；我们经过一排海边的小房子，她对我说："那是些周末小屋，不知道您懂不懂我的意思；换句话说就是人们礼拜六住进去，礼拜一就离开。"我要是错过了这句话，是会感到遗憾的。

我不想在让人厌倦的人身上花费太多的时间，但也不愿意在有趣的人身上花费太多的时间。我发现社交往来令人非常疲累。大部分人，我想，在谈话中都既能振奋精神又能得到休息；对我来说却一直是件苦工。我年轻的时候口吃得厉害，长时间的交谈使我特别地疲惫不堪，就算是现在，这毛病已经有很大的好转以后，这对我仍旧是很大的负担。在我能够逃避这个苦差，拿起一本书来读的时候，对我总是一种莫大的解脱。

# 二十

我绝对不会说,在圣托马斯医院度过的那几年已经使我对人性有了全面的认识。我想,任何人都休想真正做到这一点。四十年来,我一直都在有意识或者无意识地研究人性,时至今日,我仍旧发现人真是莫名其妙;我已经非常了解的熟人会做出我从没想到他们能够做出的事来,或者在他们身上意外地发现了某些特质,显示出我从没料想到的他们性格当中的另一面,让我大吃一惊。也可能是我受到的医学训练使我具有了一种扭曲的观点,因为我在圣托马斯医院里接触到的大部分都是些病人、穷人和没受过什么教育的人。我其实一直对此保持警惕。我也一直都努力防止自己的先入之见。我对别人天生就不信任。我更倾向于认为他们会去作恶而非行善。这也是一个人拥有幽默感所必须付出的代价。幽默感会引导你在人性的龃龉中寻得乐趣;它会使得你不信任那些伟大的宣言,反而去寻找这堂皇的外表下隐藏的不足道的动机;外表和实质之间的不一致让你觉得好玩,而当你无法发现这种不一致的时候,你就习惯于去人为地将其创造出来。你倾向于对真、美和善闭上眼睛,因为它们不会为你的荒谬感提供发挥的机会。幽默家一眼就能识破骗子;却并不总能认出圣徒。不过,如果说看人容易流于片面是幽默感需要付出的沉重代价,那么也可以得到一种颇有价值的补偿。你在笑话别人的时候是不会对他们动气的。幽默教人宽容,而幽默家,面带一丝微笑或者也许是发出一声叹息,更有可能只是耸耸肩膀,而不是去严厉谴责。他不会去说教,而满足于理解;因为懂得,所以慈悲,这是真的。

但我必须承认的是,带着这些我一直竭力不忘的对人性的保留意见,在接下来的那些所有的岁月中,我所获得的经验都无非只是印证了我在圣托马斯医院的门诊和病房里所观察到的人性的真相——并非有意,而是无意识进行的观察,因为我那时还过于年轻。自从那时我看到他们以后就已经看清了人的真相,并据此画出了他们的画像。这或许并不是一幅真实的画像,而且我知道很多人都觉得这是一幅令人不快的画像。它无疑是片面的,因为我自然是以自己的癖好习性去看人的。一个开朗、乐观、健康和多愁善感的人对同一个人的看法会是大为不同的。我能够保证的只有我是以前后一贯的观点来看待他们的。很多作家在我看来是根本就不去进行观察的,而是从他们自己幻想出的形象中以现有的尺寸创造出他们的人物来。他们就像是只依据对于古画的记忆来描绘形象的绘图员,从不试图去临摹活生生的模特儿。他们充其量也就只能为他们自己内心的幻想赋予一种似是而非的形状。如果他们内心是高贵的,他们就能给你一些高贵的形象,即便是这些形象欠缺普通生活的无限复杂性,问题也不是很大。

我是一直都根据活生生的模特儿进行创作的。我记得有一次在解剖室,我在和示教讲师一起复习"人体构造"时,他问我某条神经是什么神经,我说我不知道。他告诉了我;我对此提出异议,因为它所在的位置是不对的。但他坚持那就是我一直徒然在寻找的那根神经。我抱怨这种反常的情况,而他则面带微笑地说,在解剖学中不寻常就是正常。我只在当时有些恼火,那句话却印在了我的心底,而且打那以后,我已经被迫认识到,这话不但适用于解剖学,也同样适用于人性。你会发现所谓的"正常"是极为少见的。"正常"只是个理想。它是你用人类的平均特征组合而成的一幅图像,要在单一的某个人身上找出所有这些特征几乎是无法想象的。我之前所说的那些作家就是以一幅虚假的图像作为他们的模特儿的,而因为他们描写的都是那么特殊和例外的东西,所以他们极少能达到活生生的效果。自私和厚道、理想主义和耽于声色、虚荣、羞涩、无私、勇气、懒惰、紧张、固执以及畏怯,所有这些都可能存在于一个人身上,并能形成一种貌似讲得通的和谐。这是花费了很长的时间,才终于说服读者相信这就是事实的。

我并不认为生活在过去几个世纪的人就和我们今天认识的人有什么不同,不过在他们同时代人的眼里,他们肯定是显得比今天在我们眼里要更加完整一致,否则的话,当时的作家就不会那样去表现他们了。将每个人不同的脾性描绘出来似乎是合情合理的。守财奴就只是一钱如命,花花公子当然就浮华矫饰,而老饕就是贪得无厌。就没有一个人曾经想到过守财奴也有可能浮华矫饰和贪得无厌;而我们经常看到这样的人;更不会想到,他也许还是个诚实正直的人,对公务具有无私的热情,对艺术拥有真正的热爱。当小说家们开始将在自身中发现或在别人身上看到的那种多样性揭示出来的时候,他们却被指责为诋毁人类。据我所知,第一位刻意这么做的小说家是写《红与黑》的司汤达。同时代的评论界义愤填膺。就连圣伯夫①(他只需审视一下自己的内心,就可以发现无论多么对立的特质都能够以某种和谐的方式并立在一起)也对他大加挞伐。于连·索雷尔②是一位小说家曾经创造出的最有趣的人物之一。我并不认为司汤达成功地将其塑造成了一个完全可信的人

---

① 圣伯夫(Charles Augustin Sainte-Beuve, 1804—1869),法国文学评论家,早期拥护文学中的浪漫主义倾向,著有《十六世纪法国诗歌和法国戏剧概观》,后为实证主义批评的主要代表,强调研究作家生平经历和心理状态,既反对古典主义,也反对分析作品的社会意义,重要的文学批评著作有《文学家画像》《当代人物画像》《波尔-罗雅尔修道院史》《星期一谈话》《新星期一谈话》等。

② 于连·索雷尔(Julien Sorel),《红与黑》的男主人公。

物，但我认为这要归咎于我将在本书中的另一部分再加分说的一些原因。就小说的前四分之三而言，他的形象已经达到了一种完美的统一。他有时候会让你满怀恐怖；有时候又赢得你全副的同情；但他拥有一种内在的一致性，所以对这个人物尽管你经常会感到不寒而栗，你还是会全盘接受。

但是司汤达的榜样过了很久都没有开花结果。巴尔扎克尽管天纵其才，仍然以旧有的范型来描绘他的人物。他将他自己那充沛的活力灌注到他们身上，如此你才会把他们当作真人一样接受下来；可实际上他们都是些类型人物，就跟旧式喜剧中的人物一样确定无疑。他的人物令人过目难忘，但他们都是通过一种占有支配性的激情这个角度来展现的，这种激情影响到了所有那些和他们有所接触的人。我猜想，将人当作同质性的存在想必是人类一种先入为主的天性。很显然，认定一个人是这种或者那种人，毫不怀疑地宣称"他是个最好的人"或者"他猪狗不如"是会少掉很多麻烦的。如果发现他们祖国的大救星可能是个小气鬼，或者为我们的意识开辟了新天地的大诗人居然是个势利鬼，那确实是挺让人感到为难的。我们天生的自我主义引导我们通过他们和我们之间的关系对人做出判断。我们希望他们在我们看来是一种确定无疑的东西，对我们来说，他们就是那样的一种东西；因为其余的东西对我们没有任何好处，我们就干脆将它们忽略不计了。

这些原因或许可以解释，人们为什么那么不愿意接受将人的种种矛盾和多样的性质描绘出来的尝试，又为什么会在公正的传记家将名人的真相揭示出来的时候，沮丧地转过身去。一想到《名歌手》①中五重唱的作曲家居然在钱财上面有不诚实的表现，而且对

---

① 《名歌手》(*Meistersinger*)，即《纽伦堡的名歌手》(*Die Meistersinger von Nürnberg*)，德国作曲家瓦格纳（Wilhelm Wagner, 1813—1883）著名的歌剧代表作。

有恩于他的人恩将仇报,这的确令人痛心疾首。可是如果他没有这些重大缺点的话,他可能也就没有那些伟大的品质了。我不认为那些说名人的缺陷应当被忽略不计的人是对的;我觉得我们最好应该知道那些缺陷。这样一来,尽管我们认识到我们也有和名人们同样明显的缺点,我们也能相信,这并不妨碍我们拥有和他们一样的优点。

## 二十一

我在医学院受到的训练除了使我对人性有所认识以外,还使我具备了一些有关科学和科学方法的基本知识。在那之前,我关心的就只有艺术和文学。那知识非常有限,因为当时课程的要求很低,不过不管怎么说还是为我指出了一条通往我完全无所知的领域的道路。我对一些基本的原理也渐渐熟悉起来。我仅仅粗略涉猎过的科学世界是一个精确严密的唯物的世界,而因为它的那些概念与我自己的先入之见正相吻合,我于是就欣然拥抱了这些概念;正如蒲柏所说的:"对人而言,就让他们说他们想说的,用不着去管别人的意见,除非它和他们自己的意见是一致的。"我很高兴地了解到,人的思维(人本身就是各种自然因素的产物)乃是人的大脑的一种功能,就像身体的其他器官一样,无不受到因果律的支配,而这些律法和支配星辰和原子运动的那些规律是并无二致的。我很高兴地想到宇宙也不过是一台巨大的机器,其中的每个事件都是由其之前的事件所决定的,所以万事万物也不过就是其自身,并无任何神秘可言。这些概念不仅对我的戏剧性本能大有吸引力,还使我的内心充满了一种非常愉悦的解放感。我以青春特有的残忍,高兴地接受了"适者生存"的假说。我大为满意地得知地球只是个环绕一颗逐渐冷却的二等星旋转的泥点点;而人类由此产生的"进化",则将通过强迫人类调整自己以适应环境的方式,剥夺其已经获得的所有特质,只留下能够使他对抗有增无减的寒冷的那一些,直到最后这个行星变成一块冰冷的煤渣,一点生命的残余都无法维持为止。我相信我们全都是任由无情的命运摆布的可怜的傀儡；受制于无可改变的自然法则的支配，我们注定要加入到为求生存无休无止的斗争当中，而除了不可避免的失败以外，没有任何其他的结局可以期待。我得知人是受一种野蛮的利己主义驱动的，"爱"只不过是大自然为了求得物种的延续而跟我们玩弄的一个肮脏的诡计；我于是认定，不管人们为自己设定了什么样的目标，他们统统受到了蒙骗，因为除了求得他们自身自私的快乐以外，他们不可能有其他的目标。有一次，我碰巧帮了一个朋友的忙（出于什么原因我没有去细想，因为我知道我们所有的行为全都纯粹是出于自私），他想表示一下感激之情（他当然根本就不必有此感受，因为我那明显的好意全然是我有意做出来的），就问我想要件什么礼物，我毫不犹豫地回答说要斯宾塞的《第一原理》①。我心满意足地读了这本书。但我对于斯宾塞对进步秉持的感伤信念却感到不耐烦：我所认识的世界没有最坏只有更坏，一想到我那些早已忘记艺术、科学和工艺的遥远的后代们只能裹着兽皮蜷缩在洞穴里，注视着寒冷和无尽长夜的到来，我就特别高兴。我是个彻底的悲观主义者。尽管如此，我仍然拥有充沛的活力，所以总的来说我还是从生活中得到了很多的乐趣。我有野心要为自己谋求一个作家的名号。我投身于每一种兴衰无常的变迁当中，抓住任何一个机会以获取我想要获得的更多经验，我阅读每一本我能够到手的书籍。

---

① 斯宾塞（Herbert Spencer, 1820—1903），英国哲学家、社会学家，认为哲学是各学科原理的综合，将进化论引入社会学，提出"适者生存"说，著有《综合哲学》《生物学原理》《社会学研究》等。《第一原理》集中阐释了斯宾塞的实证主义哲学观点，是他研究社会和政治学说的主要著作之一。

## 二十二

这时候我生活在一帮年轻人当中,他们似乎都拥有远高于我的天赋。他们能写、能画、能够谱曲,表现出来的才具令我妒羡不已。他们对艺术所拥有的那种理解力和批评的本能是我无法望其项背的。这些人当中,有些并没有如我预想的那样大展宏图就已经离世,其余活着的也都默默无闻,并没取得什么成就。现在我知道,他们当初拥有的全都不过是自然迸发出来的青春的创造力。写几篇诗歌散文,在钢琴上敲击出几个小调,描描画画、涂涂抹抹,这都是很多年轻人的本能。那是一种游戏的形式,完全是起因于青春年少的旺盛精力,并不比小孩子在沙滩上堆砌的城堡更有意义。我怀疑,只是由于我自己过于天真,我才会那么羡慕我那些朋友们的天赋才华的。假如我不是那么单纯无知的话,我也许就能看出他们那些原本在我看来那么戛戛独造的创见其实都不过是二手货色,他们创作的诗篇和音乐更多地应该归功于好记性,而非生动的想象力。我想说的重点是,这种才具如果并不是普遍性的,至少也是非常普通的,不足以由此得出任何特别的结论。青春就是灵感。艺术的悲剧之一就在于眼看着有那么多人由于受到这种稍纵即逝的丰饶创作力的误导而献身于艺术创造。在他们年纪稍长以后,创造的才能就会弃他们而去,而此后他们所面临的就是在那漫长的岁月当中,由于已经不再适合从事更加乏味的工作,他们只能绞尽他们那疲累不堪的大脑,想要榨出他们的头脑已经无力提供的材料。如果他们能以某种跟艺术有关的方式谋生的话,比如说从事新闻工作或者教书,他们已经尽够幸运了,尽管我们知道这里面蕴含着怎样的悲苦心酸。

艺术家当然都是从那些天生就有此才具的人中间产生的。没有这种才具,他也就不会有才干;但才具只是才干的一部分。我们每个人一开始都是生活在我们自己的心灵的孤寂当中的,通过接收到的数据以及与其他心灵的沟通,我们构筑起适合我们需要的外部世界。因为我们都是同一个进化过程的产物,我们所处的环境也大体相同,所以我们构建的世界也是大致相似的。为方便和简单起见,我们在认识上将其当作同一个世界来接受,说起来也称之为共同的世界。艺术家的独特性就在于他在某些特别的方面和其他人不一样,所以他所构建的世界也就有所不同。这种特异性正是他的才具素养当中高明的那一部分。当他描绘的私人世界的图像引起了一部分人的兴趣时——或是以其陌生感,以其内在的兴趣,或者是由于和他们自己的偏爱相一致(因为我们只能和自己的邻人相当相像,却也不可能完全一样,也并不是每个人在每个方面都能接受我们这个共同的世界)——他的才干也就得到了承认。如果他是个作家,他会满足他的读者本性方面的某些需要,和他在一起,他们将过上一种相较于环境强加给他们的生活更令其满意的精神生活。但是这种独特性也并不能吸引另外那些人的兴趣。他们对于这个由其特别的才具所构建的世界并没有什么耐心,而实际上可能引起他们的反感。既如此,这位艺术家对他们也就无话可说,而他们也便会否认他的才干。

我不相信天才与才干是完全不同的两种东西。我甚至不能确定它所依靠的是否真是艺术家天赋当中任何明显的不同。譬如说,我并不认为塞万提斯拥有异乎寻常的写作天分;但几乎没有人能否认他是个天才。在英国的文学史上,你也很难找出一位比赫里克①更具有可喜天分的诗人了，可是除了这种讨人喜欢的才干以外，貌似他也就仅止于此了。在我看来，天才是由创造性的天赋再加上一种能够使其拥有者站在制高点上以个人的角度观照这个世界的独特本性所共同造就的，而在拥有了这样的普遍性以后，他所能吸引的就不单是这一类或者那一类人，而是所有的人了。他私人的世界就是普通人的世界，但却更宽广、更精粹。他的传达是普世性的，尽管人们可能无法准确地指明它到底意味着什么，却能感受到它的重要性。他是极为正常的。通过一种喜人的天赋际遇，他以人类普遍采用的健康方式，看到了处于最佳状态下的人生那无限广阔的生命力。用马修·阿诺德的话来说，他对人生的观照既稳重又全面。不过天才一个世纪也只会出现一两个。解剖学上的那个教训可以应用于此：再没有比"正常"更稀罕的了。像现在的很多人那样，只因为一个人写了五六部机灵的剧本或是画了二十幅不错的画儿就称其为天才，这是很愚蠢的。拥有才干是很好的一件事；很少有人真有。有才干的艺术家只能达到二流的水准，但一点都不需要为此而不安，因为这里面已经包含了很多其作品具有非凡优点的人物。当你想到这一流作品中已经产生了像《红与黑》这样的小说，像《什罗普郡少年》②这样的诗歌，像华托③这样的绘画，实在是没什么好羞愧的。才干无法攀到绝顶峰巅，不过在引导你朝峰巅攀登的路上，能够向你指点很多意想不到的胜景：一处人迹罕至的谷地，一条汩汩奔流的小溪或是一个罗曼蒂克的洞窟。人性是如此的

---

① 赫里克（Robert Herrick，1591—1674），英国牧师、诗人，本·琼森的高足，作品恢复了古典抒情诗风格，著有诗集《西方乐土》等。
② 《什罗普郡少年》（*The Shropshire Lad*）组诗是英国诗人、拉丁文学者豪斯曼（A. E. Housman，1859—1936）的代表作。
③ 华托（Jean Antoine Watteau，1684—1721），法国洛可可绘画的代表人物，画风柔媚纤细、抒情风流，具有现实主义倾向，代表作有油画《发舟西苔岛》《哲尔桑古董店》《丑角纪勒》等。

刚愎和乖僻,当它受命以最宽广的视野去对人性进行全面的勘察和审视时,它有时候反而会趑趄不前。面对托尔斯泰《战争与和平》的辉光华彩它会畏缩退避,反而心满意足地转向伏尔泰的《老实人》。你会感觉很难总是跟米开朗琪罗绘制的西斯廷礼拜堂天顶画生活在一起,不过如果换成是某一幅康斯特布尔①画的索尔兹伯里大教堂,那就完全没有问题了。

我的同情心是有限的。我只能做我自己,部分源自天然,部分源自我生活的环境,所以那只是部分的自我。我不是个喜欢交际的人。我没办法酩酊大醉然后感受到伟大的同胞之爱。宴饮之乐总是让我感到有点厌烦。当人们坐在酒馆里或者乘坐小船顺流而下,开始唱起歌来的时候,我只能保持沉默。我连一首赞美诗都没唱过。我不太喜欢被人触碰,当有人挽住我的手臂的时候,我总是要稍稍做点努力才不至于抽身回避。我从来都不能忘掉自己。这个世界的歇斯底里使我感到厌恶,再也没有比置身于一帮沉迷于剧烈的欢乐或是悲伤之情的人当中更能让我体会到疏离感的了。尽管我曾多次坠入爱河,我却从来都没体验过爱情得到满足时的狂喜。我知道这是生命能够给予我们的最好的礼物,而且是几乎所有的人都曾享受到的一种幸福,虽然可能为时非常短暂。我最爱的是那些对我关心甚少或者毫不关心的人,一旦有人爱上了我,我就会感到不自在。这一直都是一个我不太知道该如何应付的困境。为了不至于伤害他们的情感,我经常得装出一种我并没有实际体会到的热情。我一直都想从他们爱情的束缚中逃脱出来,在可能的情况下尽量温柔一点,如果做不到,就要恼羞成怒了。我一直都唯恐失去我的独立不羁。我做不到完全屈服、全情投入。所以,我由于从来都

---

① 康斯特布尔(John Constable,1776—1837),英国风景画大师,追求真实地再现英国农村的自然景色,主要作品有《白马》《干草车》《斯托尔小景》等。

不曾切身感受过正常人的某些基本的情感,我的作品也就不可能具有唯有最伟大的作家才能给予的那种亲昵无间、宽广无限的人情味儿以及动物性的安详宁静。

## 二十三

让公众来到幕后是很危险的。他们的幻觉很容易就会破灭,继而会迁怒于你,因为他们爱的就是幻觉;他们不理解,你最感兴趣的是你创造幻觉的方式。安东尼·特罗洛普[①]的作品已经有三十年没人读了,就因为他坦白承认他每天都在固定的时间写作而且留心为自己的作品谋到最好的出价。

不过对我说来,我人生的历程即将走完,再要隐藏真相我就会觉得很不舒服了。我不希望任何人把我想得比我实际应得的更好。就让那些喜欢我的以我的真面目来接受我,其余的尽请离开吧。我的性格强过头脑,我的头脑又强过特别的天分。多年前,我曾对一位迷人而又杰出的评论家说过这样的话。我不知道当时我为什么会这么做,因为我是不太愿意在一般性的朋友之间谈论我自己的。那是在蒙迪迪耶,大战[②]刚开始的几个月间,当时我们在前往佩罗讷的路上一起吃了顿午饭。我们已经非常辛苦地劳作了好几天,终于能够消消停停地吃一顿对我们健康的胃口大有益处的好饭,也是难得的赏心乐事。我想我是喝了几杯而面色酡然了,而且又因为发现——从市场上立的一尊雕像上——蒙迪迪耶就是将土豆引入法国的帕尔芒捷的出生地而大为兴奋。总之,在我们悠闲地喝着餐后咖啡和利口酒的时候,我不禁心有所动,对自己的才干做了一番敏锐而又坦诚的分析。而几年之后,当我在一份重要报纸上读到一篇几乎就是我的原话的专栏文章时,我真是大为窘迫不安。我也的确有些恼火,因为把自己的真实情况讲出来和由别人来讲,这当中还是大有不同的,我认为这位评论家最好还是能够实话实说,承认这都是听我亲口所说的为好。不过这还是要怪我自己,因为想来那位评论家自然也会很高兴觉得自己独具只眼的。何况他说的还都是事实。这对我来说堪称一个小小的不幸,因为那位评论家理所当然地具有不小的影响力,于是他在这篇文章当中说的那些话被非常广泛地重复说起。我还有一次谬托知己,跟我的读者说我能力超群。人们会觉得除非我往自己脸上贴金,要不然评论家们是无论如何都发现不了这一点的;不过打那以后,这个形容词就被广泛而又轻蔑地加在我身上了。在我看来,居然有那么多只不过和艺术有点间接关系的人对于能力这么瞧不上,这实在是有点奇怪。

  人家告诉我,有天生的歌手也有习得的歌手。尽管当然也必须具有嗓音方面的基本条件,习得的歌手所取得的成就大部却应归功于训练;他可以用鉴别力和音乐能力来弥补他天生嗓音条件的相对贫弱,他的演唱也能带来极大的乐趣,尤其是对鉴赏家而言;可是他永远都不能像天生的歌手那样,以纯粹的、鸟儿鸣啭般的音符把你感动得如痴如狂。天生的歌手可能没有受过充分的训练,可能既没有技巧又没有知识,他可能会触犯所有艺术的标准,可他的声音就是具有让你着迷的魔力。当那天堂般的声音魅惑了你的耳朵,你就会原谅他的自作主张、他的庸俗粗鄙、他那对于情感过于明显的感染力。我是个习得的作家。不过假如我认为我所取得的成就是我有意设计、刻意为之的结果,那就有些自高自大了。我是由非常简单的动机吸引而走上各种不同的道路的,也唯有在回头去看的时

---

① 安东尼·特罗洛普(Anthony Trollope, 1815—1882),英国小说家,长期在邮局工作,前期所作总称为"巴塞特郡纪事"的六部长篇小说,描写乡间地主和中产阶级的生活,以《养老院院长》和《巴塞特寺院》最为著名,后期创作总称为"巴里赛小说"的六部长篇小说,主要描绘政界人物的生活,其中的《首相》颇获好评。
② 第一次世界大战。

候，我才发现自己是下意识地朝某个特定的目标在努力。这个目标就是培养我的性格以弥补我天赋中的不足。

我有个清晰而富有逻辑性的大脑，却并不太精微也不太强有力。有很长一段时间我都但愿能有个更好的大脑。我过去常常因为它做不到我所希望的程度而大为恼怒。我就像个只会加减的数学家，虽然很想能应付各种复杂的运算却自知根本就没有这个能力。我花了很长的时间才学会心甘情愿地去充分利用己之所有、发挥己之所长。我现在认为，无论我从事哪个行业，我这个头脑已经好到尽够使我获得成功了。我不是除了自己的专长在别的方面都是傻瓜一个的那种人。无论在法律、医疗还是政治领域，清晰的思维和对人性的洞察都是非常有用的。

我有一个优势；我向来就不缺写作的主题。我头脑里的故事总是比我有时间写出来的要多。我经常听到作家们抱怨，说他们想写，可是没什么好写的，我记得有位著名作家跟我说过，她正在浏览一本将所有曾经使用过的情节都汇编成一册的书，为的是能找到一个写作的主题。我自己就从来没有碰到过这样的困境。我们都知道，斯威夫特曾声称无论什么样的题目他都能写，当有人故意给他出难题让他写一篇有关扫把的论文时，他圆满地完成了任务。我也几乎想说，如果从某人身上弄不到足够的材料，至少可供我写一篇关于他的还读得下去的故事，我是不会和任何人共度一个钟头的时间的。脑子里装着这么多故事，不管你的情绪如何，你都可以在一两个钟头或者一个礼拜的时间里让你的思绪在其中徜徉，这是桩很令人愉快的事情。幻想是创造性想象的基础；它是艺术家的特权，对他来说这并不像对其他人那样是对现实的逃避，而是他进入现实的方式。他的幻想是有目的性的。与幻想提供给他的乐趣相比，感官的快乐都会显得苍白无力，因为它为他提供的是自由的保障。如果他有时宁愿坐享这种快乐而不愿意拿它来交换实际将它写出来的苦工和损失，那也丝毫不必感到奇怪。

尽管我有过多种多样的创作——这并不奇怪，因为这是人类的多样性的必然结果——但我想象的能力却比较薄弱。我取材真实的活人，把他们放在适合他们性格的悲剧或者喜剧性的情境当中。我也很可以说，是他们自己创造出了自己的故事。我没办法进行那种伟大的、持久的飞行，它们将作者放置于宽广的翅翼之上，扶摇直向九天飞去。我的想象力从来就不是很强，还经常受到我对可能性的感受的阻碍。我画的一直都是架上绘画，从没画过湿壁画。

## 二十四

我由衷地希望年轻时能有一个见多识广的人来指导我的阅读。回想起在那些对我并无太大益处的书上浪费的时间，我就忍不住喟然叹息。我得到的那一点点少量的指引应归功于在德国认识的一个年轻人，在海德堡时他跟我住在同一户人家里。我姑且叫他布朗吧。他当时年方二十六岁。离开剑桥以后，他取得了律师资格，不过他还有点钱，在生活费用便宜的当时足够他过活了，而且他又发现律师这行不合他的脾胃，于是就下定决心献身于文学。他到海德堡来学德语。我跟他的交情持续了四十年，直到他去世为止。前二十年里，他以想象等他真正动手时该写什么自娱，后二十年里他则想象假如命运待他更加仁慈一些的话，他本来能够写出什么作品来。他写了大量诗作。他既没有想象力，也没有热情；耳朵还有毛病。他花了几年时间来翻译那些最常被翻译的柏拉图对话。不过我还是怀疑，他是否曾翻译完一篇对话。他这个人完全没有意志力。他多愁善感又很虚荣。他身量矮小却相貌英俊，眉清目秀而且一头鬈发；他有一双浅蓝色的眼睛，一副满怀想望的神情。他就是人们想象中一位诗人应有的样子。过了一辈子彻底懒散的生活后，进入老境的他变成了憔悴瘦弱的秃顶老人，具有了一种苦行的气息，不知道的也许还会把他认作一位常年热忱而又无私地献身于学术研究的老学究呢。他表情当中的灵性气质令大家想到的是一位在探索过生存的奥秘却只发现虚空以后的哲学家所怀有的疲惫厌倦的怀疑主义。把他那笔小小的财富逐渐挥霍光了以后，他宁肯依靠别人的慷慨施舍过活也不愿去工作,他经常处于入不敷出的境地。他却自始至终都骄矜自负。这使他能够顺从地忍受贫困,漠然地忍受失败。我想他肯定丝毫都没意识到自己原来是个无耻的骗子。他整个的一生就是个谎言,但在他临死之际——假如他知道自己就要死了的话,不过万幸他并不知道——我敢肯定他会认为自己的一生绝没有虚度。他有魅力,他不嫉妒,虽说因为过于自私而没帮过任何一个人,却也绝不会做出不近人情的事。他对文学具有真正的鉴赏力。当我们一起在海德堡的山上长时间地漫步时,他和我谈的全都是书。他和我谈起意大利和希腊,事实上对于这两个国家他都不了解,但他却燃起了我年轻的想象力,我开始学起了意大利语。我以改宗者的热忱接受了他跟我说的每一样东西。他曾激起了我对某几部时间已经证明了并不那么值得敬慕的作品的热情敬慕,而我并不因此而责怪他。他搬来和我同住的时候见我正在阅读《汤姆·琼斯》,那是我从公共图书馆里借来的,他就跟我说,看这样的书当然并没有什么不好,但我更应该读的是《歧路中的戴安娜》①。他那时候就已经是个柏拉图主义者了,他给我看雪莱翻译的《会饮篇》。他跟我说起勒南②、纽曼主教和马修·阿诺德。不过他认为马修·阿诺德本身就是非利士人③。他跟我说起斯温伯恩的《诗歌与民谣》和莪默·伽亚谟④。他熟记了很多的四行诗,在我们漫步的时候背诵给我听。我在两种不同的情绪之间摇摆不

---

① 《歧路中的戴安娜》(Diana of the Crossways),乔治·梅瑞狄斯出版于一八八五年的长篇小说。
② 勒南(Ernest Renan, 1823—1892),法国哲学家、历史学家,以历史观点研究宗教,主要著作有《基督教起源史》等,尤以该书第一卷《耶稣的一生》最为著名。
③ 马修·阿诺德在其名著《文化与无政府状态》中将维多利亚时代的英国人分为野蛮人(贵族)、非利士人(中产阶级)和群氓(平民)。
④ 莪默·伽亚谟(Omar Khayyám, 1048—1122),亦译"欧玛尔·海亚姆",波斯诗人、数学家、天文学家,著名的四行诗集《鲁拜集》否定来世和宗教信条,充满哲学意味,带有悲观厌世色彩。

定,一种是被诗行中那罗曼蒂克的伊壁鸠鲁主义所激发的迷恋之情,另一种则是因布朗的念诵方式而引发的尴尬之情,因为他诵读起诗歌来活像个高教会派的副牧师在昏暗的教堂地下室里吟诵连祷文。不过,如果你想做个文化人而不是个英国的非利士人的话,你真正需要仰慕的两位作家则是沃尔特·佩特和乔治·梅瑞狄斯。我完全准备就照这种说法去做,以达成这一令人向往的目标,我在读《为夏巴特修面》①时不断爆发出一阵阵大笑,这肯定显得令人难以置信。在我看来那本小说真是超级有趣。然后我就一本接一本地把乔治·梅瑞狄斯的小说读了个遍。我当时觉得它们挺精彩的,但并没有我向自己假装的那般精彩。我的赞赏是有些做作的。我赞赏他是因为赞赏梅瑞狄斯是当时有文化的年轻人的题中应有之义。我陶醉于我自己的热情当中。我不愿意倾听内心深处那还很小的吹毛求疵的声音。现在我知道,在这些小说当中有大量的虚饰和浮夸。可奇怪的是,重读这些小说时,我就像是重又回到了我初读它们的日子。对现在的我来说,它们充满了阳光明媚的早晨、我那正在觉醒的心智以及甜美的青春梦想,所以即便我在合上一本梅瑞狄斯的小说——比如说《伊万·哈灵顿》②——时认定它的不诚实令人恼怒,它的势利令人憎恶,它的冗赘令人难以忍受,我再也不会多读一本了,但我的心却融化了,还是觉得它非常伟大。

但另一方面,对于我同时并以类似的兴奋之情阅读的沃尔特·佩特,我却没有这样的感受。对我来说,并没有任何愉快的联想能够赋予他一种他无权拥有的优点。我发现他就和阿尔

---

① 《为夏巴特修面》(*The Shaving of Shagpat*),乔治·梅瑞狄斯出版于一八五六年的幻想小说。
② 乔治·梅瑞狄斯比较不太重要的喜剧性小说,出版于一八六〇年,以家族制农业和他自己的亲戚作为小说的主题。

玛-塔德玛①的画一样呆钝乏味。居然有人曾对那样的散文赞赏有加,实在是咄咄怪事。它丝毫都不流畅。其中也并没有什么特别的风格和气息。就像是由某个并不具备了不起的工艺技能的人为了装饰一家车站餐厅而细心拼贴成的马赛克壁画。佩特对他周围的生活秉持一种与世隔绝的态度,略显傲慢,带一种绅士派头,简而言之就像个大学学监一样装模作样,令我感到厌恶。艺术应该以激情和狂热来欣赏,而不应秉持一种温吞水似的、不以为然的优雅,就像是害怕公共休息室里的苛责挑眼一样。但佩特是个软弱之辈:没必要以艺术激情苛责于他。我不喜欢他并不是为了他本人之故,而是因为他是文学世界里普遍而又可憎的一种类型。就是充满了文化自负的那种人。

　　文化的价值就在于它对性格的影响。如果它不能使人的品性变得高贵而有力,它就毫无用处。它的功用在于人生。它的目的不是美而是善。众所周知,它太过经常地却只会导致自满自足和沾沾自喜。谁没有见过一位学者在纠正一处引文错误时的抿嘴一笑,一位鉴赏家在有人赞美他不以为然的一幅画作时的苦涩神情呢?读过一千本书并不比犁过一千块地更有价值。能够恰当地描述一幅画并不比能够找出一辆熄了火的汽车毛病出在哪儿更有价值。这每一个案例所体现的都是专门的知识。股票经纪人也有他的知识,工匠也是一样。认为只有他自己的知识才真正重要,这是知识阶层愚蠢的偏见。真、善和美并非那些上过昂贵的学校、常泡图书馆和博物馆的人的特权。艺术家没有任何借口认为自己高人一等。如果他认为他的知识比别人的更重要,他就是个傻瓜,如果他不能以

---

① 阿尔玛-塔德玛(Sir Lawrence Alma-Tadema,1836—1912),英籍荷兰画家,专画古典题材的作品,生前虽以对古典时期的细致描绘而著称,身后对其作品的评价却一落千丈。

平等的立场舒畅地待人接物,那他就是个白痴。马修·阿诺德在坚持其反对缺乏文化修养的非利士主义的立场时,对文化造成了极大的伤害。

## 二十五

十八岁上,我通法语、德语和一些意大利语,可我是个极端缺乏教育的人,而且深切地意识到我的无知。我阅读能够得到的任何书籍。我的好奇心极为旺盛,我既愿意去读有关普罗旺斯诗歌的论著或是圣奥古斯丁①的《忏悔录》,也同样愿意去读秘鲁的历史或是一位牛仔的回忆录。我想,这使我得到了一定数量的一般知识,对小说家的写作还是有用的。你永远都不知道,一点偏离正轨的冷僻知识什么时候会派上用场。我曾为自己读过的书列过清单,其中有一张碰巧留了下来。那是我两个月内读的书,我简直不敢相信那是真的。这份书单显示,我读了三部莎士比亚的戏剧、两卷蒙森②的《罗马史》、朗松③《法国文学史》的大部分、两三部长篇小说、一些法国古典作品、一两部科学著作和易卜生的一部戏剧。我的确是个勤奋的学徒。在圣托马斯医院期间,我系统地阅读了英国、法国、意大利和拉丁文学。我读了很多历史、一点哲学和大量的科学著作。我的好奇心太盛,不允许我花很多时间反思我读过的东西;我迫不及待地想尽快读完一本书,又同样急切地开始读另一本。这一直都是一种历险,而我会怀着无比兴奋的心情开始一部著名作品的阅读,就像一个通情达理的小伙子要去为自己的球队加油助威或者一位漂亮姑娘要去参加舞会一样。寻找新闻素材的记者们时不时地会问我,我这一生中最感到激动兴奋的是哪个时刻。如果我不羞于承认的话,我会回答,那就是我开始阅读歌德的《浮士德》的那一刻。我从来都没有怎么失去过这样一种感觉,即便是现在,一本书的开头几页有时候还会使我的血液在血管中的流动瞬间加速。对我来说阅读就是休息，就像谈话或是牌戏对别人的作用一样。还不止于此；它是一种必需，如果我被剥夺了这种权利，哪怕只有一小会儿，我就会像一位瘾君子被剥夺了他的毒品那样无比暴躁。相比于什么都不读，我会宁肯去读一份时刻表或是商品目录。还有更极端的。我甚至把大把的时间愉快地花在仔细研究陆海军商店④的价目单、二手书商的名录以及全国火车车站及客运时刻一览表上。

我只有在意识到时光正在流逝，生活才是我的正事的时候，才会把书放到一边。我进入这个世界，是因为我认为为了得到写作所必需的经验一定要这样做，不过我进入这个世界也是因为我想获取经验本身。在我看来，仅仅成为一个作家是不够的。我为自己所设计的范式力主我应该在"做一个人"这一奇妙无比的事件当中最大限度地全情投入。我渴望去感受普通人的苦痛，去享受普通人的乐趣，这本身就是人类命运的一部分。我看不出有任何理由，应当将感官的诉求置于精神那迷人的诱惑之下，我决心要从社会交往和人际关系，从饮食和通奸，从奢侈、运动、艺术、旅行，以及如亨利·詹姆斯所言的无论什么东西当中，获得我能够获得的一切。不过，所有这些都是要我付出努力去实现的，而我每次重新回到我的书本我自己的朋友们当中，我总会无比欣慰。

不过，我虽然读了这么多书，我却是个笨拙的读者。我读得很

---

① 圣奥古斯丁（St. Augustine of Hippo, 354—430），基督教哲学家、拉丁教父的主要代表，罗马帝国北非领地希波地区主教。
② 蒙森（Theodor Mommsen, 1817—1903），德国历史学家，著有《罗马史》《拉丁铭文集成》《罗马国家法》等，获一九〇二年度诺贝尔文学奖。
③ 朗松（Gustave Lanson, 1857—1934），法国文学史家、文学评论家，文学观念上接受泰纳的实证主义，但考察文学史现象兼及文学潮流和客观社会情况，著有《布瓦洛》《高乃依》《伏尔泰》《法国文学史》等。
④ 陆海军商店（Army and Navy Stores）是英国一家历史悠久的商店集团，其旗舰店位于维多利亚街。

慢,而且又很不善于跳读。我发现不管一本书写得多糟、多么使我感到厌烦,我都很难不把它读完。我没有从头到尾读完的书,扳着手指头就能数得过来。而另一方面,我读过两遍的书也是少而又少。我很清楚有很多书只读一遍是没办法汲取其全部价值的,但在这第一遍的阅读当中我已经得到了我所能得到的一切,尽管我也许已经忘了其中的细节,但这依然是一种永远的滋养。我知道有些人会反反复复地重读同一本书。那原因只可能是他们是用眼睛而非感受力在读。那是一种机械性的操练,就像西藏人转动转经筒一样。那无疑是种无害的消遣,但如果他们认为这是种智力活动,那他们就错了。

## 二十六

我年轻的时候，如果我对一本书的本能感受和权威批评家的观点有所不同，我总会毫不犹豫地认定错的是我。我不知道批评家们是否经常接受传统的观点，我是从来没有想到过他们会言之凿凿地谈论那些他们其实是不甚了了的东西。我是在很久以后才想明白，在一部艺术作品中，对我而言最重要的就是我对它有什么样的想法。如今我对自己的判断已经有了一定的信心，因为我已经注意到我四十年前阅读那些作家时的本能感受，以及由于和当时的主流观点不符而不敢听从的那些认识，现在已经被相当普遍地接受了。你也不会总是想出于增益自己灵魂的目的而读书，而如果只是想消磨掉一两个钟头的时间，那就再也没有比阅读一卷评论性著作更令人愉快的了。看法一致固然有趣，意见相左也同样有趣；而且能够了解一个聪明人对某个你从没有机会去读的作家——比如说亨利·莫尔[①]或者理查逊[②]——有什么样的看法，总是很有意思的一件事。

但一本书里唯一重要的就是它对于你的意义；对于批评家而言它也许还有其他以及更为深远的意义，但一经转手，它们对你来说就鲜有用处了。我不是为了书而读书，而是为了我自己才读的。对书做出评判不是我分内的事，我分内的事是吸收我能够吸收的东西，就像变形虫吸收异体的微粒一样，而那些我不能吸收同化的东西就跟我没有任何关系了。我不是学者、学生或者评论家；我是个职业作家，现在我只读对我的职业有用的那些书。任何人都能写一本书，彻底推翻在托勒密王朝已经被秉持了好几个世纪的那些观念，我会心安理得地丢在一边不去读它；他也可以描述在巴塔哥尼亚腹地的一次不可思议的冒险之旅，而我同样也会置之不理。小说家除了他自己的领域之外，不须成为任何领域的专家；这对他反而是有害的，因为人性是软弱的，他会很难抗拒不恰当地显摆他的专业知识的诱惑。小说家如果过于技术化就很不明智了。九十年代流行起来的大量使用行业术语的做法着实令人厌烦。没有这些东西也能呈现出逼真的效果，而他们标榜的那种气氛是以沉闷乏味的昂贵代价获得的。小说家应该对人们所从事的那些重大的事件多少有所了解，因为他的创作主题就是人，不过只要略知一二也就尽够了。他必须不惜一切代价避免卖弄学问、炫耀才学。即便如此，那领域也还是极为广阔的，我就一直尽量将自己限定在那些对我的目的真正有用的作品当中。对于你的人物，你永远都嫌了解得不够。传记和回忆录、技术性的作品，都经常能给你提供一个私密的细节、一种生动的手法、一个大有启发的暗示，而这些可能是你永远都无法从一个活生生的模特儿身上得到的。你是很难真正了解一个人的。诱导他们把那些可能对你有用的、有关他们自己的那些特别的事情讲给你听，是件非常花时间的工程。他们还有这样一种不利因素，就是你没办法像看书一样想看就看，不想看就扔在一边，而经常是你不得不读完一整卷，其结果也只是知道，它实在是没什么能够告诉你的东西。

---

① 亨利·莫尔(Henry More,1614—1687)，英国诗人和宗教哲学家，早期诗作与斯宾塞类似，具有形而上学的主题，并包括对他已经背离了的宗教进行讽刺的小品，其宗教观点最充分地体现在《对于虔诚的伟大奥秘的解释》和《神圣的对话》中，这些观点集中于这样一个思想，即"基督教的任何真正观点与真正哲学及正当理性所确定和允许的事物之间并无实际冲突"。
② 理查逊(Samuel Richardson,1689—1761)，英国小说家，其书信体小说《帕美拉》《克拉丽莎》和《查尔斯·葛兰迪森爵士》对十八世纪西欧文学影响深远，《帕美拉》更是被称为英国的第一部小说。

## 二十七

急于写作的年轻人有时候会不耻下问,要我给他们开列一些应该阅读的书目。我竭诚以告。他们却很少去读,因为他们貌似没什么好奇心。他们并不关心他们的前辈们都做了些什么。他们在读了两三本弗吉妮娅·伍尔夫、一本 E. M. 福斯特和几本 D. H. 劳伦斯的小说,以及——非常奇怪的是——《福尔赛世家》①以后,就认为有关小说艺术必须了解的一切他们已经尽数知晓了。当代文学的确具有古典文学所没有的生动的吸引力,而且知道他的同代人正在写些什么以及是怎么写的,也很有好处。不过在文学中也是有各种时尚的,要说出当下碰巧正在流行的写作风格中到底有什么样的内在价值,却是殊非易事。而如果熟悉过去的伟大作品的话,却可以提供一个用于比照的很好的标准。我有时候在想,很多年轻作家尽管颇有才具、人也聪明而且技巧娴熟,却经常无果而终,其原因是不是由于他们的无知。他们能写出两三本不但才华横溢而且非常成熟的作品,然后就到此为止了。但这并不能使一国的文学丰富起来。因为要想丰富一国的文学,必须有的不是只能写出两三部,而是能创作出大量作品的作家。这些作品的水平当然会参差不齐,但正是要有那么多幸运的情况凑在一起,才能产生出一部杰作;而一部杰作更可能是一生辛苦创作达到顶点的产物,而非无师自通的天才的侥幸偶得。作家只有不断地自我更新,才能做到富饶多产;而唯有其灵魂能不断受到新鲜经验的滋养,他才能够做到自我更新。再没有什么比对过往那些伟大的文学成就的迷人探险更能成为富有成效的源泉的了。

因为一件艺术作品的产生并不是一个奇迹的结果。它要求有充分的准备。土壤就算是非常肥沃，也必须不断施肥。艺术家必须通过深思熟虑，通过审慎的努力，以扩大、加深并且使他的个性变得多样化。然后土壤还必须要休耕。犹如基督的新娘，艺术家要等待那将给他带来全新灵性生命的启示。他要耐心地从事他那日常的职业；他的无意识同时也在进行它神秘的工作；然后创作灵感会突然间迸发出来，你都会以为那是从乌有乡中凭空产生的。但就像撒播在石头地面上的谷粒很容易枯萎一样；这灵感必须要加以无比精心的呵护。艺术家必须调动起全副的精神能力来进行这项工作：他全部的专业技能，他全部的经验，以及他的性格和个性当中的无论什么能量，如此这般，再历经千辛万苦之后，他才有可能以适合这一灵感的完满形式最终将其呈现出来。

我在建议年轻人去读莎士比亚和斯威夫特的时候——我要强调一下，这完全是应他们的要求——我并没有丝毫的不耐烦，而他们却告诉我，他们在幼儿园就读过《格列佛游记》，在学校里就读过《亨利四世》了；而如果他们发现《名利场》无法忍受、《安娜·卡列尼娜》无聊透顶的话，那就是他们自己的事了。除非你能从中得到享受，否则任何阅读都是没有价值的。对他们而言，至少可以这么说：他们并没有遭受知识自满之苦。他们也并没有因为受到宽泛文化的影响而丧失了对于普通公众的同情心，而这些普通人毕竟是其创作的素材。他们距离他们的同胞更近，而且他们所从事的艺术并无神秘色彩，而是一种手艺，并不比其他任何手艺更加高明。他们写小说和戏剧的态度就跟别人造汽车一样单纯自然。这其实是

―――――――――――――
① 《福尔赛世家》三部曲是英国作家高尔斯华绥（John Galsworthy, 1867—1933）的代表作。

一种很好的现象。因为艺术家,尤其是作家,会在自己精神的孤独中建造一个不同于他人的世界;这种使他成为一个作家的特质会把他和其他人分开,于是就会出现这样的一种悖论:虽然他的目标就是忠实地描绘他们,他的天赋却又阻碍他去了解他们的真情实况。这就仿佛是他急切地想去看清一样特别的东西,而这个观看的动作本身却在这样东西面前拉上了一层纱幕,越发使它模糊不清了。作家既要入乎其内又要出乎其外。他是个从不会在角色中失掉自我的喜剧演员,因为他同时既是观众又是演员。说诗是在平静中忆起的情感固然是很不错的;不过诗人的情感是很特别的,是不同于常人的,从来都不是不偏不倚的。这也就是女性为什么能凭借其本能的判断力经常发现诗人的爱情总是无法令人满意的原因所在了。相比而言,现在的作家们可能更加贴近他们的创作素材,更像是普通人置身于普通人当中,而非艺术家置身于异质的人群中,他们也许能够破除他们特殊的天赋无可避免地会竖起的藩篱,从而可以比之前更加接近完全的真相。不过在这之后,你也将不得不重新确立你对真实与艺术之间的关系的认识了。①

---

① 据一九三八年的初版,之后的版本中删去了最后这句话。

## 二十八

我曾拥有知识分子的全副傲慢,如果说我已经如我希望的那样丢弃了它,那并不是由于我的美德或是智慧,而必须归功于这样一种机缘:跟绝大多数作家相比我都更是个旅行家。我喜欢英国,但在那里我从来就没有过家的自在感。和英国人在一起我也总有种畏缩感。对我来说,英国一直都是这么一个国家:在那里有我不想履行的义务以及让我烦恼的责任。在我和我的祖国之间至少隔上一条英吉利海峡之前,我从来都不会感到完全的轻松自如。有些幸运的人能在自己的内心世界中找到自由;我没有那么强大的精神力量,是在旅行中找到自己的。当初我还在海德堡的时候,就借机去了德国的好多地方(在慕尼黑,我看到易卜生在马克西米连纳霍夫①一边喝一杯啤酒,一边面色阴沉地看一份报纸),也去了瑞士;不过我第一次真正的旅行是去意大利。去之前,我先饱读了沃尔特·佩特、罗斯金和约翰·阿丁顿·西蒙兹②的作品。我有六周的复活节假期可以自由支配,兜里还有二十英镑。我先去了热那亚和比萨,步履维艰地跋涉了漫长的距离,就为了在雪莱阅读索福克勒斯并在吉他上写下诗句的那个松林里坐上一会儿。然后在佛罗伦萨一位孀居的女士家里安顿下来,前后住了不到一个月的时间。在此期间一边和房东太太的女儿一起读《炼狱》,一边手握一卷罗斯金的著作,不辞劳苦地逐日去遍访那些著名的景点。罗斯金告诉我应该赞赏的一切我全都赞赏(就连那座可怕的乔托塔③都包括在内),凡是他非难的我全都厌恶地掉头就走。他再也没有比我更虔诚的门徒了。之后我去了威尼斯、维罗纳和米兰。我回到英国的时候感到洋洋自得,对任何不同意我(以及罗斯金)对波堤切利④和贝里尼⑤看法的人全都嗤之以鼻。那年我二十岁。

一年后我又去了趟意大利,最南一直到那不勒斯,并且发现了卡普里岛。那是我平生所见最迷人的一个地方,第二年的夏天,我整个的假期都在那儿度过。当时的卡普里还鲜为人知。从海滩到市镇之间也还没有索道缆车。很少有人夏天会去那里,只要每天四先令,就够你在那儿包膳宿的,这其中还包括了葡萄酒,从你卧室的窗户就可以看到维苏威火山。当时在那儿的有一位诗人、一位比利时的作曲家、我在海德堡的朋友布朗、一两位画家、一位雕塑家(哈佛·托马斯),以及一位在内战期间曾为南军战斗过的上校。我心驰神往地倾听他们谈论艺术与美、文学与罗马史,要么在安纳卡普里上校的家里,或者就在露天市场附近的莫尔加诺酒店里。我亲眼看到有两位因为对埃雷迪亚⑥十四行诗的诗性价值意见不一,简直要相互撕咬对方的咽喉。我觉得这全都伟大得不得了。艺术,为艺术而艺术,这是世界上唯一重要的事情;而唯有艺术家能赋予这荒

---

① 马克西米连纳霍夫(Maximilianerhof),应是当时当地的一家著名餐厅或酒馆。
② 约翰·阿丁顿·西蒙兹(John Addington Symonds,1840—1893),英国作家,以写意大利文艺复兴史闻名,著有七卷本《意大利文艺复兴》,还有译作《米开朗琪罗和康帕内拉的十四行诗》等。
③ 指乔托钟楼(Giotto's Campanile),即佛罗伦萨大教堂的钟楼,著名画家乔托(Giotto di Bondone,约1267—1337)一三三四年被任命为佛罗伦萨市政建设监察官,同年六月他设计了大教堂的钟楼,还为这座独立的钟楼设计了部分浮雕。
④ 波堤切利(Sandro Botticelli,1445—1510),意大利文艺复兴时期画家,运用背离传统的新绘画方法,创造出富于线条节奏且擅长表现情感的独特风格,代表作有《春》《维纳斯的诞生》等。
⑤ 作为意大利文艺复兴时期威尼斯画派奠基人的贝里尼父子均有大名,包括雅各布·贝里尼(Jacopo Bellini,约1400—约1470)及其长子贞提尔·贝里尼(Gentile Bellini,约1429—1507)、次子乔凡尼·贝里尼(Giovanni Bellini,约1431—1516)。
⑥ 埃雷迪亚(José María de Heredia,1842—1905),法国诗人,杰出的十四行诗大师,他的一百一十八首十四行诗和几首长诗编集为诗集《锦幡集》,这些诗通常抓住历史上(往往是古典时期或文艺复兴时期)短暂的片刻或者一件艺术品作惊人的形象化描绘。

谬的世界以意义。政治、商业、需要高深学识的职业——站在"绝对"的立场上看来它们都算得了什么？对于一首十四行诗的价值或者一块希腊浅浮雕的卓异（希腊，胡说八道！我跟你说那只是罗马的复制品，我敢打包票），我的这些朋友们的意见容或会有不同；不过他们都会同意这一点：他们全都燃烧着宝石般高能的火焰。我太害羞了，没有告诉他们我已经写好了一部长篇小说，第二部也写了一半，虽然我也燃烧着宝石般高能的火焰，却被当作一个只关心解剖死尸而且一不留神就会给他最好的朋友灌肠的非利士人看待，这实在是对我的莫大侮辱。

## 二十九

不久以后我就有了资格。我已经出版了一部长篇小说,并且得到了意料之外的成功。我认为我的命运已经决定,我于是弃医从文,去了西班牙。那年我二十三岁。我想,我那时要比现在同龄的年轻人无知得多。我在塞维利亚安顿下来。我留起了小胡子,抽着菲律宾雪茄,学起了吉他,买了一顶平顶的宽檐帽,戴着它昂首阔步地沿着西尔皮斯大街溜达。我还渴望能拥有一件飘逸的披风,以绿色或红色天鹅绒做衬里,但因为价格太高,并没有买成。我骑着一匹朋友借给我的马在乡间四处逛荡。生活太美好了,我没办法心无旁骛地专注于文学。我的计划是在那儿待上一年,直到我学会了西班牙语;然后前往罗马,之前我对它只有一点观光者的了解,这次可以完善我对意大利语的肤浅知识;接着就前往希腊,我打算在那儿学习当地的方言,作为进一步学习古希腊语的途径;最后前往开罗学习阿拉伯语。这是个野心勃勃的计划,不过我现在很高兴我当时并没有付诸实施。我按计划去了罗马(在那儿写了我的第一部戏剧),不过然后就回到了西班牙,因为出现了此前始料不及的事情。我爱上了塞维利亚和那里的人所过的生活,还意外地爱上了一个长着一双碧眼、面带快乐微笑的小东西(不过我终究还是越过了这个坎儿),我实在抵挡不了它的诱惑。我年复一年地重返塞维利亚。我在洁白而又寂静的街道上漫步,沿着瓜达尔基维尔河闲逛,在大教堂周围徘徊,我去看斗牛,和那些漂亮的小东西们轻松地调情,她们的需求不会超过我微薄的财产能够满足的范围。花样的青春年华在塞维利亚度过就宛如生活在天堂一般。我把自己的教育推迟到更为方便的时候再去实行。结果就是我只能阅读英文版的《奥德赛》,也从未实现阅读阿拉伯语的《一千零一夜》的雄心。

在知识阶层执掌了俄罗斯的政权以后,我想起加图①八十岁开始学希腊语的榜样,就开始学起了俄语,不过早已丧失了年轻时候的热情;我对俄语的掌握从没超过能够阅读契诃夫的戏剧的程度,而且学到的这一点点也早就忘光了。现在看来,我的这些宏伟计划是有点荒唐无稽的。词语除了它的意义以外,并没有什么重要的,我看不出懂得五六种语言具有任何精神上的优势。通晓多国语言的人士我也遇到过;我并没有注意到他们就比我们其余的人更加聪明。在一个国家旅行的时候,如果你对它的语言有足够的了解,能够帮你找到该走的路、找到你想吃的食物,那当然很方便;如果它还有可观的文学作品,能够读一下也是很令人愉快的。不过这样的知识是很容易就能获得的。再想要更进一步可就有些徒劳了。除非你把毕生精力都拿来做这一件事,否则你永远都不可能把另一国的语言讲到完美的程度;永远都不可能完全亲密无间地了解它的人民和它的文学。因为它们——以及作为它们的表达方式的文学——不仅仅是由它们采取的行动和它们使用的字汇所构成的(这两者掌握起来都没有很大的困难),而且是由源自祖先的本能、与母乳一起吸收而来的情感的基调以及天生的态度熔铸而成的,而这些都是外国人永远都不容易完全把握的。我们要想了解自己的人民都够困难的;如果我们,尤其是我们英国人,以为我们能够了解其他国家的人们,我们就是在自欺欺人。因为四面环海的岛屿将我们分隔开来,共同的信仰形成的纽带曾一度缓解了我们狭隘的岛国性,又由

---

① (大)加图(Marcus Porcius Cato,前234—前149),古罗马政治家、演说家、第一位重要的拉丁散文作家。

于宗教改革而骤然断裂。费尽力气结果却只能获得一种仅止于表面的知识，似乎并不值得。我于是觉得，对于一门外语仅需略知一二也就够了，再多加学习就是浪费时间。对这一论断唯一要作为例外提出的就是法语。因为法语是有教养的人士的共通语言，把法语讲得好到能够讨论任何一种可能出现的话题肯定是一种极大的便利。它又拥有伟大的文学；其他国家，除英国以外，都只有伟大的作家，说不上有伟大的文学；而且它对世界其他部分的影响，一直到最近的二十年，都是非常深远的。能够像阅读你的母语一样熟练地阅读法语，是件非常好的事情。不过，你在允许自己讲得多好的程度上倒是应该有点限度的。事实上，对那些把法语讲得无可挑剔的英国人，你倒是最好有所戒备；他很可能是个牌场上的职业老千，或者是个外交部门的随员。

## 三十

我从来都没有痴迷于舞台生涯。我认识一些剧作家，他们每晚都会在有他们的戏剧上演的剧院里徘徊逗留。他们说，他们这么做是为了盯着那些演员，不让他们有所松懈；我怀疑那是因为他们特别喜欢听到自己的台词被别人念出来，怎么听都听不厌。他们的乐趣就在于幕间休息时坐在化装间里，谈着这一场或是那一场，搞不懂当晚它为什么没有达到预期的效果，或者为它实际的表现如此之好而大感庆幸，同时看着某位演员化装。他们永远都感觉当天的剧场八卦引人入胜。他们热爱剧院以及与之相关的一切。他们的骨子里都涂满了油彩。

我从来都不这样。我最喜欢的剧院是它还蒙着防尘罩，观众席一片黑暗，舞台还未置景，只被脚灯照亮，景屏还靠着后墙堆在那儿的时候。我在排练中度过了很多快乐的时光；我喜欢他们中间那种轻松自在的同志情谊，喜欢和几个演员在街角的小餐厅里匆忙地吃顿午饭，还有四点钟打杂女工送进来的那一杯苦苦的酽茶，配以厚片面包和黄油。在我第一部上演的戏剧中，当我听到从成年的男女口中念出如此轻易地从我笔尖流泻而出的台词时我所体验到的那种又惊又喜的轻微战栗，从来就没有完全消失过。眼看着一个角色如何在演员的手里，从最初生气全无的朗读台本逐渐成长为一个跟我当初在心目中看到的颇为相像的人物，总是让我兴味盎然。那些有关一件家具到底应该立在哪里、导演的妄自尊大、某位女演员因不满于自己在戏里的地位而大发脾气、老演员们为了抢戏而争夺舞台的中心位置的重要讨论，以及针对任何偶然碰上的题目的散漫闲聊，处处都让我觉得非常有趣。不过最终的高潮是带妆彩排。在楼厅前座的第一排坐着五六个人。她们是裁缝，低眉顺眼地像是在教堂里，不过又一板一眼非常专业的样子；演出期间她们彼此交换简短而急促的耳语，并且打着意味深长的小小的手势。你知道她们正在谈的是某一条裙子的长短、某一条袖子的剪裁或者某个帽子上面的羽毛；幕布一落，她们已经嘴里含着别针，匆匆穿过后门上了舞台。导演①大喊一声"幕启"，幕布升起来以后，一位女演员快步从正与两位严厉的黑衣女士的激烈交谈中脱身出来。

"哦，森先生，"她叫道，"我知道金银线的镶边是不对的，不过弗洛斯夫人说她这就把它拆下来，换上一条蕾丝边。"

正厅前座上坐着的是摄影师、管理方和票房里卖票的、女演员的母亲们、男演员的太太们、你自己的经纪人、你的一个女友，还有三四个已经二十年都没演过戏了的老演员。这是一帮最完美的观众。每一幕演完，导演就大声读出他草草记下来的批语。跟电工发生了一场口角，他唯一的工作就是照管照明的开关，但却把不该打开的那一面照明给打开了；剧作者为他居然如此粗心而大光其火，同时心下又不无得意，私心以为这位电工只是由于太沉迷于他的戏才忘了自己的工作的。一个小场景可能要重演一遍；然后安排几个给人印象深刻的剧中情景，闪光灯猛地一阵乱闪，剧照也就拍好了。幕布放低，以为下一幕置景，演员们则分散到各自的化装间去换装。裁缝们消失不见了，老演员们溜到角落里去喝一杯。管理方意气消沉地抽着廉价香烟，演员们的太太和母亲们压低嗓音相互交谈，剧作者的经纪人读着晚报上的赛马消息。一切全都那么不真实，又令

---

① 我使用美国式的"director"而非英国惯用的"producer"，因为我认为它能更好地描述我们正在讨论的这个人的功能。——作者原注

人兴奋。最后裁缝们通过防火门进来,重新落座,有竞争关系的商号的代表们彼此傲慢地保持着距离,舞台经理把脑袋从幕布里伸出来。

"一切就绪,森先生。"他说。

"好的。开始吧。幕启。"

不过带妆彩排算是我的剧作给我带来的最后乐趣了。我早期几部剧作上演的头几个晚上,我都如坐针毡,因为我的未来就全靠演出的结果了。《弗雷德里克夫人》①在排演的时候,我已经差不多花光了我二十一岁上继承的那点小钱,我的小说的收益不足以维持生计,写报刊文章我也赚不到钱。偶尔我能得到写篇小书评的机会,我有一次说服一位编辑让我为一出戏写个短评,可我明显没有这方面的天赋;果不其然,我说到的这位编辑告诉我,我没有剧场感。如果《弗雷德里克夫人》演出失败的话,看来我就只能再回到医院,花上一年的时间更新一下我的医学知识,然后在一艘船上谋个外科医生的职位了。在当时,还没多少人去谋求这样的职位,尤其是有伦敦学位的人更是绝少有人会去申请。后来,当我成为一个成功的剧作家以后,在我的剧作上演的头几个夜晚,我会异常警觉地前往剧院,从公众的反应中去辨别我的能力是否已经有所衰退。我尽我的可能融入到观众当中。对于观众而言,一部戏剧的首演之夜差不多只是介于七点半的点心和十一点的晚餐之间的一桩乐事,演出的成功或是失败都是没什么要紧的。我尽量把它当作别人的剧作前去观看最初几晚的演出;即便如此,我发现那种经验仍旧很不愉快。听到观众对一句俏皮话报以的大笑,或是令观众大为开心的一幕演完,随着幕落爆发出来的热烈掌声,统统对我于事无补。

---

① 《弗雷德里克夫人》(Lady Frederick),毛姆早期创作的著名喜剧,一九〇七年在伦敦首演,大获成功,连演四百四十二场。

事实是，即便在我最轻松的剧作当中，我也投入了太多的自我，以至于听到它被暴露在大庭广众之下，我都不由得感觉有些不自在。因为它们都是我一字一句写出来的，对我而言就具有了一种我不太愿与所有人共享的私密成分。就连去看已经被译成一种外语的我的剧作的演出，而且坐在一个谁都不知道我就是作者的剧院里，我仍旧会有这种不可理喻的感觉。说实在的，如果不是认为观察它们会对观众产生怎样的影响会对我学习如何写戏大有必要的话，我是根本不会去看自己剧作的演出的，不管是首演之夜还是其他的任何场次。

# 三十一

演员是个很难从事的行业。我所说的并不是那些因为有张漂亮面孔就登上舞台的年轻女人,如果长相好看是做打字员的一个资格,那她们很有可能已经坐到事务所里去了;我所说的也不是那些因为有一副好身材而别无任何资质所以才这么做的年轻男人。他们在这一行里进进出出;女人嫁了人,男人进了酒商的事务所或是干上了室内装潢。我这里说的是那些职业演员。他们有这个天分并有发挥这种天分的渴望。这是个为了能够达到精熟必须付出勤勉劳动的职业,所以等一个演员真正懂得了该如何扮演任何一种角色的时候,他经常已经老得只能饰演其中少数的几种了;它还需要无限的耐心;这其中充满了挫折失望。还必须忍受长时间强加的无所事事。极少会有奖赏,而且只能保持很短的时间。回报得不偿失。演员全凭运气和公众朝三暮四的喜好摆布。他一旦无法取悦观众,马上就会被忘记。即便曾经是大众的偶像,对他也没有任何益处。他就是活活饿死,他们也毫不在意。一想到这里,我感觉也就很容易对他春风得意之时的装腔作势、他的虚荣和索求无度全都宽大为怀了。只要他高兴,就让他炫耀和荒唐去吧。一切都转瞬即逝。而且他的自我中心毕竟也是他才能的一部分。

有一个时期,舞台就是通往浪漫传奇之门,每个跟它有点关系的人都显得神秘而又令人兴奋。在十八世纪的文明社会里,演员们给生活带来一抹奇幻的感觉。他们那放诞不羁的生活方式对于理性时代①的想象力是一种诱惑,而他们所扮演的英雄角色和他们所念诵的韵文,又为他们罩上了一个光环。在歌德那本精彩却又为人忽视的《威廉·迈斯特》②中,你可以看到诗人是以何等的柔情对待那个充其量也就二流的旅行剧团的。而在十九世纪,演员们提供了一个可以暂时逃脱工业时代的尊严体面的出口。由他们而产生的波希米亚风习刺激了那些被迫在事务所里赚钱谋生的年轻人的想象力。他们是清醒世界里的浪荡子、谨慎世界里的轻狂之徒,幻想为他们裹上了一层富有魔力的外衣。维克多·雨果的《我之所见》中有一段文字,因其并无意识的幽默而格外动人,其中那个明白事理的小人物满怀敬畏、惊讶还有一点点嫉妒的火花,描绘了他和一位女演员的一次狂野的晚餐。生平第一次,他觉得自己成了个大人物。老天爷啊,在她的公寓里,他看到的是香槟如何遍地流淌,是何等的奢华、怎样的银器、怎样的虎皮!

这种光华已逝。演员们已经变得稳重、可敬而又富有了。再把他们当作一种与众不同的种族就会冒犯他们了,他们已经竭尽所能显得和其他人并无二致了。他们已经在光天化日之下将不经修饰的自己完全展现在我们面前,而且恳请我们亲眼看看清楚,他们也是高尔夫球手、是纳税人,而且是有思想的男男女女。在我看来这全都是胡说八道。

我对许多演员都非常了解。我发现他们是很好的伙伴。他们模仿的天赋、他们讲故事的技巧、他们的聪敏急智,经常使他们非常令人愉快。他们慷慨、和善而又勇敢。不过我却从来都不能够完全把他们当作普通人看待。我从来都没法跟他们达成任何真正亲密

---

① 理性时代(Age of Reason),十七世纪到十八世纪末欧洲启蒙哲学盛行,理性和常识占据优势地位,故有此称谓。
② 《威廉·迈斯特》(Wihelm Meister)是歌德篇幅最大的长篇小说,分为《威廉·迈斯特的学习时代》和《威廉·迈斯特的漫游时代》两部,而且这两部的创作间隔了三十年之久,毛姆所说的《威廉·迈斯特》指的是第一部《学习时代》。

的关系。他们就像是填字游戏中你找不到可以符合所有线索的那种单词。事实上，我猜想，他们的个性就是由他们所饰演的角色所构成的，而它的底子是没有一定之形的。那是一种柔软、可塑的物质，可以呈现为任何形状、涂抹上任何颜色。某位机智的作家曾说过，他们长久以来一直都被拒绝埋葬在圣地并不令人惊讶，因为设想他们拥有灵魂是荒唐可笑的。这么说可能有些过分了。他们诚然是非常有趣的。而且如果小说家秉持公心的话，也不得不承认他和他们之间是有一定程度的类同的：他们的性格就跟他的一样，是一种不太合理可信的和谐；他们是他们能够映照出来的所有人，而他是他能够创造出来的所有人。作家和演员能够表现他们彼时彼刻无论如何并没有感受到的情感；他们自我的一部分站在生活之外，为了满足他们的创造性本能来描绘和饰演它。假扮就是他们的真实，而曾是他们的材料和他们的法官的公众，也是受愚弄和欺哄的对象。因为假扮就是他们的真实，他们也就能把真实都当作假扮。

## 三十二

我开始写戏，是因为就跟大多数年轻作家一样，我认为把人们说的话在纸上记录下来显得不像平白构建一种叙事那么困难。约翰生博士很久以前就曾说过，组织对话比设计历险要容易得多。翻看我十八到二十岁期间记录我想到的戏剧场景的旧笔记本，我发现对话总体上说来还是平实而又可信的。那些笑话已经不再能让我发笑，不过它们都是用当时人们实际上会使用的方式说出来的。我凭本能抓住了那种口语的调子。不过笑话却既少见又粗鲁。我剧作的主题是阴沉严肃的；都以阴暗、绝望和死亡收场。我第一次前往佛罗伦萨时，随身带着《群鬼》①，当时我正潜心研究但丁，作为消遣放松，我从一个德文的版本把它译成了英文，为的是学习其中的戏剧技巧。我还记得尽管我对易卜生敬仰之至，我仍忍不住觉得曼德斯牧师这个人物有点令人厌烦。当时《坦克瑞的续弦夫人》②正在圣詹姆斯剧院上演。

这之后的两三年间，我完成了几部开场小戏，把它们送给不同的剧院经理过目。有一两部再也没有退还给我，因为我没留副本，也就这么迷失了；其他的得到让人灰心的答复，就此扔到一边或者干脆销毁了。在当时以及之后的很长一段时间内，一个不知名的剧作家要想上演一部自己的剧作可比现在要难多了。当时一部戏剧的演出周期很长，因为费用不多，不管什么时候，只要需要，那些重要的剧院总能指望以平内罗和亨利·阿瑟·琼斯为首的一小帮作者为他们提供一出。法国的剧坛仍很繁荣，对法国剧作的删节改编也大行其道。考虑到这种情况，而且从乔治·穆尔的《阿灵福德的罢工》由独立剧院制作上演这一事实认识到，我的剧作得以演出的唯一机会就是先要为自己赢得小说家的声誉。于是我就先把戏剧搁在一边，开始写起了小说。读者可能会觉得，这种条理分明地进行工作的方式太事务性了，对一位作家来说是很不相宜的。它表明你转而写小说是出于实际的考虑，而非以艺术作品丰富这个世界的天赐冲动。在已经出版了一两部长篇小说，而且还有一卷短篇小说集即将付梓的时候，我坐下来写了我的第一部多幕长剧。剧名叫作《正人君子》。我把它呈送福布斯·罗伯逊过目，他当时是个颇受欢迎的演员，以拥有艺术倾向而闻名，在他三四个月后退还给我以后，我又把剧本呈送给查尔斯·弗罗曼③。他也退还给了我。那个时候我已经又出版了两部长篇小说，其中一部（《克拉多克太太》④）还取得了不小的成功，我因此已经被当作一位严肃而且颇有前途的小说家看待了，我于是重写了剧本，最后把它送呈舞台协会。他们接受了，而且委员会的成员 W. L. 考特尼还很喜欢它，结果在《双周评论》上登了出来。他此前只登载过一个剧本，就是克利福德太太的《夜之模样》，所以这算是一桩不小的荣誉。

由于舞台协会是当时唯一一个此类性质的组织，它登出来的作品就吸引到很多的关注，于是我那个剧本就被当作已经在某家重要剧院上演过一轮的作品那样受到评论家的认真对待。那批以克莱

---

① 《群鬼》(Ghosts)是易卜生创作于一八八一年的名剧，下文的曼德斯牧师是剧中一个生活在想象的世界中的心地单纯、专注自我的人物。
② 《坦克瑞的续弦夫人》(The Second Mrs. Tanqueray)是平内罗(Sir Arthur Wing Pinero, 1855—1934)的代表剧作。平内罗是英国维多利亚时代末期和爱德华时代的主要戏剧家，他协助创立了一种"社会"戏剧，吸引了上流社会的许多观众，从而为建立一种自我尊重的戏剧艺术做出了重要贡献，创作于一八九三年的《坦克瑞的续弦夫人》兼具闹剧和严肃剧的色彩，使平内罗一跃成为最重要的剧作家之一。
③ 查尔斯·弗罗曼(Charles Frohman, 1860—1915)，美国著名的剧院经理，成立剧业辛迪加、帝国轮演剧团，支持并鼓励许多演员成名，死于海难，终身未婚。
④ 《克拉多克太太》(Mrs. Craddock)是毛姆出版于一九〇二年的长篇小说。

门特·斯科特为首的老文棍们把它批得一钱不值;《星期日泰晤士报》的评论家说它没有表现出任何舞台天赋的迹象。我忘了那是谁了。不过那些臣服于易卜生的影响的评论家们则把它当作一部值得重视的作品。他们富有同情心,使我大受鼓舞。

我以为我已经向前迈进了一大步,打那以后的进程就不会再有太大的困难了。但要不了多久我就发现,除了学到不少写戏的技巧以外,我什么东西都没得到。我的戏演了两次以后就死掉了。我的名字因此而为一小帮对实验戏剧感兴趣的人所知,如果我还能写出合适的剧本,舞台协会无疑也会拿去上演的。可这在我看来已经不能令人满意了。在这出戏排演期间,我接触到一些对舞台协会,尤其是戏的主演格兰维尔·巴克感兴趣的人士。我感觉那些人对我的态度是敌对的。在我看来他们既屈尊俯就又心胸狭隘。格兰维尔那时非常年轻,我只有二十八岁,而我想他还比我小一岁。他很有魅力、快快活活,并有一种轻佻的优雅。他满脑子都是别人的想法。不过我在他身上感到一种对于人生的恐惧,他企图通过蔑视芸芸众生来骗过这种恐惧。很难找到不被他鄙视的任何东西。他缺乏精神上的活力。我认为艺术家应该需要更大的魄力、更大的干劲、更多的率直、更大的胆魄、更大的力量。他写过一出戏:《安·利特的婚姻》,在我看来贫血而又做作。我喜欢生活,并且想享受生活。我想从生活中获取可能得到的一切。一小群知识分子的欣赏并不能让我感到满足。我对他们的资质颇有点怀疑,因为我曾去看过舞台协会莫名其妙地排演的一出愚蠢而且相当平常的小闹剧,看到他们的会员爆发出哄堂大笑。我根本无法确定在他们对高雅戏剧的关注当中,到底有多少惺惺作态的成分。我想要的不是这样的观众,而是广大的公众。再者说,我还很穷。如果能够避免的话,我丝毫不想缩在阁楼里靠啃面包皮度日。我已经发现,钱就像是第六感,没有了它你就没办法最好地发挥其他的五感。

在排演《正人君子》期间,我发现第一幕中有几场调情的戏谑戏挺好笑的,于是心想我可以写一出喜剧。现在我就下定决心写了一出。我把它叫作《面包和鱼》。主人公是个老于世故、野心勃勃的教区牧师,戏写的是他追求一位富有的寡妇的故事:他密谋取得主教的职位,最后还成功俘获了一位漂亮的女继承人。没有一位剧院经理愿意考虑它;当时都认为,一出嘲弄牧师的戏是不可能被人接受的。我于是得出这样一个结论:我最好的机会就是为某位女演员写一出由她来挑大梁的喜剧,如果她喜欢这出戏的话,就有可能说服某位剧院经理试着将其搬上舞台。我扪心自问,什么样的角色可能会引起一位头牌女演员的兴趣,就此做出了决定以后,就写了《弗雷德里克夫人》。不过其中给人印象最为深刻的一场戏,也是后来使它大获成功的一场戏,是女主角为了让她年轻的情人不再迷恋于她,故意让他进入她的化妆室,让他看到脸上没有任何妆容、头发蓬乱的她的真容。在很多年前的当时,化妆还并不普遍,而且大多数女人都戴假发。可是没有一位女演员肯让一位观众看到处在这种状况下的自己,这个剧本也就遭到了一位又一位剧院经理的拒绝。于是我决定构思一个剧本,保证任何人都没法在里面找到任何可以反对它的内容。我写了《多特太太》。它遭到了和其他剧本同样的命运。剧院经理们觉得它太缺乏分量了。他们抱怨说,戏里没有足够的动作,而玛丽·穆尔小姐,当时一位相当走红的女演员,建议我应该插入一场夜间入室盗窃的戏,这就能让它更加刺激了。我开始觉得,我是永远都写不出一部能让头牌女演员喜欢得一定要自己来演的剧本了,于是我又尝试写了一出男人的戏。我写了《杰克·斯特劳》。

我原本以为我在舞台协会里的小小成功会让剧院经理们产生

对我有利的印象。让我备感屈辱的是,我发现情况并非如此。事实上,我和那个团体的关系反而使他们对我产生了偏见,因为他们由此认定我只会写那些阴郁而又无利可图的戏。他们不能说我的喜剧也是阴郁的;可是他们还是隐隐地觉得它们会令人不快,于是就确信它们都是非商业性的剧作。我诚然本该已经绝望地放弃上演我的剧作的努力了,因为每一次我的手稿遭到拒绝总让我灰心沮丧;不过幸运的是,戈尔丁·布赖特认为我的戏是有市场的,就把推销它们的任务揽了下来。他把它们拿给一个又一个剧院经理看,直到一九〇七年,在我已经写了六部多幕长剧,经过了十年的等待以后,《弗雷德里克夫人》才终于在宫廷剧院上演。三个月后,《多特太太》和《杰克·斯特劳》也分别在喜剧剧院和杂耍剧院上演。六月,刘易斯·沃勒在歌剧院上演了一出叫作《探险家》的戏,那是我紧接在《正人君子》之后创作的。我终于是心想事成了。

## 三十三

前三出戏都上演了很长时间。《探险家》只不过没有失败而已。我并没赚到很多钱,因为在那个时候,一出走红的戏的收入远比现在要少,我得到的版税并不多,不过不管怎么说,我毕竟从经济焦虑中解脱了出来,我的未来看来也有了保障。我有四部戏同时上演这个事实使我暴得大名,伯纳德·帕特里奇[1]为《笨拙》周刊[2]画了幅漫画,画的是威廉·莎士比亚站在我那几部戏上演的广告牌前咬他的手指头。我被拍了很多照,采了很多访。显贵闻人们都主动要跟我结识。我的成功既蔚为奇观又出乎意料。我是如释重负大于兴奋激动。我想我是缺少感到惊奇的品质,就像在旅途当中,最稀奇的景观和最新奇的环境在我看来全都平凡无奇,结果我不得不强迫自己去注意它们的不凡之处,所以现在我把所有这一切喧嚣热闹也都当作自然而然接受下来。有天傍晚,我一个人在俱乐部里用餐的时候,一位我不认识的会员正在隔壁的桌子请一位客人吃饭;他们饭后要去看我的一出戏,于是就开始谈起了我。那位我并不认识的朋友提到我也是这个俱乐部的会员,于是他的客人就说:

"那你认识他吗?他想必已经傲慢得头大如斗了[3]吧?"

"哦,是的,我对他可是了如指掌,"我那位会员朋友回答道,"再大的帽子他都别想能戴到头上了。"

他对我实在太不公平了。我把我的成功当作我的理所应得。我很高兴我暴得大名,但并没有太往心里去。关于这段时期,我唯一还记得的确切反应是有天傍晚我沿着潘顿大街溜达时袭上心头的一个感想。在经过戏剧剧院时我碰巧抬了一下头,看到西沉的日头照亮了西天的云彩。我停下来望着这可爱的景色,不由得暗自想道:感谢上帝,我现在终于能看到落日而不必再去想着该如何描绘它了。我那时候的想法是我再也用不着去写下一本书了,只要把我的余生都献给戏剧就是了。

尽管公众热情地接受了我的剧作,不但在英国和美国,在欧陆也同样如此,但评论界的意见却绝没有达成一致。比较大众的报刊称赞它们的机智、欢快和喜剧效果,但对其中的冷嘲热讽吹毛求疵;而更为严肃的评论家则认为它们糟糕透顶。他们发现这些戏廉价而又琐碎。他们告诉我,我已经把灵魂出卖给了财神;而知识分子阶层,我曾一直都是其谦虚却受人尊敬的一员的,不但对我报以冷眼,而且还把我像撒旦一样大头朝下扔进了无底深渊。对此我感到吃惊并且感觉有点屈辱,不过我坚忍地忍受了这一耻辱,因为我知道事情还没有完。我曾渴望某种特定的结果,并且采取了我认为要想得到这种结果唯一可行的方式;如果有人蠢到连这一点都看不出来,我也只能耸耸肩膀了。如果我继续写像是《正人君子》那样尖刻或者像《面包和鱼》那样冷嘲的剧作的话,那我也就不会有机会创作出就连最严苛之辈都无法拒绝赞美的作品了。批评家们指责我为迎合公众而写作;我恰恰没有那么做;我那时候有高昂的热情,能轻易就写出有趣的对白,对于发现喜剧性的情景独具只眼,还有一种油嘴滑舌的快活;其实我的本事还不止于此,我不过暂时把它

---

① 伯纳德·帕特里奇(Sir John Bernard Partridge,1861—1945),英国插画家。
② 《笨拙》(Punch)周刊,英国历史悠久、适合中产阶级趣味的插图幽默期刊,创刊于一八四一年,以刊登讽刺性的幽默故事和漫画著称,二〇〇二年停刊。
③ 此处 傲慢 用的是"swollen-headed"这个词,字面意思是"肿大的脑袋",中文姑且如此翻译,以照应下文"再大的帽子都戴不上"的俏皮话。

们搁在了一边,只以对我的目的有用的那些方面来写自己的喜剧。把它们写出来就是为了讨人喜欢的,而它们完全实现了这样的目标。

我无意于在短暂的成功之后就烟消云散,我又写了两出戏以巩固我在公众中的地位。它们写得更大胆了些,现在看来肯定是温和无害而又质朴无华,当时却受到更古板守旧人士的攻击,说它们猥亵下流。其中的一部《珀涅罗珀》想必是有些可取之处,因为二十年后它在柏林重排上演的时候,一整个演出季剧院里都座无虚席。

到此为止,我已经学到了所有能够学到的戏剧技巧,除了《探险家》因为某个我很清楚的理由没能很好地取悦观众以外,我赢得了一系列连续不断的成功。我想是时候尝试一下更严肃作品的创作了。我想看看对于更为复杂的主题我能做到哪一步,我想做一两个我认为会有喜剧效果的小小的技术试验,我还想看看我跟公众之间的配合到底能达到怎样的程度。我写了《第十个人》和《地产士绅》,并最终上演了已经在我的书桌里躺了十几年的《面包和鱼》。这三部戏都不算失败,也都不算成功。剧院经理在这上面既没赚钱,也没赔钱。《面包和鱼》的上演周期并不长,因为当时的公众看到牧师受到取笑会感觉不自在。这部戏写得多少有点夸张,所以让人觉得更像是一出闹剧而非喜剧,不过其中倒是有几个很逗趣的场景。另外两部有点儿两头不讨好。一部描绘的是乡村贵族那狭隘而又刻板的生活,另一部写的是政治和金融的世界;对这两个世界我多少都有些认识。我知道我必须写得有趣,能够动人并且娱人,于是我就抬高了调门儿。它们既缺乏坦诚的现实性,又没有直截的戏剧性。我的犹疑不决成了致命伤。观众们发现它们相当令人不快,却又不怎么真确实在。然后我休息了两年,在第二年年末写了

《应许之地》。在战争①爆发的时候,它已经场场爆满地上演了好几个月了。我在七年的时间里上演了十出戏。已经对我下过判决的知识分子阶层故意对我置之不理,不过我已经确定无疑地博得了公众的喜爱。

---

① 第一次世界大战。

# 三十四

战争期间,我时常都有大量空闲;起先是因为我干的工作只占了一天当中的一部分时间,而写戏是把我的注意力从我从事的活动中转移开来的一种方便的途径;后来在我得了肺结核,不得不长时间卧床以后,这又成了一种比较愉快的打发时间的办法。我以很快的速度接连写了一系列剧作。以写于一九一五年的《我们当中更优秀的》开始,终于一九二七年完成的《忠实的妻子》。

这些戏大部分是喜剧。都是以王政复辟时期①大放异彩、由哥尔德斯密斯②和谢里丹③继承发扬的那种喜剧传统写成的,既然这种传统已经盛行了那么长时间,想来其中或许真有某种特别对英国人脾性的东西。不喜欢它的人称其为人工喜剧,而且愚蠢地认为,通过这个绰号就已经为其定了罪。这不是动作戏剧,而是对话戏剧。它以一种宽容的冷嘲热讽,对待社交界的可笑、蠢行和罪恶。它温文尔雅,有时还感情用事,因为那就存在于英国人的性格当中,还有一点不太真实。它并不说教:有时它也会吸取一个教训,却同时又会耸耸肩膀,好像请你别太放在心上。当繁忙的伏尔泰先生去见康格里夫④,跟他讨论当时的戏剧时,康格里夫先生特意向他指出,相比戏剧家,他更是一位绅士。伏尔泰回答说:"如果您只是位绅士的话,我又何必特意前来拜访呢?"伏尔泰先生当然是他那个时代最睿智的人士,但在这里却表现得有些不智了。康格里夫先生此言可谓意味深长。这表明他非常清楚,一位喜剧作家站在喜剧的立场上须要考虑的第一人就是他自己。

---

① 作为一个历史概念,王政复辟时期(Restoration Period)指一六六〇至一六八五年查理二世在位或一六六〇至一六八八年查理二世和詹姆斯二世在位时期,相应地,王政复辟时期的文学(Restoration literature)也有两种分期,有的文学史家主张应限于查理二世时期,有的则倾向于把詹姆斯二世在位期间的作品也包括在内。
② 哥尔德斯密斯(Oliver Goldsmith, 1728—1774),英国诗人、剧作家、小说家,主要著作有小说《威克菲尔德牧师传》、长诗《荒村》、喜剧《委曲求全》、散文《世界公民》等。
③ 谢里丹(Richard Brinsley Sheridan, 1751—1816),英国戏剧家,著有《情敌》《造谣学校》《批评家》等剧本七部,多为喜剧,在英国戏剧史上占有重要地位。
④ 康格里夫(William Congreve, 1670—1729),英国王政复辟时期的风俗喜剧作家,擅长使用喜剧对话和讥讽手法,刻画并讽刺当时的英国上流社会,主要剧作有《老光棍》《如此世道》等。

## 三十五

到了那个时候,在跟戏剧有关的很多问题上我都已经有了确定的想法。

我得出的结论之一是,一出散文剧的寿命几乎并不比一份报纸更长。剧作家和记者所需要的天分非常相像,要对一个好故事和有力的切入点独具只眼,要有勃勃的生气以及生动的写作方式。除此以外,所有的戏剧家还需要一种特殊的技巧。我不认为任何人都能发现这种技巧的具体内涵。这是学不来的。它不依靠教育和文化而存在。这是一种能让剧作家越过舞台的脚灯用语言讲一个故事的能力,并且能把它讲得三维立体,使它在观众面前历历在目地活动起来的能力。这是一种非常稀有的能力:这也是戏剧家所得的酬劳远比其他艺术家高的原因所在。它跟文学的能力毫不相干,最杰出的小说家们在尝试写戏的时候通常都不幸而失败了,这一事实也正说明了这一点。这种能力就像能靠听记而演奏一样,并无精神上的重要性。但没了它,即便你的想法再深刻,你的主题再独创,你的人物个性再鲜明,你也永远都别想能写出一出戏来。

关于戏剧创作技巧的书,人们已经写得很多了。我颇有兴致地读了大部分这方面的著作。学习写戏最好的办法就是去看你自己某部戏的实际演出。这会教你如何写出演员说起来感觉容易的台词,如果你听觉敏锐的话,这还能教你在不失去谈话的自然性的前提下,对句子节奏性的讲究可以达到怎样的程度。它会让你明白什么样的言谈和什么样的情景是切实有效的。不过我想,写戏的秘诀可以归纳为两个准则：紧扣要点和能减则减。这第一点要求你具有逻辑的头脑。这一点就很少有人能做到。一个想法会启发出另一个想法；追随这个过程是很令人愉快的，即便它与主题并无直接的相关性。惯于跑题是人类的天性。但戏剧家要比圣徒避免犯罪还要拼力地避免这一点，因为罪行也许还是可以原谅的，跑题却是致命的。其原则就是兴趣导向。这在小说里也很重要，但小说中更大的空间允许有更大的回旋余地，就正如在理想主义者看来，罪行也能被转化为"绝对"的完美善行一样，一定程度的跑题也许能成为主题发展的必要组成部分。（《卡拉马佐夫兄弟》中佐西玛长老的早年经历就是一个好例。）也许我应该解释一下我所谓的兴趣导向到底是什么意思。这是一种特别的方法，作家借以吸引你去关注特定条件下的特定人物的命运，并使你与他们产生情感的共鸣，一直到问题最终得到解决为止。如果他任由你从要点上游离开来的话，他很有可能就再也别想重新抓住你的注意力了。观众的注意力会牢固地建立在剧作家一开始就在其剧作中引入的那些人物身上，如果兴趣点又转移到后面才上场的其他人物身上，一种失望感就会随之而生，此乃人类天性中的一种心理特征。精明的戏剧家会尽可能早地将他的主题呈现出来，而如果为了戏剧效果，需要稍后才将主要人物介绍出来的话，那么幕启以后舞台上那些人物的对话就应该将观众的注意力集中到他们身上。对于这一条惯例的袭用，再也没有比能力超群的戏剧家威廉·莎士比亚做得更为严谨的了。

正是由于兴趣导向的困难，才使得创作所谓的"氛围剧"难上加难。这其中最有名的当然是契诃夫的剧作。由于兴趣点并不集中在两三个人，而是一群人身上，而且由于剧作的主题是他们相互以及与环境之间的关系，作者就必须小心地去消解相比于其他人物观众会与其中的一两个人物特别产生认同感的这一很自然的倾向。

而兴趣点既然如此分散，观众就有可能对剧中的哪一个人物都不会产生温情的认同；而且由于作者必须认识到他剧中的每一条线索都具有同等的重要性、每一条线索都不能更为鲜明地吸引观众的注意力，因而每个事件都必须降低为和缓的小调。所以也就很难避免观众会感到一定程度的单调，而且由于任何方面——不论是事件还是人物——都不会给他们留下非常强有力的印象，戏演完了以后他们也就很可能带着一种精神上的困惑离开剧场了。实践已经表明，这样的戏剧只有在配以完美的演出时，其实际效果才有可能是说得过去的。

现在我来谈谈我的第二个准则。不管一个场景多么精彩、一句台词多么机智、一个想法多么深刻，如果对他的剧作并非必要的话，戏剧家就必须把它删掉。如果他同时也是个文人的话，这对他也同样适用。纯粹的戏剧家将他居然能把字句在纸上写出来视作某种程度上的奇迹，当出自他们大脑——如果不是直接来自天堂——的这些字句已经呈现出来以后，他会把他们视为神圣的。他无法忍受牺牲其中的一字一句。我清楚地记得亨利·阿瑟·琼斯给我看他的一部手稿时的情形，我惊讶地注意到，像是"你的茶里要不要加糖"这样简单的句子，他居然以三种方式写了三遍。这也就难怪那些写得非常勉强和费劲的人会赋予已经写出来的字句过度的重要性了。文人已经惯于写作了；他已经学会如何不必付出无法忍受的辛劳就能把自己的想法表达出来，所以他能删得比较坚决。当然了，任何一位作家的脑海中时不时地都会涌现出某个在他看来无比快乐的想法、某个让他异常开心的妙语巧辩，要把它删掉比拔掉一颗牙齿还让他难过；碰到这样的时候就最好在他心头铭刻这样一个准则：能减则减。

现在这样做比以往更加必要了，因为现在的观众比此前戏剧演出史上的任何时期都更机智，反应更快，也更没有耐心。戏剧不论是以这样还是那样的方式写出来，就是为了能让观众满意。过去的观众似乎愿意耐心地坐待一幕幕场景细致地慢慢展开，耐心地倾听角色们详尽地剖析他们自己。现在就大为不同了，而这种不同，我猜想是由于电影的出现引起的。今天的观众，尤其是英语国家的观众，已经学会了一眼就看出一个场景的要义，并且看到这个场景的时候已经想要赶紧跳到下一个场景了；他们通过几个词语就抓住了一段台词的主旨，这之后他们的注意力很快就会游离了。剧作者必须遏制他的一种自然的欲望，即把一个场景的价值全部挖掘出来，或者让他的人物用丰富的表达方式充分地展现自己。暗示已经足够了。它们会被领会的。他的对话必须像是一种讲出来的速记。他必须删了再删、减了再减，一直要达到集中和浓缩的极限。

## 三十六

一部戏是作者、演员、观众以及——我想现在必须再增加一方——导演共同协作的结果。现在我就先来谈谈观众这个因素。所有最优秀的戏剧家在写作时都是要着眼于观众的,虽然在提起观众的时候经常是轻蔑多于友善,但他们知道终究是要依靠他们的。出钱看戏的是公众,如果他们对于提供给他们的娱乐感到不满意,他们就不会来看了。如果没有了观众,戏也就不存在了。实在说来,戏剧的定义就是由演员们来说、由数目不定的人群来听的以对话形式写成的作品。一部写来专供书斋阅读的戏剧其实是一种用对话写成的小说,作者出于某种(我们大部分人都不清楚的)他自己的原因规避了叙事文学通常的那些便利。一部对观众毫无吸引力的戏剧也可能自有其优点,但那就不再是一出戏了,就像骡子不是一匹马一样。(唉!我们所有的戏剧家时不时地总会生出这种不尽人意的杂种来。)每一个和戏剧界打过交道的人都知道观众会对戏剧产生多么奇怪的影响;日场和夜场的观众看的可能是完全不同的戏。我们听说挪威的观众把易卜生的戏看作富有笑料的喜剧;英国的观众可是从来都没在那些折磨人的戏剧中看出任何可笑的地方。观众的情感、兴趣、笑声,都是戏剧情节的一部分。是观众创造了戏剧,其方式就如同我们经由我们对于客观数据的感受创造出了日出之壮美和大海之静穆一样。观众并非戏剧中最不重要的那个演员,如果他们没有做好分内的工作,整出戏就会坍塌解体。那时候的戏剧家就会像是个被单独撒在球场上的网球选手,没有人跟他对打。

现在的观众是一种非常好奇的动物。与其说他们聪明，不如说他们狡猾。他们的智能比大部分知识分子要低一等。如果将智能从A到Z进行等级排列，相邻的字母依次递减直到歇斯底里的女店员的零分，我想他们的智能大约应该排在字母O前后。他们极易受到影响；其个体会为一个根本没明白过味儿来的笑话发笑，就因为别人心领神会地笑了起来。他们感情用事；可是又本能地厌恶自己的情感受到激动，总是准备以咯咯一笑予以逃避。他们多愁善感；可是又只能接受他们愿意接受的那种感伤：于是在英国，他们会接受那些附属于家庭观念的情感，但儿子爱母亲这样的观念却只能引起他们的嘲笑。只要是情境激起了他们的兴趣，他们就全不在意其可能性了，这个特性被莎士比亚大大地利用了一把；可是他们却又对缺乏合理性大为厌恶。作为个体他们知道人是会经常屈从于一时的冲动的，可是作为观众他们却坚持每一行动都必须有其正当的理由。他们秉持的道德就是群众的平均道德，他们会由衷地因为某种情感而大为震骇，而这种情感对作为个人的他们又丝毫不会有任何冒犯。他们不是用头脑，而是用腹腔神经丛进行思考。他们非常容易感到厌倦。他们喜欢新奇，但却又是一种符合老观念的新奇，这样他们就能在感到刺激的同时又不会感到惊惶。他们喜欢各种观念，只要它们以戏剧的形式呈现出来，而且这种观念必须是他们已有的，只是因为缺乏勇气而从没表达出来。只要他们受到了伤害或是冒犯，他们就不再跟你玩儿了。他们主要的欲望就是要确认：那些假装的就是真实的。

本质上观众是从来都不会改变的，不过在不同的时期以及同一时期的不同国家，他们表现出来的人情世故却有程度上的不同。戏剧描画出时代的风俗习惯，又反过来对它们产生影响，而当风俗习惯发生改变的时候,戏剧的外在表现和内在主题也都会随之而产生些微的变化。电话的发明,比如说,就使得很多的场景显得多余,使戏剧的进程得以加快,并且使得避免某些原本不太可能的事情变得可能了。可能性是个可变的因素。它只不过是观众准备接受的东西。经常是没有逻辑性可言的。人们把危害名誉的书信到处乱丢或者意外听到本不该听到的事情的概率就跟伊丽莎白时代不相上下,拒不承认此类事件具有可能性只不过是一种惯性思维而已。不过更为重要的是由于文明观念的改变,我们的心灵也发生了改变,所以戏剧家们此前所偏爱的一些特定的主题现在已经不再时兴了。我们的报复心已经不像从前那么重了,现在一出专门描写复仇的戏就会显得不那么真实可信了。也许是因为我们的激情已经不像从前那么强烈,甚至可能是因为基督的教义已经终于透进了我们愚钝的头脑,反正我们已经把复仇当作不光彩的愚行来看待了。我曾不揣冒昧地暗示说,女性的解放和她们新近赢得的性爱自由已经大大改变了男性对贞操的重要性的看法,其结果是嫉妒已经不再是个悲剧的主题,而只能用来写喜剧了;但我这番言论却引来一大片义愤的指责,所以我也就此打住,不再详细展开了。

## 三十七

我对观众做此小小分析的原因是,观众的性质对于戏剧家来说是他必须置身于其中进行工作的习俗传统中最为重要的组成部分。每一位艺术家都必须接受他所从事的那门艺术当中的习俗和传统,不过这些习俗和传统的性质却有可能使这门艺术本身都退居次要地位。十八世纪的诗歌传统反对热情,主张想象必须用合理性来控制;于是就只能产生二流的诗作。现在,观众的普遍心智要远低于知识阶层这一事实,是剧作家必须要应对的一个因素。我认为它的确大大降低了散文戏剧的地位。大家一而再、再而三地注意到,从智力上讲,戏剧行业已经落后于时代三十年了,而由于其思想的贫乏,知识阶层的很大一部分已经不再经常去看戏了。我有一种观点:当知识阶层在剧院里找寻思想的时候,他们表现出来的智力水平要低于人们对他们的预期。思想是一种私事。它是理性的产物。它的产生有赖于个体的心智能力和他所受的教育。由孕育这种思想的头脑到准备接受这种思想的头脑的交流过程是完全私人化的,如果说一个人的蜜糖是另一个人的砒霜的话,那么一个人的思想就更可能是另一个人的老生常谈了。可是观众却会受到群体暗示的影响,而群体暗示又是由情绪所激发的。我曾斗胆提出过这样一种观点:如果你将组成观众的人员从 A 到 Z 进行分类,比如说最高等级由《泰晤士报》的评论家开始,依次到托特纳姆法院路[①]一家店铺里卖糖果的女店员为止,其智能大约会排在字母 O 前后。你怎么能写出一部其观念是如此意义重大,既能让正厅前排《泰晤士报》评论家们大感兴趣地坐直身体,同时又能吸引得顶层楼座上的女店员忘记了旁边正拉着她的手的年轻人呢?当他们被熔铸为那个被称作"观众"的统一体时,唯一能对他们产生影响的就是那些老生常谈的、根深蒂固的、差不多就是各种情感的观念。这些观念就是爱、死亡和人的命运,这也正是诗的根本观念。并不是任何种类的戏剧家都能在其中找到还没有被说过一千次以上的话;伟大的真理太过重要了,不可能是新的。

此外,观念也并不是从醋栗丛里长出来的,整个一代人当中,也很少有人能发明出什么新鲜的观念。一位有幸生而具有越过舞台的脚灯叙事传情的戏剧家,同时又是位原创型思想家的可能性非常之小。如果他不是在具体有形的事物中运思构想的话,他就不会成为一位戏剧家。他对于实际的事例具有敏锐的眼光;你没有理由期望他还具备概念性思维的能力。他也许拥有沉思冥想的气质,也有兴趣对他所处的那个时代进行思考,但这跟拥有创造性思维的能力之间还差了一大截子。如果戏剧家同时又身兼哲学家的话,那也许非常理想,可事实上这就跟他们同时也是国王的可能性一样小。我们这个时代,仅有的两位以思想家扬名立万的戏剧家是易卜生和萧伯纳。他们两位都是顺应时代的幸运儿。易卜生的出现恰逢女性从长期所处的从属地位中解放出来的社会运动;萧伯纳的脱颖而出则伴随着年轻人对于维多利亚时代的陈规陋习以及时代所强加给他们的束缚的反抗。他们手中都有可供剧院上演,而且演出时会有强烈的戏剧效果的新鲜题材。萧伯纳具备对任何戏剧家都大有用处的优势,那就是奋发昂扬的精神、嬉笑怒骂的幽默、高超的才智以及喜剧创作的丰饶源泉。我们知道,易卜生的创造力是很贫弱的;

---

① 托特纳姆法院路(Tottenham Court Road),伦敦一条与牛津街平行的热门购物街。

他的人物顶着不同的名字令人生厌地重复不已，而且他每部剧作的情节都极少有变化。我们这么来描述并不算过于夸张：他唯一的招数就是一个陌生人突然到来，闯入一个气闷的房间，把窗户打开；于是坐在里面的人因此而得了足以致死的重感冒，一切就这么不幸地结束了。如果你认真地思考一下这些剧作者能提供的思想内涵，除非你受教育不够，否则你不太可能看不出那不过就是由当时的普通文化常识构成的。萧伯纳的观念是以巨大的活力传达出来的。它们之所以能惊世骇俗，不过是因为当时观众的智力水平实在是渺不足道。如今它们已经不再能让人感到惊奇了；实际上，年轻人已经倾向于把它们看作陈旧过时的插科打诨了。以剧作传播观念的不利之处就在于，如果它们能够被接受，那么在它们被观众接受以后，那出借以传播这些观念的戏也就寿终正寝了。因为再也没有比在剧院里被迫倾听对那些你愿意视为理所当然的观念的阐释更让人感到厌烦的了。既然每个人都已经承认女性拥有其独立人格的权利了，那么再去倾听《玩偶之家》里的台词就不可能不感到不耐烦了。观念戏剧家们其实是搬起石头来砸了自己的脚。不管在什么情况下，戏剧都已经是够短命的了，因为它们必须穿上时尚的外衣，而时尚一旦改变，它们就失去了现实性这一它们最吸引人的特质之一；如果是因为把它们建立在两天后就会陈腐过时的观念之上而致使它们变得更加短命的话，那就未免太可惜了。当我说戏剧是短命的时候，我说的当然并不是诗剧；诗这种最伟大而又最高贵的艺术形式能够把自己的生命借给它那卑微的搭档；我说的是独占了现代剧院的散文剧。我还想不出有任何一部其存活期已经超过了它所产生的那个时代的严肃散文剧。有几部喜剧出于偶然已经流传了两三个世纪。它们时不时地会因为其中的某个著名角色引起某位大牌演员的兴趣，或者由于某位剧院经理因手头缺少应急的剧目想到可以上演一出不需要支付版税的老戏而得以复活。它们都是博物馆里的货色。观众们出于礼貌对其中的机智笑上两声，难为情地对其中的胡闹报以讥笑。他们不会真正被这出戏所吸引，更不会看得全情投入。他们无法相信这出戏的真实性，也就绝不会被戏剧所营造的幻觉所俘获。

可如果戏剧天生就注定是短命的，戏剧家可能就会问了，那他为什么不把自己当作一个新闻记者，一个为廉价周刊写稿的高级记者，就干脆写这种以当下流行的政治和社会话题为题材的戏剧呢？跟那些为报刊写作的严肃的年轻人相比，他们的观念在原创性上既不更多，也不更少。所以它们也就没有理由会更加无趣；而且如果等到这出戏的演出轮次结束的时候，其中的观念也已经过了时，那又有什么关系呢？那出戏不管怎么说反正是要死的。现在，对于这个问题的回答是根本就没有任何理由，只要他能侥幸成功，只要他认为这么做是值得的。可是必须要提醒他，他是不会从评论家那儿得到任何感谢的。因为他们虽然为观念戏剧大声疾呼，但是当一部观念戏剧呈现在他们面前时，如果其中的观念对他们而言已经算是比较熟悉了的话，他们就会嗤之以鼻，因为他们会谦卑地认为凡是他们知道的就已经是陈腐平庸的了，而如果他们对其中观念并不熟悉的话，他们就会认为那纯属胡说八道，进而群起而攻之，必欲置其于死地而后快。就连享有特权的萧伯纳都未能逃过这种进退维谷的困境。

成立了很多戏剧协会的目的就是为了上演那些鄙视商业剧院的人可能会去看的戏剧。它们日渐凋萎。你无法说服知识阶层经常去看这样的演出，就算他们经常去看，他们也想免费去看。有不少戏剧家终其一生都在创作只由这些戏剧协会上演的剧作。他们其实是在努力做一些并不适合戏剧去做的事情；他们一旦把一部分人领进了剧院,这些人就变成了观众,然后,尽管这些人的平均智力要高于普通人,他们仍然要受制于支配了观众的那些反应。他们会受到情感而非理智的影响。他们会要求看到动作而不是辩论。(我所谓的动作指的当然并不仅是身体的动作:从戏剧的角度看来,一个说"我头疼"的角色和一个从尖塔上跌下来的角色,表演的动作是一样多的。)当这样的作者写的戏失败了的时候,他们就会说那是因为观众没有欣赏这些戏的能力。对此我并不以为然。他们的戏失败了,是因为它们没有戏剧价值。千万不要认为商业戏剧之所以成功是因为它们写得不好。它们所讲的故事可能有些陈腐,其中的对话可能有些老套,人物的塑造可能平淡无奇,尽管如此它们还是成功了,就因为它们具有凭借戏剧那特殊的魅力抓住观众的本质性的(尽管无疑也是琐细的)价值。不过这也不一定就是商业戏剧唯一具有的价值,洛佩·德·维加①、莎士比亚和莫里哀的剧作就清楚地显示出了这一点。

---

① 洛佩·德·维加(Lope de Vega,1562—1635),西班牙剧作家、诗人和小说家,一生创作剧本一千八百部,存世近五百部,确立了西班牙民族戏剧的艺术形式。

## 三十八

我这样呶呶不休地讲说观念戏剧,是因为我认为对于观念戏剧的需求要为我们戏剧行业的可悲衰落负责。评论家们为了它们摇旗呐喊。这么一来,评论家们就必然成为戏剧最坏的评判者了。因为你想想,戏剧要吸引的是作为一个整体的观众,那种带有感染性的从一个人到另一个人之间的情感流动对于戏剧家而言是至关重要的;他希望能激发出这种传染性的情感蔓延;他必须使观众能忘掉自我,这样他们就能变成一样他可以用来演奏的乐器,而他们的回应、共鸣、音调、情感,都是他的戏的一部分。可是评论家到那儿却不是去感受,而是去评判的。他必须脱离那已经俘获了那群观众的传染性情感蔓延,保持沉着冷静。他绝不能让他内心的情感将他带走;他的头脑必须端端正正地固定在他的肩膀之上。他必须万分小心,不要变成观众的一部分。他到那儿不是去出演他在戏里的角色,而是要置身戏外去观察它的。其结果就是他看到的并不是观众看到的那出戏,因为他并没有参加进来扮演相应的角色。那么他对一出戏的要求与观众的要求大相径庭,也就非常自然了。但是他的要求是完全没有道理的。戏剧不是为评论家而写的。或者至少,它们是不应该为批评家而写的。可是剧作家都是非常敏感的生物,当人家跟他们说他们写的戏是对成人智力的一种侮辱时,他们可就要苦恼不已了。他们衷心希望能够做得更好,于是这些有远大抱负的年轻人,这些仍旧一心追求荣誉的灿烂云霞的剧作家就会坐下来开始写观念戏剧了。这是大有可为的,于是名誉和财富也就接踵而来，萧伯纳就是个现成的例子。

萧伯纳对于当今英国剧坛的影响是毁灭性的。公众们也并不总很喜欢他的戏，喜欢的程度不会高于易卜生，不过在看了他的戏以后，他们就越发不喜欢依照老传统和旧框框写的那些戏了。随即出现了一批追随他脚步的门徒，但事实证明，没有他那样的伟大天赋还真做不到他那一步。其中最有天分的是格兰维尔·巴克。从他剧作中的很多场景可以看出，格兰维尔·巴克具有一位优秀剧作家的素质；他有戏剧的天分，有写出平易、自然而又有趣的对话的能力，还有一种挖掘出具有戏剧效果的人物的眼光。萧伯纳的影响使他过于重视那些其实不过是老生常谈的观念，并认为他思想中天生的散漫倾向是一种优点。假如他没有因受萧伯纳的影响而认定公众都是傻瓜，必须加以恐吓而非哄骗的话，他本来可以通过不断摸索这一通常的方法学会改正自己的错误，从而有可能为这个国家的剧坛增加好几部极为优秀、大受欢迎的剧作。萧伯纳的少数追随者模仿到的只是他的缺点。萧伯纳在剧坛上取得成功不是因为他是位观念戏剧家，而是因为他是位戏剧家。但他是无法模仿的。他的独创性应归功于一种此前在舞台上从来都没被表现过的个人特质，当然这对他来说并没有什么特别。英国人，不管他们在伊丽莎白时代曾经是什么样子，并不是一个多情好色的种族。爱情对他们来说更多的是多愁善感而非热情洋溢。就繁衍种族的目的而言，他们当然有足够的性欲，但他们无法控制一种出于本能的感觉，那就是性行为是令人厌恶的。他们更倾向于把爱情看作喜爱或是慈爱，而不是激情。对于学者们在学术类图书中对爱所做的升华式描述，他们是持赞同态度的，而对于爱情的坦白表达则持排斥或嘲弄的态度。英语是唯一一种需要从拉丁语中借用一个带有贬义色彩的词 uxorious（溺爱妻子的，怕老婆的）来描述一个男人对他妻子爱得专一不贰的现代语言。那种使男子陷溺其中的爱在他们看来本来就是不值得的。在法国，一个为了女人而毁了自己的男人，通常会得到人们的同情和赞赏；大家都觉得那是值得的，而那个实际上已经这么做了的男人甚至会为此感到一定程度的骄傲；在英国，不论是大家还是他自己都会觉得他是个该死的傻瓜。这也正是在莎士比亚的一流名作当中，《安东尼和克莉奥佩特拉》为什么一直都最不受欢迎的原因之所在。观众们会觉得为了一个女人的缘故而抛弃一个帝国是可鄙的行径。说实在的，如果这出戏不是基于一段广为人知的公案的话，他们会一致认定这种事是令人难以置信的。

  对于被迫从头到尾地看完爱情是其中阴谋之发端的一出戏的观众而言，他们会本能地觉得爱情固然自有其美妙之处，却并不真像戏剧家假装得那么重要，因为毕竟还有政治、高尔夫、干好自己的工作等其他所有的这些事情；终于碰到这样一位戏剧家——只把爱情当作一件令人厌烦的次要事务，不过是一时冲动的刹那满足，而且其结果通常都令人尴尬——那自然是一种令人愉快的安慰。虽说是以夸张这一必然的方式呈现于舞台之上的（而且我们千万不要忘记，萧伯纳可是位技巧极为纯熟的戏剧家），在这种态度当中还是包含着足以令人印象深刻的真实性的。它与盎格鲁-撒克逊种族根深蒂固的那种清教主义是相呼应的。不过，如果说英国人并不多情好色的话，他们倒是多愁善感和感情用事的，他们会感觉那并非全部的真实。当别的戏剧家不是像萧伯纳那样出于一种个性表达的自然需要，而仅仅是因为这样做引人注目、卓然有效才去加以模仿的时候，其片面性就令人厌烦地明显表现出来了。剧作家将他私人的世界描写给你看，如果这引起了你的兴趣，你就对他表示出关注。你没有理由去为那些二手的描述而白费心思。萧伯纳已经说得那么好了，再去重述一遍就是废话了。

## 三十九

在我看来，在现实主义的要求导致戏剧放弃了韵文的装点以后，它就误入歧途了。韵文具有一种特别的戏剧价值，这从每个人在倾听拉辛①的任何一部剧作或是莎士比亚的任何一部伟大作品中那些谠言宏论所感受到的那种震撼人心的效果上面就可以看得出来；这种效果是没什么道理可言的；它就源自那富有节奏韵律的话语所具有的情感力量。不过又不止于此：韵文会赋予其对象一种能够增强审美效果的传统形式。它能使戏剧成就一种散文剧无论如何都不可能达到的"美"。无论你是多么倾慕《野鸭》《不可儿戏》或者《人与超人》②，你都没办法僭用这个词汇，说它们是美的。不过，韵文的主要价值还在于它将戏剧从清醒的现实中解救了出来。它将其置于另一层次之上，使其与生活相隔离，从而使观众可以更容易地将自我的情感调试到一种更易于感受戏剧那种特殊魅力的感染的状态。在那种人工的媒介中，生活不是以逐字逐句的翻译得以呈现的，而是以一种自由的方式表现的，于是戏剧家就获得了广阔的天地，可以任由他的艺术充分发挥其可能达到的效果。因为戏剧就是让你信以为真。它要处理的不是真实，而是效果。柯勒律治所提出的那种"对不相信的自愿搁置"对戏剧而言是具有根本意义的。真实的重要性对于戏剧家而言是它能够增加趣味，不过对于戏剧家来说，真实只是一种逼真。它是戏剧家能够说服观众接受的一种东西。如果他们愿意相信一个男人因为有人告诉他在别人那儿发现了他妻子的手帕，他就可以怀疑妻子的忠诚，很好，那就是他产生妒忌的充分动机了;如果他们愿意相信一顿有六道菜的正餐能够在十分钟内吃完,也很好,戏剧家就能继续推进他的戏了。可是如果在动机和动作这两个方面都对他提出越来越高的现实主义要求,而且要求他不要去或欢快或浪漫地去渲染生活,而只能去模仿生活的话,那他大部分的创作资源就都被剥夺了。他就得被迫放弃旁白,因为人在现实生活中是不会大声跟自己讲话的;他也许就不能再通过压缩事件的方式来加快他的戏剧动作了,而是必须让它们像在真实生活中那样按部就班地发生;他就必须避免采用意外和偶然因素,因为(在剧院里)我们知道事情并不是那样发生的。结果表明,现实主义常常只会使戏剧变得单调乏味。

当电影开始变得有声以后,散文戏剧就没有能力自卫了。电影在再现动作上面要有效得多,而动作就是戏剧的本质。银幕呈现出了韵文一度曾赋予戏剧的那种人为的状态,于是一种不同的逼真标准也就确立了起来,而只要它能引发情境,那不可能的也就成为可接受的了。它为所有但凡能够让大众感到刺激和兴奋的各种各样新奇的、生动的和戏剧性的效果都提供了机会。观念戏剧家们原本就是为了知识分子阶层写作的,可他们和他的戏却根本毫无关系,他们只会为闹剧哄堂大笑,并且沉迷于电影的刺激和奇观,这是观念戏剧家们不得不吞下的苦果。事实当然是他们已经屈服于舞台剧一直煞费苦心要去除的那种气氛,他们已经被那种让你信以为真的魔力所支配了,而把第一次观看洛佩·德·维加和威廉·莎士比亚戏剧的观众牢牢抓住的就正是这种力量。

我一直都对预言家的角色避之唯恐不及,主动把改造同代人的

---

① 拉辛(Jean Baptiste Racine, 1639—1699),法国剧作家、诗人,法国古典主义悲剧代表作家之一,主要作品有悲剧《安德洛玛克》《爱丝苔尔》《费德尔》等。
② 分别为易卜生、王尔德和萧伯纳的代表剧作。

任务留给别人去做，不过我还是不得不陈述一下自己的看法，即我曾为之而付出这么多生命的散文戏剧很快就要灭亡了。那些依赖于某一时代的风尚和习俗而非根深蒂固的人性之需要的次要艺术，其结果只能是你方唱罢我登场。牧歌曾是一度非常流行的音乐娱乐形式，激发了众多作曲家为其创作，并产生了一个精致繁富的表演流派，当能够更加美妙地传达出它所追求的那种特殊效果的乐器发明出来以后，它马上就一蹶不振了；散文戏剧没有道理能避免遭受同样的命运。也许有人会说，银幕永远都给不了你由有血有肉的活人在你面前表演所带给你的那种情感共鸣的悸动。之前也很有可能曾有人说过，琴弦和木头永远都不可能替代人声的那种亲密感。而事实证明它们做得到。

有一件事看来是确定无疑的，那就是如果舞台剧还有任何存活的机会的话，那也并不是竭力去做电影能做得更好的那些事。那些通过大量的小型场景努力去复现电影所呈现的快速动作和多样化背景的戏剧家，实在是误入了歧途。我能想到的是，戏剧家们如果能回到现代戏剧的起源，求助于韵文、舞蹈、音乐和游行盛典——这些娱乐所有可能的源头的话，那或许不失为明智之举；不过我也认识到，凡是舞台剧能够做到的，电影以其雄厚的资源都能做得更好；而且这种戏剧需要的戏剧家同时也应该是位诗人。也许当今现实主义的戏剧家们最好的机会乃是致力于电影迄今为止尚未非常成功地加以呈现的那些方面——其行动更多地表现于内心而非外在的那种戏剧，以及机智喜剧。大银幕是需要身体动作的。那些无法以身体动作加以呈现的情感以及诉诸心智层面的幽默，对它都没什么价值。也许在这方面，至少是一段时期之内吧，这样的戏剧还能保有其吸引力。

不过就喜剧而言，应该认识到，对它有现实主义的要求本身就是不公道的。喜剧是种人为的东西，所以唯有自然主义的表象而非实质才是恰如其分的。必须为了笑而去寻求笑。剧作家的目的并非忠实地再现生活（这是悲剧的事儿），而是嘲讽地、好笑地对它评头品足。观众们本来就不该去问"这样的事情会发生吗"，他们应该满足于哈哈一笑。在喜剧中，剧作家尤其必须要求一种"对不相信的自愿搁置"。所以当批评家在抱怨一出喜剧时不时地"堕落"为了闹剧时，他们就大错特错了。在实践中已经发现，要想凭借三幕纯粹的喜剧自始至终地吸引住观众的注意力是不可能的。因为喜剧诉诸的是观众的集体意识，而这种意识会变得疲乏；而闹剧诉诸的是一种更加强健的器官，即观众的集体肚肠。那些伟大的喜剧作家，莎士比亚、莫里哀和萧伯纳在面对滑稽和闹剧时从来都不曾越趄不前。使喜剧的躯体得以存活的是生命的血液。

## 四十

这些模模糊糊不断在我头脑中浮现的想法,渐渐地使我对于戏剧行业越来越不满,于是最终我决定要和它一刀两断。和别人合作从来就没有让我觉得特别舒服过,而且正如我已经指出的,一出戏比起其他任何一种艺术产品来,都更是一种集体努力的结果。我发现,要想协调一致地跟我的合作者一起工作是越来越困难了。

经常有人说,好演员在一出戏里演出来的内容比剧作者灌注进去的还要多。这不是事实。一个能把自己的才华带入他的角色的好演员,经常能够赋予这个角色一种外行读剧本时看不出来的价值,但他能做到的充其量也不过就是剧作者已经在心目中所看到的那种理想状态。他必得是个具有极高本领和技巧的演员,方能做到这一点;对于绝大部分的角色,只要能大体接近他心目中理想的表现状态,剧作者也就不能不感到满意了。在我所有的剧作中,我算是足够幸运,能够让有些角色如我所愿地扮演出来;但没有一部剧作能让所有的角色都这么理想地呈现出来。而显然这是不可避免的,因为最适合某个特定角色的演员很可能正好有别的工作,你就不得不将就第二或者第三选择,因为除此以外也没别的办法。尤其最近这些年,跟戏剧选角有过一点关系的人都知道,由于纽约以及英美两国电影业的竞争,已经使得为某一特定角色物色到合适的演员一事变得比以前更加困难了;剧院经理一而再、再而三地不得不使用他明知很平庸的演员,因为他找不到别的人了。另一个困难是薪金问题。一个小角色经常也需要聪明的演绎,因此就需要由一位经验丰富的演员饰演，可是从经营管理的角度来看，为这个角色只能支付不高的薪金，要想找到合适的人选也就有些不切实际了。于是那个角色就演得很不到家，整出戏的平衡都会因此而岌岌可危；一场具有确定价值的戏就因为演得不到位而白白浪费掉了。还有一种情况也经常会发生：最适合出演某个角色的演员因为那个角色太小或者太不讨人喜欢而不愿意出演。

尽管说了这么多，我并无意于贬低我对那些杰出的男女演员的感激之情，我众多剧作所取得的成功在很大程度上应当归功于他们。我亏欠他们良多。使我所有的期望得以实现的那些演员的名单太长了，一一列举的话会过于累赘，不过有一位演员，正因为他从来就没能达到明星的层级而并没有得到应有的认可，我愿意在此特意提一下。他就是 C. V. 弗朗斯。他出演过我的好几部戏。他饰演的每一个角色无不令人赞赏不已。他把我心目中他所饰演的那个角色最细微的特别之处全都清楚地呈现了出来。在英国的戏剧舞台上很难再找到一个更有能力、更有智慧而且更多才多艺的演员了。而在另一方面，我的剧作在搬上舞台的时候，我也清楚地认识到，观众是不可能看到我希望他们看到的所有内容的。选角的错误，尤其是发生在名演员身上时，经常是无法得以矫正的，然后剧作者就得承受仅只是依据对其意图的误传而遭人误判的屈辱。舞台上是不存在无论如何都演不砸的角色的。只有比较容易出彩和不太容易出彩的角色，而非常重要的角色反而经常属于后者；但不论一个角色是多么容易出彩，它的出彩之处也只有在经过完美的演绎之后才有可能得到全部的呈现。世界上最滑稽的台词，只有在以正确的方式讲出来的时候才是好笑的；一场戏不管有多么温柔，如果不加以温柔地表演的话也是白费。演员为戏剧家预备的另一个陷阱还不那么容易被认识到。选择演员的制度本身使得这一陷阱很难得以避免。一位剧作者构思出一个人物，然后一个演员因为本身具有剧作者已经指出的那种特质而被选中来出演这个角色；但在剧作者已经设定的那个人物的特质之上再加上他独有的气质性格，其结果就成为一种荒唐的夸张了；如此一来，剧作家创造的那个原本可信而又自然的人物就一变而成为可笑的怪物了。我经常试图请演员演绎跟他的类型相反的角色，但我不知道这种想法是否算是成功；它需要比现代的演员更强的可塑性。戏剧家克服这一难题最好的办法，也许是在描写他的角色时点到即止，只淡淡地勾出人物的轮廓，指望由演员用他们自己的个性来将其填满。不过这么一来，他就必须有把握找到能够做到这一点的演员才行。

这种夸大以及选角的失误——有时候在所难免——已经足以扭曲剧作者的意图了，而更为经常的是还要进一步受到导演的扭曲。在我刚开始为舞台写作的时候，导演们对自身功能的看法相较于近来还是谦逊得多的。那时候他们还把自己的工作局限于删削剧作者的啰嗦冗长之处、用自己的巧思遮掩原作架构方面的差池；他们负责安排演员在舞台上的具体站位，帮助他们尽可能把自己的角色演好。我想，一定是赖恩哈特[1]第一个要求导演在戏剧排演的合作过程中要占据一个优势地位的。那些缺乏他那种才华的导演也以他为榜样，并且不止一次荒谬地宣称，剧作者的脚本只应被看作导演表达他自己观念的一种工具。还有些把自己想象成剧作家，这样的例子也出现过了。杰拉尔德·杜莫里埃[2]，一位非常优秀的导演，亲自跟我说过，他对于执导一部他没办法部分加以重写的戏

---

[1] 赖恩哈特（Max Reinhardt, 1873—1943），奥地利导演，创立柏林小剧院，曾任德意志剧院导演，执导过古希腊悲剧、莎剧及歌德、契诃夫等人的作品，后逃离纳粹德国，加入美国籍。
[2] 杰拉尔德·杜莫里埃（Sir Gerald du Maurier, 1873—1934），英国演员和剧院经理，倡导重视暗示的细腻逼真的表演风格。

没有任何兴趣。这是个极端的例子。不过要想找到一位仅满足于诠释剧作者的戏的导演，肯定是变得非常困难了；他们已经太过经常地把导戏看作一种从事自己原创的机会。公众们如果知道剧作者的主旨多么经常地被导演愚蠢而又顽固地加以歪曲和误传，在他们指责剧作者的粗俗和荒谬时其中有多少应归咎于导演的话，他们肯定会吃惊非小的。导演如果是个有想法的人，但想法却甚少的话，那可就是件灾难性的事了。孕育想法是令人振奋的，但只有在你孕育出了大量的想法，你已经不会把它们看得过于了不起，所以能够恰如其分地以其应有的价值对待它们的时候，才是安全的。而极少有什么想法的人，就很难不把仅有的那点想法看得过于高明了。一个偶然想到了一两句台词、一点小事端或是舞台效果的导演，会认为这点想法无比重要，为了能把它们用上会不惜欣欣然地拖延整部戏的动作或者扭曲其意义。导演经常都是虚荣自负、固执己见而且缺乏想象力的；他们有时候会独断专行到强迫演员去复制他们自己特有的语调和习惯性动作的程度；而演员要靠他们的首肯才能获得角色，要靠自己的顺从才能得到他们的青睐，也就只能对他们的指示言听计从，这么一来也就丧失了他们表演中所有的自发性。最好的导演是做得最少的导演。我算是挺幸运的，经常能碰到真诚地渴望尽力把戏原来的样子把戏排好、尽可能实现我的愿望期许的导演；但要洞悉别人的想法是非常困难的，就算是最意气相投的导演至多也不过能够把剧作者的意图粗线条地勾画出来。我想相较于剧作者的本意，他们给予观众的经常是观众更想看到的。但这并不符合剧作者的意图。

对剧作者来说，补救的办法当然就是自己导自己的戏。但除了那些自己曾做过演员的，极少有人真能这么做。光能告诉一位演员他的某种声调或姿态错了是不够的，你必须能实际演示给他看怎说怎么做是对的才行。由于现在出演次要角色的演员技巧普遍不过关,这一点就比以往更加必要了。杰拉尔德·杜莫里埃曾经常采用一种让人无地自容却切实有效的变通办法做到这一点:他把某一演员某段表演的方式漫画化地模仿出来,然后再手把手地教他应该怎么做。他能做到这一点,只因为他是个很好的模仿者和很好的演员。但这还是小事一桩。导戏是一种非常复杂的工作。是需要付出极大努力方能习得的一门行业或者一门艺术——如果你愿意这样称呼的话。导演需要掌控戏剧的运作方式,要掌控上场和下场,要注意给不同的角色分配不同的位置,以使不同角色的组合趋于合理,通过恰如其分的配置安排,使观众的注意力在恰当的时刻很容易地就能转到他们身上;他得充分考虑每个演员个体的特殊性,当其中有人被要求去做超出其能力范围的表演时,他能略施小计把困难敷衍过去;对演员总体上的特殊性他也得了然在心,比如说现在的英国演员当中,恐怕没有一个在一口气念出一段超过二十行的台词的时候不会感到不自在,他要想方设法帮他们克服他们的不自信;他得将观众的兴趣导向戏的关节点,并巧妙地诱导他们去支持那些免不了会有些无趣的阐述性桥段和接榫处(即戏剧性事件的引入),这些内容每一出戏都在所难免;他得考虑到观众的注意力会游离涣散的天性,通过为演员设计"动作"在危险的关头抓住其注意力;他得顾及演员们的敏感、嫉妒和虚荣心,留心不要让他们那种很自然的自我中心妨碍了整出戏的平衡;他得确保每个角色都被赋予适当的价值,不允许任何一位演员通过侵害别人的角色使自己的变得更加重要。他得决定何时加快,何时放慢;何时强调,何时带过;何时大张旗鼓,何时低调行事。他得处理好布景,确保它们与舞台动作相适合而且切实可行;他得选择适合角色的服装,密切注意那些宁可穿得漂亮而非适宜的女演员;他还得操心灯光。导戏是一门需要拥有具备精密规则的专业知识的工种，或者说艺术。此外它还需要圆滑、耐心、好脾气、坚定性和柔软性。就我来讲，我十分清楚，导一部戏需要的知识我全付阙如，需要的素质我也很少具备。此外我还受制于两个不幸的障碍，一是我天生口吃，再就是在我写完一出戏并最终把脚本改定以后，我对它就再也提不起太大的兴趣了。我很想看看它是如何被演出的，但我一旦把它交付给别人，我就不会再把它当作自己的东西那样亲密对待了，就像母狗在自己的小狗被人收养以后就不再关心它们了一样。经常有人怪我，在导演和我本人的意见相左时我太容易让步，接受了他们的意见；事实是我总是倾向于认为别人知道得比我多；除非我是在盛怒之下，否则我从来都不喜欢与人争吵，而我很少会怒气冲冲，结果我也就不会特别在意了。使得我越来越不喜欢戏剧的，并不是导演有时候力不胜任，而是他们一直都必不可少。

## 四十一

再来说说观众。对于公众,如果我要表达的除了感激还有任何别的态度的话,那看上去肯定就显得不识抬举了,因为如果说他们并没有使我名垂千古的话,至少已经使我名噪一时,而且还使我获得了一笔财富,至少能让我过上家父此前所过的那种生活。我可以到处旅行;我住的房子可以看到大海,安静且远离其他住户,坐落在花园中间,有宽敞的房间。我一直都认为人生苦短,没办法为自己把什么事都做到,只能出钱请别人代劳,而我已经足够富有,享受得起只为自己做唯有自己能做的事情的奢侈。我能够招待我的朋友,能够帮助我想帮助的人。所有这些都应归功于公众的恩惠。尽管如此,我却发现自己对于构成剧院观众的那部分人越来越不耐烦了。我曾提到,在观看我自己写的戏上演时,从一开始我就感到一种异常的尴尬,而且这种感觉非但没有像我期望的那样随着我一部部新戏的上演而渐趋缓解,反而愈发严重起来。一大帮人正在看我写的戏的感觉,变成了一种令人厌恶的恐怖,以至于我会不惜绕路,特意避开正有剧院上演我写的戏的那条街道。

我很早就已得出结论,一出不成功的戏是没什么好多说的,而且我自认我确切地知道该怎么写出一部成功的戏。也就是说,我知道我能够从观众们那里得到什么。没有了观众的合作,我什么都做不了,我也知道他们能够跟我合作到什么程度。我发现自己对此越来越感到不满。戏剧家必须对观众的喜好感同身受,洛佩·德·维加和莎士比亚的榜样就是这一点的明证,他们在最大胆的情况下,也无非就是把观众们由于怯懦或懒惰仅仅满足于有所感而没有表达出来的东西明确地讲了出来。我已经厌倦了只揭出一半的真实，因为那就是他们愿意接受的一切了。我已经厌倦了这样的荒谬不伦：明明在交谈当中已经被接受了的各种事实，到了舞台上却碰都不能碰。我厌烦了一定要让我的主题去适应某个特定的规矩方圆，要把它硬拉到不必要的长度或者进行不适当的缩减，因为一出引人入胜的戏必须限制在一个特定的长度之内。我已经厌倦了努力永远不要令人生厌。事实上，我已经不想再被局限在戏剧那些必须遵循的程式里了。我怀疑自己已经与公众的趣味失去了联系，为了确证一下就去看了好几出正在走红的戏。我发现它们冗长乏味。对那些让观众大为开心愉悦的笑话，我笑不出来，对那些让他们感动落泪的场面，我无动于衷。

我渴望小说的自由，我愉快地想到孤独的读者，他们愿意倾听我不吐不快的所有话语，我能够跟他们建立起一种亲密的关系，这种关系是我在剧院那种炫耀花哨的公开场合永远都没有希望得到的。我认识太多已经过气的戏剧家。我眼看着他们仍在可怜地一部又一部地写着自己的戏，浑然不觉时代已经改弦更张；我眼看着另外的那一些拼命地想捕捉时代精神，当他们的努力成为笑柄后是多么难过和恐慌。我眼看着著名的剧作者将剧本呈送剧院经理时遭受的白眼和冷遇，而此前这些经理可是拿着演出合同一直缠住他们不放的。我亲耳听到演员们对他们夹枪带棒的议论。我亲眼看到他们在终于认识到自己已经完全被公众抛弃以后的大感不解、惊惶失措和苦涩心酸。我亲耳听到阿瑟·平内罗和亨利·阿瑟·琼斯这两位名噪一时的剧作家跟我说过同样的话，一位带着严酷、冷嘲的幽默，另一位满怀茫然的愤怒；话是这么说的："他们已经不再要我了。"我想我还是在离开为上的时候趁早离开吧。

## 四十二

不过我脑子里还有几出戏没写出来。有两三出还只是模糊的计划,我很愿意就此罢手,不过还有四出已经躺在我内心的分类架上,万事俱备只待我动笔把它们写出来了,而我对自己了解得很清楚,知道它们会继续缠着我,一直到我把它们写出来才肯作罢。这四出戏都已经在我的脑子里考虑了好多年;我所以一直都没有动笔是因为我认为它们不会讨人喜欢。我一直都不喜欢让剧院经理在我身上亏钱,我想这是出于我布尔乔亚的本能,而整体上看来他们也并没有亏。从经营管理的角度来看,一出戏是否盈利大家普遍能接受的比例是四比一;如果我说事实证明我自己的情况一直都是四比一以上的话,我认为我并没有夸大其词。我是以我认为成功的概率会越来越小的顺序写最后那几出戏的。我不想在确定要跟公众一刀两断之前就先毁了自己的声誉。头两出让我有些意外地取得了不小的成功。最后两出如我所料地不算成功。我想只说说其中的一部,那就是《圣焰》①,想说说它的原因只是因为我尝试在其中做了个实验,本书的有些读者可能会觉得有点意思,值得花几分钟时间琢磨一下。我尝试用一种比我习惯使用的更为正式的对话来写这部戏。我写第一部多幕戏剧的时间是一八九八年,写最后一部是在一九三三年。在这期间我眼看着戏剧的对话从平内罗的浮夸和迂腐,从奥斯卡·王尔德的优雅的做作,转变成如今那极端的口语风格。对现实主义的要求已经诱使戏剧家们越来越深地陷入自然主义中,而我们知道,这种风格又被诺埃尔·科沃德②发展到了极致。不仅"文学性"被有意规避,而且现实性被不遗余力地追求,以至于语法被避开,句子被截断,因为据说在日常生活中,大家讲起话来都是不合语法的,句子都极短而且是不完整的,词汇方面也只有最简单、最平常的单词才允许被使用。这种对白是要靠耸肩、打手势和吹胡子瞪眼来支撑和弥补的。在我看来,戏剧家以这种方式对于时尚做出的让步已经严重损害了他们自己。因为他们在舞台上再现的这种俚俗的、省略的、破碎的语言只是一个阶层的说话方式,是那些年轻的、缺乏教育的富人子弟使用的语言,报纸上把他们描述为时髦人士。他们是那些出现在八卦专栏和插图周刊里的人物。英国人的舌头短一截也许是个事实,可我不认为他们的舌头短到了如今他们让我们相信的这种程度。也有很多人,包括不同行业的成员和有文化的女性,他们是用合乎语法的、精心选择的语言来传达他们的思想的,他们能够用正确的词汇、以正确的顺序、明确清楚地说出他们想说的话。目前采用的这种方式却是在强迫一位法官或者一位名医都像个酒吧里的闲人懒汉那样无法充分地进行自我表达,这可就极大地歪曲了事实真相了。这等于大大缩小了戏剧家能够用以创作的人物的范围,因为他表现人物的手段就只有言谈这一项,而当他使用的言语只不过是一种讲出来的象形文字时,再要想描绘人类的任何一种思维的精妙或是情感的复杂就完全不可能了。他不知不觉间就会以观众的喜好为导向,以他们认为自然的那种方式去选择讲话自然的演员来饰演剧中的角色,而这种所谓的"自然"必然也就等于异常简单和浅陋。这就已经限制了他的主

---

① 《圣焰》(*The Sacred Flame*),毛姆创作于一九二八年的三幕戏剧,是他的第二十一部剧作。
② 诺埃尔·科沃德(Sir Noel Pierce Coward,1899—1973),英国剧作家、演员和作曲家,擅长写风俗喜剧,作品有《漩涡》《欢乐的心灵》、音乐剧《又苦又甜》及流行歌曲、小说等。

题，因为这样就很难再去反映人类生活中的那些基本的问题，当你把自己局限于一种自然主义的对话中时，那就不可能对人性（以及戏剧主题）的复杂之处做出分析了。这已经扼杀了喜剧，因为喜剧依赖的是语言的风趣，语言的风趣反过来依赖的又是巧妙的措辞。就这样，它在散文戏剧的棺材上又敲进了另一颗钉子。

我那时的想法是，在《圣焰》里，我将尝试让我的角色不用他们日常生活中实际会使用的语言讲话，而是用一种更加正式的方式，使用的是那种如果他们能够事先有所准备，而且知道如何以精确而又精选的语言将他们想说的表达出来才会使用的措辞。也许我没能处理得很好。在彩排的时候，我发现演员们由于已经不再习惯于这种表述方式，会有一种不舒服的像是在背诵一样的感觉，我不得不把句子简化并且拆散。不过还是为评论家们留下了足够批评非难的空间，我的某些对话也确实因为其"文学性"而受到指责。我被告知，人们不是那么说话的。我从来没认为他们是这么说话的。不过我并没有坚持。我的情况就像一个租房居住的房客，租期将满，再去为房子做什么结构上的改动已经不值当了。在我最后的两部戏里，我又重拾了之前一直都在采用的自然主义的对白。

当你连续几天都穿行于大山之间，有那么一刻你会确信在绕过你前面的那块巨大的山岩以后，平原就将出现在你面前了；但结果你面对的却是又一座巨大的山崖，那令人生厌的山路还在继续；越过这个山崖之后肯定就能见到平原了；不，小径还在曲折蜿蜒，又一座大山挡住了你的去路。然后，平原突然就展现在面前。你的心欢喜雀跃；它宽广无边，它阳光灿烂；一座座大山的压迫从你肩头霍然除去，你欢欣鼓舞地呼吸着广阔无边的空气。你有一种美妙无比的自由感。这就是我写完最后一部戏后的感受。

我也不知道从此以后是否就一劳永逸地从戏剧当中脱离了出

来，因为作者是灵感的奴隶——由于缺少一个更谦虚的字眼，我就姑且称之为灵感吧——我无法肯定脑子里哪一天会不会突然冒出一个只能写成戏剧的主题来。我希望不会。因为我有一种观念——我想读者只会认为这不过是我愚蠢而又傲慢的自以为是——我认为我已经拥有了戏剧业能够给予我的一切经验。我也赚到了足够的金钱，可以过上那种我自己喜欢并能满足我的一切要求的生活。我已经因此而名噪一时，甚至还有可能青史暂留名。我是应该心满意足了。但是除此以外我还想得到一样东西，而在我看来这在戏剧中是无望能实现的。那就是完美。我说的还不是我自己的戏剧，这其中的种种毛病没人比我知道得更清楚也因而更恼火的了，我所说的是古往今来所有的戏剧作品。就连那些最伟大的剧作也有严重的缺陷。你不得不从时代的习俗和它们创作时的舞台条件这些方面来为它们开脱。伟大的古希腊悲剧距离我们如此久远，它们所阐释的文明在今天看来已经如此陌生，我们已经很难对它们做出公正的评判了。在我看来，《安提戈涅》①或许非常接近于完美。在现代戏剧中，我认为没有人比拉辛在某些情况下更接近完美了。可那是付出了多少受限的代价才达到的！他那是在用无比高超的技巧雕刻一粒樱桃核。只有盲目的崇拜者才会对莎士比亚剧作中处理手法以及有时候性格塑造上的巨大缺陷视而不见；而这是非常可以理解的，因为我们知道，为了成就强有力的情境，他不惜牺牲一切。而所有这些戏剧还都是以不朽的韵文写成的。当你到现代的散文戏剧中来寻找完美的时候，你是不会找到的。我想，易卜生应该被公认为近百年来最伟大的戏剧家了吧。他剧作中所有的那些巨大的优点我们姑且不论，他的创造力是何其贫乏，他的人

---

① 古希腊悲剧大师索福克勒斯的代表作。

物是多么重复,而当你稍微往下深挖一点的话你会发现他的主题当中有那么多是何其愚蠢！如此看来,这种或是那种的缺陷似乎是戏剧这门艺术与生俱来的了。要想成就一种效果就必须牺牲另一种,所以要想写出一部在所有细节方面、在主题的趣味和意义方面、在人物塑造的精妙和原创方面、在戏剧情节的真实可信方面以及对话的优美方面全都达到完美的戏剧是不可能的。而在我看来,在长篇和短篇小说中,有时候是可以达到完美境地的,虽然我几乎不敢有此奢望,但我认为,通过这些媒介,我能够比在戏剧中走得离它更近一步。

## 四十三

我的第一部长篇小说叫《兰贝斯的丽莎》①。我呈送的第一家出版商就接受了它。已经有一段时间了,费希尔·昂温②为他称为"笔名丛书"的这套书出版了众多小长篇,引起了不小的关注;这其中就有约翰·奥利弗·霍布斯③的作品。这些作品被认为既机智又大胆。它们让作者成了名,也确立了丛书的声誉。我写了两个短篇小说,我觉得合为一卷其篇幅正好适合这套丛书,就把它们呈送费希尔·昂温过目。过了一段时间,他把稿子退还给我,不过还附了一封信,问我有没有长篇小说可以提供给他。这是个极大的鼓励,我于是马上就坐下来开始写一部长篇。由于我当时整天还要在医院里工作,我只能在晚上写。我一般六点多一点回到家,读一下我在兰贝斯桥拐角处买的《星报》④,早早吃完晚饭,把桌子清理一下马上就开始写作。

费希尔·昂温对他的作者很苛刻。他利用我年轻、没经验、为终于有一本书可以出版而高兴不已的心理,跟我签的合同是得等到卖出很多册以后我才能拿到版税;不过他知道怎么来推广他的货色,他把我的小说送给很多有影响的人物过目。它由此而受到了广泛的——虽说各不相同的——关注和评论,后来成为威斯敏斯特副主教的巴兹尔·威尔伯福斯在大教堂布道的时候就宣传过这本书。圣托马斯医院的产科主治医生深受本书感动,主动提出让我到他手下担任一个小职位,因为很快我就通过了我的结业考试;可是由于我夸大了小说的成功,决定弃医从文,于是很不明智地拒绝了他的好意。小说出版还不到一个月就提出要再版,我于是对于自己能够作为作家轻松地养活自己已经不再有任何怀疑。一年以后,当我从塞维利亚回来收到费希尔·昂温开给我的版税支票时,我还是有点震惊。总计只有二十镑。如果从《兰贝斯的丽莎》仍然还有人买这一事实中可以判断这本书仍旧有可读性的话,那么它可能具有的任何一种优点,都应该归功于我因医科学生的工作需要而有幸接触到的那生活中的另一面,而对于这种生活当时还极少有小说家加以发掘。阿瑟·莫里森⑤以其《陋巷故事》和《杰戈的孩子》将公众的注意力吸引到当时所谓的下层社会上,而我则受益于由他所引发的这种兴趣。

我对于写作一无所知。尽管以我的年龄而论,我的阅读量已经很大了,但我读的时候不加任何辨别,只是把我听说的那些作品一本接一本地吞咽下去,看看它们写的到底是什么,尽管我想我从中也确实得到了一些东西,但我自己在开始写作的时候,对我影响最大的还是居伊·德·莫泊桑的长篇和短篇小说。我十六岁的时候开始阅读他的作品。每次我到巴黎,都会把下午的时间消磨在奥德翁剧院的回廊上,浏览那里的图书。莫泊桑的有些作品以小开本的

---

① 毛姆的长篇小说处女作《兰贝斯的丽莎》(*Liza of Lambeth*)出版于一八九七年,当时的他还是圣托马斯医院的学生。
② 费希尔·昂温(Thomas Fisher Unwin,1848—1935),英国著名出版商,一八八二年成立费希尔·昂温出版社,也是一八九六年成立的出版商协会的合作创立人。
③ 约翰·奥利弗·霍布斯(John Oliver Hobbes,1867—1906),英裔美国女作家珀尔·克雷吉(Pearl Mary Teresa Craigie)的笔名,她的作品虽然二十世纪以后已经很少有人阅读,第一部小说《某些情感和一个教训》(*Some Emotions and a Moral*)却轰动一时,在短短几周内就畅销了八万册。
④ 《星报》(*The Star*),成立于一七八八年五月三日的一份伦敦晚报,初名《星与广告晚报》(*Star and Evening Advertiser*),是世界上第一份每天出版的晚报。
⑤ 阿瑟·莫里森(Arthur Morrison,1863—1945),英国作家,以写维多利亚时代末期伦敦东区贫民区生活的小说而闻名,主要作品有短篇小说集《陋巷故事》和长篇小说《杰戈的孩子》,这些小说完全采取写实手法,但在勾勒人物时喜用狄更斯式的笔调。

形式再版，售价七十五生丁①，我都买了下来；可是其他版本的每本要卖三个半法郎，这个价格我可买不起，于是我就把书从架子上取下来，读那些书页已经裁开的部分。身穿浅灰色工作服的店员对我也并不在意，趁他们谁都不注意的时候我就裁开下面一页，继续往下看。就这样，我在二十岁以前已经设法把莫泊桑的大部分小说都读了。虽然他现在已经不像当时那么赫赫有名了，但必须承认他是有很多优点的。他写得明晰、直接，具有形式感，他也知道怎样从他讲的故事当中最大限度地挖掘出戏剧价值。我禁不住想，相比于那些影响了年轻一代的英国小说家，他是个更值得追随的大师。在《兰贝斯的丽莎》中，我如实地描绘了我在医院门诊部、我做产科助手在这个区所见到的那些人，描绘了我因为工作所需走家串户或者无事可做四处闲逛时见到的那些打动我的事件，没有任何的添加和夸张。我因为缺乏想象力（因为想象力是随着不断的应用而增长的，而且与通常的观念相反，人在成熟以后的想象力是强于年轻时候的），使得我不得不直截了当地记下我的亲眼所见和亲耳所闻。这样写的书取得的成功只能归因于幸运的机缘。它对我的未来并无任何预示的意义。可是我当时并不知道这一点。

　　费希尔·昂温极力劝我再写一本贫民区题材的篇幅大得多的小说。他跟我说这就是公众对我的期许，并预言我既然已经打开了局面，定能取得远比《兰贝斯的丽莎》更大的成功。但我根本就不想这么做。我野心勃勃。我有一种感觉，我也不知道从哪儿得来的，就是绝不该追随一种成功，而是要飞离这种成功；而且我还从法国人那儿学到，不要过于重视 roman régional②。我在写了一本贫民

---

① 一法郎合一百生丁。
② 法语：地域小说，地方小说。

区题材的小说以后,就不再对它感兴趣了,而且我实际上已经完成了一本类型非常不同的小说。费希尔·昂温在收到这本小说的时候一定大失所望。小说设定在文艺复兴时期的意大利,是我根据马基雅弗利①的《佛罗伦萨史》中读到的一个故事写成的。我之所以起意写这么一本小说是由于读到的几篇安德鲁·兰②有关小说艺术的文章。他在其中的一篇中辩称——令我非常信服——历史小说是年轻作者有望写得成功的唯一一种小说类型。因为他还不具备足够的生活经验去写当代的社会风俗;历史能为他提供故事和人物,而他的年轻热血中所具有的浪漫的热情又给了他进行这类创作所需的冲动。现在我知道这都是胡说八道。首先,说年轻人不具备描写同代人的足够知识就不是真的。我不认为一个人在后半生对人的认识会赶得上他对于跟他一起度过童年和少年时期的那些人的熟悉程度。一个人的家人,和他一起度过大部分孩提时代的仆人,他的学校里的师长,其他的男孩和女孩儿——男孩子对这些人的了解是很多的。他是直截了当地去观察他们的。成年人会自觉不自觉地向很年轻的子侄辈展露自己,而对其他成年人则从来不会这么做。而且孩子,男孩子对于他生活的环境、他居住的房屋、乡村或者城市的街道的认识是非常详尽的,那种详尽程度是在众多过去的印象已经模糊了他的感受力以后,他再也无法体认到的。历史小说的确需要对于人性的深厚经验,这样才能够在那些具有不同习俗和不同观念、第一眼看去跟我们如此扞格不入的人们当中创造出活生生的人物来;而且再造过去需要的不仅是渊博的知识,还要具有

---

① 马基雅弗利(Niccolò Machiavelli,1469—1527),意大利政治思想家、历史学家、作家,主张君主专制和意大利的统一,认为为政治目的可不择手段(即"马基雅弗利主义"),著有《君主论》《佛罗伦萨史》、喜剧《曼陀罗花》等。
② 安德鲁·兰(Andrew Lang,1844—1912),英国学者、诗人、荷马专家及翻译家,以写童话故事和翻译荷马史诗著称,著有《法国古代歌谣》《荷马的世界》及十二卷世界童话故事集等。

很难指望年轻人能够具备的想象的能力。我应该说，事实和安德鲁·兰所说的正好相反。小说家在他创作生涯的末期才应该转而写作历史小说，到了那个时候，他思想的成熟和他自己人生的阅历已经使他世事洞明；而且到了那个时候，在经过多年来对于他周围那些男男女女的个性的探索以后，他已经获得了一种洞悉人性真相的直觉，这使他能够理解，因而才能重新创造出属于一个已经远去的时代的人物来①。我第一部长篇小说写的就是我最熟悉的生活，可是现在因为受到那糟糕建议的诱惑，我开始写起了一部历史传奇。我是利用一次长假，在卡普里岛写这本书的。我那时候是如此热情高涨，每天早上六点钟就让人把我叫醒，坚持不懈地一直写到饿得不行了，这才停下来去吃早餐。幸好我还有点理智，把上午剩余的时间都消磨在了大海里。

---

① 毛姆恰恰是在他创作生涯的晚期，于一九四六年和一九四八年分别以他最感兴趣的两个国家——意大利和西班牙为背景写了两部历史小说《过去和现在》与《卡塔丽娜》，这也是他创作的最后两部长篇小说。

## 四十四

接下来几年间我写的几部小说也没必要提起了。其中的一本《克拉多克太太》还算是成功，我在我的作品全集里面也重印了这部小说。其余的有两种是我没能上演的剧作的小说化，有很长时间它们一直就像一桩很不名誉的行为一样成为我良心的负担；为了能够平息这种负担我是不惜付出巨大代价的。不过现在我知道，我的这种负疚是没有必要的。就连最伟大的作家也写过不少很差劲的作品。巴尔扎克自己就把很多作品排除在《人间喜剧》之外，就算是他收入其中的也有几种是只有学生才会费心去读的；作家尽管放心，他希望能够忘记的那些书肯定会被人忘记的。我那几本小说里的其中一本，我是为了能挣到维持第二年生活的钱才写的；另一本是因为我当时迷上了一个有着奢侈嗜好的年轻女子，而我欲望的满足由于另一个更有钱的仰慕者也正向她献殷勤而遭到了挫折，他有能力为她提供她轻浮的灵魂所渴望的奢侈享受。而我除了一颗真心和幽默感以外，再也没有什么可以给她的了。我决定写一本书，能赚上个三四百镑，也好和我那位情敌竞争一下。因为那位年轻女子实在是迷人。不过就算你再努力地工作，写一部长篇也要花很长时间；你还得让它正式出版；然后在好多个月以后出版商才会付给你版税。结果等我收到钱的时候，我原以为会永远燃烧下去的热情之火已经熄灭了，我丝毫都不再希望以我原来打算的方式去花这笔钱了。最后我用这笔钱去了趟埃及。

除了这两本书算是例外，在我成为一位职业作家以后头十年当中的这些作品，都算是我学习我这门写作行当的一种练习。因为困扰着职业作家的难题之一，就是他必须以公众作为代价来学会他的手艺。他受到内心本能的驱使要提笔写作，他的脑子里充满了创作的题材。他却没有足以处理它们的技巧。他的经验很褊狭。他很粗疏，他还不知道怎么才能最大限度地发挥他所拥有的天赋。当他写完一本书的时候，只要有可能就一定会出版它，部分原因当然是他要得到生活所需的金钱；也同样是因为得一直等到书印成铅字以后他才能知道它到底是什么样子的，也只有通过朋友们的意见和评论家们的评论他才能发现自己的错误。我一直都听说居伊·德·莫泊桑无论写了什么都会呈送给福楼拜审阅，而一直在他已经写了好些年以后，福楼拜才允许他出版他的第一篇小说。现在已经人尽皆知，就是那部叫作《羊脂球》的小型杰作。但这是一种少有的例外。莫泊桑在政府机关里有一个职位，这不但使他生活无虞，还让他有足够的闲暇从事创作。极少有人有他那样的耐心，在等了那么久以后才去公众那儿试试自己的运气，更少有人能有他那样的好运，能找到像福楼拜这样认真负责而又真正伟大的作家来指导自己的写作。大多数作家就这样浪费掉了不少的创作主题，而这些主题如果等到他们对生活有了更多的认识、对艺术技巧有了更为熟悉的掌握以后本可以更好地加以利用的。有时候我真不禁要希望，我要是没有第一本书就马上被人接受的好运倒好了，因为如果那样的话，我就会继续从事医药行业；我就会受到医院通常的指派，到全国不同的地方去做全科医生的助手和临时的代理医师；我就能由此获得大量有价值的经验。如果当初我的书一本接一本地遭到拒绝的话，那最终呈现在公众面前的我的作品就不会那么不完美了。我很遗憾当初没有人能指点我；要不然的话我就能省下很多花在错误方向上的努力了。我也认识几位文学界的人，并不多，因为即使在当时我就有种感觉,跟他们的交往固然令人愉快,对于写作却并没有什么益处,而且我太害羞、太傲慢又太缺乏自信,并没有去主动寻求他们的忠告。我对法国小说家的研读要多于英国小说家,在从莫泊桑身上学到能够得到的东西以后,我又转而向司汤达、巴尔扎克、龚古尔兄弟①、福楼拜和阿纳托尔·法朗士学习。

我尝试过各种不同的实验。其中有一种在当时还有一定的创新性。我一直都在热切寻求的人生经验向我表明,小说家那种撷取两三个甚或一群人,描写他们的历险——不管是精神上还是非精神上的——就好像除此以外世上就再无旁人存在或再无别事发生的创作方法,只能反映出非常片面的现实图景。我本人就生活在彼此并没有任何关联的好几个不同的圈子里,我于是想到,如果能够将发生在一定时期内、不同圈子里的具有同等重要性的不同的故事同时呈现出来,那也许能反映出一幅更为真实的生活图景。我选取了比以往曾经试图处理过的更多的人物,设计了四五个各自独立的故事。它们只通过一条很细的线索关联在一起,那就是一位在每一组里都至少认识一个人的老妇人。这部小说叫《旋转木马》②。它写得相当荒谬,因为由于受到九十年代唯美主义的影响,我把每个人都写得美不可及,而且是以一种简练而又做作的方式写成的。不过它主要的问题还在于缺少一条能够吸引读者兴趣的一以贯之的线索;那几个故事毕竟不可能是同等重要的,而且把读者的注意力不

---

① 龚古尔兄弟并称,即爱德蒙·德·龚古尔(Edmond de Goncourt, 1822—1896)和朱尔·德·龚古尔(Jules de Goncourt, 1830—1870)兄弟。两人都是法国自然主义小说家,合写了很多作品,主要有长篇小说《勒内·莫伯兰》《日尔米尼·拉赛德》《马奈特·萨洛蒙》《翟惠赛夫人》等,多用心理学、病理学观点分析人物的精神状态。弟弟朱尔去世后,爱德蒙又写出小说《女郎爱里莎》、自传体小说《桑加诺兄弟》《亲爱的》等,并续写《龚古尔兄弟日记》至临终之日,共九卷,为记述法国十九世纪社会和文学历史的珍贵文献。爱德蒙逝世时遗赠其大部分财产成立龚古尔学会,设立龚古尔文学奖,从一八九六年开始每年评选龚古尔文学奖的获奖作品。

② 《旋转木马》(*The Merry-Go-Round*)是毛姆出版于一九〇四年的长篇小说。

断地从一组人物转到另外一组也的确令人生厌。我的失败是由于我不知道采用一种非常简单的策略：通过一个人的视角去观察不同的事件以及参与其中的那些人物。这当然是自传体小说已经采用了好几个世纪的一种策略，不过经过亨利·詹姆斯的发展，已经变得非常便于使用了。通过将"我"替换为"他"，并从全知全能的叙述者的上帝视角降低为一位参与者的不完整的认知，他向我们展示了如何将统一性和真实性赋予一个故事的有效方法。

## 四十五

我感觉我比大多数作家发展成熟得都更慢。在旧世纪结束、新世纪开始[1]的那几年里,我被看作一位聪明的青年作家,相当早熟、尖刻,还有些令人不快,不过值得认真对待。尽管我写的书赚到的钱很少,却都受到详尽而又认真的评论。不过当我拿我早期的小说跟现在的年轻人写的小说相比较的时候,不禁发觉他们的作品要远比我的少作成熟得多。上了年纪的作家最好还是要接触一下年轻一辈正在做的事儿,我偶尔也会读一读他们的小说。还不到二十岁的女孩子,还在读大学的年轻人,他们出的书在我看来写得都很好,谋篇布局井井有条,而且显得很成熟老到。我不知道是年轻人要比四十年前成熟得更快了呢,还是小说的艺术已经有了长足的发展,反正好像现在写一部好小说的容易程度就跟当时写一部只不过是平庸小说的困难程度不相上下。如果你不嫌麻烦去翻检一下《黄面志》[2]的话——这可是称得上当时精雅智慧的最后孑遗了——你会大吃一惊地发现,其中大部分的作品糟糕到何等彻底的程度。不管那些作家是如何在那儿标榜炫示,他们都不过是一片死水中的一个漩涡,英国文学史能够投给他们的至多不过匆匆的一瞥。当我翻开那些发霉的纸页,扪心自问再过四十年,如今这些聪明的年轻文人是否也会像《黄面志》中他们那些老处女的姑母们在今天显得那么幼稚乏味,我真禁不住悚然一惊。

我够走运的,突然就以戏剧家而大受欢迎,也由此从每年都要写一部长篇小说维持生计的需要中解脱了出来。我发现戏剧很容易写，我的暴得大名也并不令人不快；而且它们还为我赚到了足够的金钱，让我的生活可以过得不再像过去那么窘迫。我从来就没有那种对明天漠不关心的波希米亚特质。我从不喜欢借钱。我非常讨厌负债。那种肮脏的生活对我从来也没有任何吸引力。我并不是出生在肮脏的环境里的。我一有了足够的金钱，就在梅费尔③买了幢房子。

有些人不喜欢财富。当然，在他们说艺术家不应该为财富所累时他们也许是对的，但艺术家本人并不会持有这样的观点。如果可以选择的话，他们是绝不会住在他们的仰慕者喜欢看到的那种阁楼上的。更为经常的情况倒是他们会因为生活太过奢侈而毁了自己。因为他们毕竟是一种耽于想象的生物，他们天生就喜欢奢华，喜欢华屋美舍、惟命是从的仆从、富丽的地毯、漂亮的画作和精美的家具。提香④和鲁本斯⑤生活得就像王侯。蒲柏有他的洞天苑和梅花屋，沃尔特爵士⑥有他哥特式的阿波茨福德庄园。艾尔·格列柯⑦有多处自备的套房，吃饭的时候有乐师为他演奏，有藏书室和华丽

---

① 指十九世纪末、二十世纪初。
② 《黄面志》(The Yellow Book)，一八九四至一八九七年在伦敦出版的一种插图类文学季刊，是一八九〇年代最重要的文学期刊，与唯美主义和颓废主义均有一定程度的关联，包含了诗歌、短篇小说、随笔、书籍插图、肖像和绘画的复制品等众多文学、艺术类型，比亚兹莱(Aubrey Beardsley)是其第一任艺术编辑，杂志的黄色封面即由其选定，与当时非道德的法国小说有呼应关系。
③ 梅费尔(Mayfair)，意译为"五月市"，伦敦西区高级住宅区，亦为伦敦上流社会的代称，名称源自一七〇八年前每年五月在该地举行的集市。
④ 提香(Titian,1488—1576)，意大利文艺复兴盛期威尼斯绘画大师，擅长肖像画、宗教和神话题材画，作品有《乌尔宾诺的维纳斯》《圣母升天》《文德明拉全家肖像》等。
⑤ 鲁本斯(Peter Paul Rubens,1577—1640)，佛兰德斯画家，巴洛克艺术代表人物，在欧洲艺术史上有巨大影响，作品有《基督下十字架》《维纳斯和阿多尼斯》《农民的舞蹈》等。
⑥ 即沃尔特·司各特(Sir Walter Scott,1771—1832)，英国苏格兰小说家、诗人、历史小说的首创者、浪漫主义运动的先驱，主要作品有长诗《玛密恩》《湖上夫人》和历史小说《威弗利》《艾凡赫》等。
⑦ 艾尔·格列柯(El Greco,1541—1614)，西班牙画家，作品多为宗教画与肖像画，受风格主义影响，色彩偏冷，人物造型奇异修长，以阴冷色调渲染超现实气氛。代表作有《奥尔加斯伯爵下葬》《尼诺·德盖瓦拉肖像》《托莱多风景》等。

的服饰，死的时候已经破产了。艺术家如果住在半独立式的别墅里，吃杂役女仆做的农家馅饼，那就不自然了。这显示出来的并非什么廉洁无私，而是贫瘠、卑琐的灵魂。因为对于艺术家而言，他喜欢用来围绕自己的那些奢侈和享受只不过是一种娱乐消遣。他的住房、他的庭院、他的汽车、他的绘画，都是他用来愉悦他的幻想的玩物；它们都是他的能力的可见表征；它们并不会透入他本质上的超然脱俗。就我自己的情况，我可以说，已经拥有了每一样金钱能够买到的好东西，这不过是一种人生的经验，就像其他的经验一样，我可以毫不心痛地放弃我所拥有的每一样财产。我们生活在一个动荡的年代，我们所有的一切都有可能被剥夺。只要有家常便饭满足我不大的胃口，有一间属于自己的房间，有从公共图书馆借来的书籍，有纸和笔，我就不会有任何遗憾了。我很高兴成了个戏剧家，赚了很多钱。这些钱给了我自由。我在钱财方面很当心，因为我不想重新回到因为缺钱而不能去做自己真正想做的事情的那种状态了。

## 四十六

我是个作家,就如同我本来也可能是个医生或是律师一样。这个职业是这么令人愉快,也就难怪有很多并不具备相关资质的人也会从事这一行了。这个职业多姿多彩而又令人兴奋。作者可以自由地选择在随便什么地点和时间工作;如果他感觉不舒服或是情绪不佳,他也大可以就那么无所事事地闲待着。不过这一行业有它的不利之处。一是,虽说整个世界,其中的每个人、每个景和每件事都是你的材料,你自己却也只能处理与你天性中的某种秘密涌泉相契合的那一部分。矿藏是丰富到不可胜数的程度,可是我们每个人都只能开采一定数量的矿石。于是就会出现在如此丰富的资源中作家还是有可能饿死的情况。他找不到适合他的素材,用我们的话说就是他江郎才尽了。我想,是没有几个作家能摆脱这种恐惧的袭扰的。另一种不利之处就是职业作家必须取悦读者。除非能找到足够数量的人来读他的作品,否则他就得挨饿。有时候环境给他的压力实在太大,他也只能怀着满腔的愤怒向公众的要求低头。你千万不能对人性抱有太高的期许,指望他们能慈悲为怀地接受他偶一为之的粗制滥造的作品。对于那些迫于艰苦贫困有时去做雇佣文人的同行,经济上能够独立自主的作家更多地应该表示同情而非蔑视。切尔西①的一位小哲人曾说过,为金钱写作的作家就不再是为他自己而写了。他曾说过很多睿智的警句(哲人嘛,本该如此),但这句话却非常愚蠢;因为读者是根本不会在乎作家有什么样的创作初衷的。他只关心其结果。很多作家是需要这种必要性的鞭策才会拿起笔来的(塞缪尔·约翰生就是其中之一),但他们却并不是为了金钱而写作。要真是这样的话那就是得不偿失的蠢行了,因为以同样的能力和勤勉,赚钱还不如写作多的职业实在是少之又少的。实际上绝大多数伟大的肖像画都是由于付钱给画家才画出来的。画画和写作一样,其本身充满了兴奋感,艺术家一旦开始工作就不由得会全情投入,尽可能地把它完成好。不过就正如画家只有能在总体上让他的主顾满意的前提下才会得到工作委托一样,作家的作品也只有在整体上能让他的读者感兴趣的情况下才会有人阅读。但作家总有一种感觉,即公众应该喜欢他们写的东西,如果他们的书没人买的话,那么错不在他们,而在公众身上。我还从没见到过有一位作家肯于承认大家不买他的书是因为他写得太无趣。有很多艺术家的作品长久得不到欣赏,最后却成了大名的例子。可是那些作品一直受到忽视的艺术家,我们却从来没有听说过他们的名字。他们的数量比前者要多得多。那些销声匿迹者诚意的奉献都到哪里去了呢?如果说天赋果真是由某种特别的能力外加一种对于世界的独特看法所构成的,那么独创性在一开始的时候不太受到欢迎也就很可以理解了。在这个永远都在变化着的世界里,人们对于新奇总是有些怀疑,他们要花上一定的时间才能让自己对其感到适应。一个具有独特气质的作家不得不一点一点地去寻找喜欢他这种气质的人。他不但要花时间才能成为他们自己(因为年轻人只有在羞怯的时候才是他们自己),还要花时间让那群人相信(最后他会相当自负地称其为他的公众)他有他们想要的东西可以给他们。他的个性越强,就会发现越难做到这一点,能够挣钱养活自己所花的时间也就越长。而且他也无法确切地知道,这个结果是否能

---

① 切尔西(Chelsea),伦敦的一区,与布鲁姆斯伯里同是文人聚居之地,经常被用作伦敦文学圈子的代称。

够长久，因为凭借他所有的个性，他能给予公众的可能只有一两样东西，给过以后可能很快就会重新沉回到他刚刚艰难地从中崭露头角的默默无闻中。

说作家应该另有一种职业为他提供面包和黄油，应该利用这份职业为他提供的闲暇来创作，这话说起来容易。的确，在过去作家不得不采取这种方式来写作的情形是很普遍的，因为那时候的作家就算是在已经很著名、很受欢迎的情况下也很难依靠写作勉强维持生计。如今在那些公众读者的数量很小的国家里，这种情况依然存在；作家必须依靠在某间办公室里工作才能维持生计，最好是为政府工作，或者从事新闻业。但英语国家的作家拥有庞大的潜在公众读者，写作成为一门可以从事的职业也就非常顺理成章了。要不是在过去人文修养在英语国家里一直稍稍有点受到轻视的话，专业作家这个行当里就会更加人满为患了。人们普遍有一种感觉，认为写作或者画画非壮夫之所为，这种社会力量阻碍了很多人进入这些行当。而要从事一种使你至少背负着一点轻微的道德污名的行业，你非得具有一种非常强烈的愿望、异常坚定的决心才能做得到。而在法国和德国，写作就是一种很值得尊敬的职业，所以即便经济上的回报不太令人满意，父母们也会赞成自己的孩子从事这一行业。你经常能碰到这样一位德国母亲，当你问她她年轻的儿子将来要成为什么样的人时，她会志得意满地告诉你：诗人；而在法国，拥有大笔dot① 的姑娘，她的家族会把她与一位富有才华的年轻小说家的婚姻看作一种天作之合。

可是作家并不只是在书桌前坐下以后才开始写作的；他其实一整天都在写，他思考的时候，他阅读的时候，他体验的时候，他无时

---

① 法语：嫁奁。

无刻不在写作；他看到的和感受到的一切对他的目的都很重要，有意识或者无意识地，他一直都在存储和改装他的各种印象。他无法再一心一意地去从事其他任何一种职业。他没办法做到让自己或者他的雇主满意。他能够从事的最为通常的是新闻业，因为这貌似和他作家的正职有一种更密切的关联。而这正是最危险的。报纸具有一种非个人性的东西，这会在不知不觉中影响着作家。为报刊写多了以后，似乎就会丧失为了自己而观察事物的能力；他们都是从一个普遍性的立场出发的，经常很生动，有时带有一种热热闹闹的活泼劲头，但从来都不会带着那种个人独有的气质去观察——这样的观察方式或许只能得到一种有关事实的片面的图景，却浸透着观察者的个性。新闻业事实上会扼杀为他撰稿的那些人的个性。写书评的害处也一点都不少；除了那些和他直接相关的书籍以外，作家是没时间去泛览的，而像书评人这样不是为了获取精神上的收益而只是为了对其做出合理、诚实的描述而去阅读数以百计的书籍，结果只会磨钝了他的感受力、阻滞了他自身想象力的自由流动。写作是一种全天候的工作。写作必须要成为作家生活的主要标的；也就是说，他必须成为一个职业作家。如果他有足够的财产可以使他不必去赚钱谋生的话，那他真是很幸运，但这并不妨碍他成为一位职业作家。斯威夫特是位教长，华兹华斯有一份挂名的闲职，他们仍旧是跟巴尔扎克和狄更斯一样货真价实的职业作家。

## 四十七

大家都承认，绘画和作曲的技巧只能通过勤勉的劳动方能学得，而业余爱好者的作品只合以开心或是恼怒的轻蔑来对待。我们全都该感到庆幸，收音机和留声机已经把业余钢琴家和歌唱家从我们的客厅里给赶了出去。写作的技巧并不比其他的艺术门类更容易上手，可是由于谁都会写信和读信，就有一种观念，认为每个人都有本事写出一本书来。写作现在似乎已经成为人类非常偏爱的消闲方式。全家人都喜欢写着玩儿，像是在喜兴日子里都会去教堂一样。女人会把写小说当作她们孕期的排遣；感到无聊的贵族、被精简掉的官员、退休的公务员，都像奔向酒瓶那样奔向稿纸。在国外有一种说法，即每个人都有能力写出一本书来；不过如果这句话的含义指的是一本好书的话，那这说法可就不对了。不错，也许爱好者有时候的确能创作出一部有价值的作品。由于幸运的机缘，他可能具有下笔就能写得不错的禀赋，他可能拥有确实颇为有趣的经历，或者可能拥有一种迷人或者奇趣的个性，他的毫无经验反而有助于他秉笔直书，当真得以出版。可是别忘了，这句话只是声称他有能力写出一本书来；可从没说过还能写第二本。业余爱好者如果知趣的话就不要再去撞大运啦。他的第二本书注定是毫无价值的。

因为业余和职业之间的一个重大不同就在于后者具有不断进步的能力。我再重复一遍，一个国家的文学不是由少数几本优秀的作品构成的，而是要有一个庞大的作品体量，而这只能由职业作家来创造。那些主要由业余作家进行创作的国家的文学，与那些尽管谋生不易却仍有不少人将写作当作一种职业的国家相比,总会显得单薄许多。大量的作品,法语中专门有个词叫œuvre,是长期持续地坚持和坚定不懈地努力的结果。作家就跟别的人一样,是通过反复地试错来学习的。他早期的作品都是实验性质的;他不断地尝试不同的题材和不同的方法,与此同时也在发展他的性格。经由这一同时进行的过程,他也发现了自我,而这就是他一定要给予读者和世界的东西,并且学会了怎样把他的自我以最好的方式展现出来。然后,在所有的能力已经全部具备以后,他会创作出他能力范围之内最好的作品。既然写作是一种有益于健康的职业,在创作出最好的作品之后他可能还会继续长久地活下去,既然到了这个时候写作已经成为一种根深蒂固的习惯,他无疑还会继续写出不少并无重要价值的作品。这些,公众尽可以合情合理地予以忽视。从读者的角度来看,作家整个一生创作的作品中,真正重要的是极少的。(我所谓的"重要",指的只是他身上能够表现其个性的那一小部分,并没有给这个词附加任何绝对价值的意思。)但我想,这也只有在他经过漫长的学徒期并以多次失败作为代价以后,才能够创作得出来。为此他必须将文学当作毕生的工作。他必须做一个职业作家。

## 四十八

我已经讲过了作家这个职业的短处，现在我想来说说它的危险之处。

显然，没有一位职业作家能够只在高兴的时候才写作。如果他非要等到进入状态，等到有了他所谓的灵感以后才写，他就会陷入无尽的等待，最后什么都写不出来，或者只能写出极少的东西。职业作家是自己来创造状态的。他当然也需要灵感，但他对灵感加以控制，通过有规律的定时工作使灵感听从自己的指挥。不过在写作已经成为一种习惯以后，作家一到了他已经习惯了的写作时间就会手痒，就想拿起纸笔来写点东西，就像退休的老演员，一到了过去要来到剧院为晚上的演出化装的钟点就会坐立不安一样。拿起纸笔以后他就会自动地写起来。字句很容易就会从他的笔底流泻出来，而字句又继而会引发各种的想法。这些想法老套而又空洞，但他那只训练有素的手却能由此而写出一部过得去的作品。他在坐下来吃午餐或者上床睡觉的时候就能怀有一种满足的自信心，觉得自己这一天已经完成了不少的工作，并不曾虚度。艺术家的每一件作品都应该是其灵魂冒险的一种表现。这是一种理想而不切实际的劝勉，而在一个并不完美的世界上，对职业作家是应该给予一定程度的宽容的；但这肯定应该是他为自己高悬的终极目标。他唯有在为了将他的精神从因长久地深思而已成为一种负担的某个题材中解脱出来的时候，才真正能把作品写好；而如果他足够明智的话，他就应该务必做到只为了求得自己心安而写作。或许打破写作习惯最简单的方法就是改变一下环境,使它变得没办法再让他去从事其日常写作。除非你已经形成了一种写作的习惯,否则你既写不多,又写不好(而且我冒昧地认为,除非你写得很多,否则你是不可能写得好的);不过写作习惯就跟生活习惯一样,只有在一旦变得不再有益就马上加以破除的前提下才是真正有用的。

不过困扰职业作家的最大危险,很不幸却是只有为数不多的作家才需要防范的。那就是成功。这是作家需要对付的最大的难题。在经过漫长而又艰苦的奋斗,他终于获得成功以后,他才发现它却为他布下了陷阱,要将他卷入其中,把他完全毁掉。我们当中极少有人能有避开这种风险的决心。它必须要万分小心地加以应对。那种认为成功会通过使人变得虚荣、自负和洋洋自得而把人惯坏的普遍观念,其实大谬不然;恰恰相反,成功多半会使人变得谦卑、宽容而又待人友善。失败才会让人变得尖刻而又残忍。成功能够改善一个人的性格;但它并不总能改善一位作家的性格。它很可能会褫夺使其得以成功的那种力量。他的个性是经由他的经历、他的奋斗、他屡遭挫折的希望、他为使自己适应一个敌对的世界所付出的努力塑造而成的;如果它没有被成功这种具有软化力量的影响所改变的话,那这种个性就肯定是非常倔强的了。

除此以外,成功还经常在其自身之内孕育出毁灭的种子,因为它很有可能切断作者与其创作素材之间的联系,而素材正是其成功的起因。成功使他进入了一个新世界。他大受赏识。他如果不会被那些大人物对他的关注所蛊惑,如果还能对漂亮女人的青眼无动于衷,那他一定几乎就是个超人了。他会逐渐习惯于另一种生活方式,很可能比他以前的生活方式更为奢华,并且习惯于和以前相比更有社交魅力的人交往。他们更为聪明,他们表面的光彩也更为迷人。如此一来,如果他还想在曾经如此熟悉并为他提供了写作题材的圈子里自如地活动的话，那该有多么困难！他的成功已经改变了他在那些老相识眼里的形象，他们已经没法跟他无拘无束地交往了。他们看待他的眼光或是嫉妒或是羡慕，但已经不再把他当作他们其中的一员了。他的成功将其带入的那个新世界激发了他的想象，他会开始描写这个新世界；但他只是从外部来看它的，他永远都无法真正融入其中，成为它的一部分。在这一点上，再也没有比阿诺德·本涅特①更好的例子了。他只对他生于斯长于斯的"五镇"的生活具有深切的了解，也只有在他描写"五镇"的生活时，他的作品才具有独特的性格。当成功将他带入文人、富人和漂亮女人的社交圈以后，他也尝试去写这方面的生活，但他写出来的东西却没有了价值。成功把他给毁了。

---

① 阿诺德·本涅特（Arnold Bennett，1867—1931），英国小说家、批评家，写过许多以其家乡五座工业城镇即"五镇"（the Five Towns）为背景的小说，主要作品有《五镇的安娜》《婆婆经》（*The Old Wives' Tale*，又译《老妇谭》）《克莱汉格》等。

## 四十九

　　因此，作家唯有对成功保持警醒方是明智之举。他必须以惶恐之心对待别人因其成功而对他提出的要求，对待成功强加给他的责任以及随之带来的各种对他起到妨碍作用的活动。成功仅能给他带来两件好事：其一就目前来说更加重要，就是随心所欲的自由，其二是充分的自信。即便他骄傲自负，即便他敏感而又虚荣，一个作家在拿他实际的作品与他打算写成的样子进行比较时，从来都免不了要疑虑不安。他通过精神的眼睛看到的与他实际上能写出来的作品之间的差距是如此之大，对他而言那部作品的结果不过是种将就凑合罢了。他也许会对这一页或者那一页感到得意，赞许地看待某个情节或是某个人物；但我想，他对于自己的任何一部作品整体上完全感到满意的情况肯定是少之又少的。他在内心深处会怀疑这部作品完全要不得，而公众的赞赏，即便他倾向于怀疑其真正的价值，对他而言仍旧是一种天赐的定心丸。

　　这正是赞赏对其而言异常重要的原因所在。对赞赏的渴望是个弱点，尽管或许可以得到原谅。因为既然艺术家只在它与自己的关系这个层面上关心他的作品，他是应该无论对赞赏还是责备全都漠不关心的，而且至于它对公众有什么样的影响是个他也许应该在物质而非精神上予以考虑的事情。艺术家是为了灵魂的解放而创作的。创造就是他的天性，就像水的天性就是往低处流一样。艺术家把他们的作品称作他们智力的孩子，把创作的艰辛比作分娩的痛苦，并不是没有原因的。它就像是一种有机物，不仅理所当然地在他们的头脑中，而且还在他们的内心、他们的神经和他们的内脏里生长发育；它是一种由他们的创造性本能从他们灵魂和肉体的经验中发展出来的东西，而且最后变得如此沉重，非得把它们摆脱掉才行。终于得以摆脱以后他们会享受到一种解脱感，并可以得到一刻甜美而又安详的憩息。但他们和人类的母亲的不同之处在于，这个孩子一旦降生，他们很快就会对其失去兴趣。它已经不再是他们自身的一部分。它已经给他们带来了它能够带来的满足感，而现在，他们的灵魂已经又在准备迎接一次新的受孕了。

在创作他的作品的过程中，作家已经实现了自己的抱负。但这并不是说，它对别人就有任何的价值。一本书的读者、一幅画的观赏者，与艺术家的情感都毫不相干。艺术家追求的是释放，门外汉寻求的是沟通，而且其本人就能判断这种沟通对他是否有价值。对于艺术家而言，他所提供的这种沟通只是一种副产品。我这里所说的并不是操练一门艺术用以教学的那些人；他们是宣传者，对他们来说艺术只是个枝节问题。艺术创造是一种满足于其自身实践的特殊活动。创造出来的作品也许好也许坏。那是要由门外汉去决定的。他通过提供给他的那种沟通所具有的美学价值来形成自己的结论。如果它提供的是对于现实世界的逃避，他会对它表示欢迎，不过很可能至多把它描述为次等的艺术；如果它丰富了他的灵魂并且开阔了他的个性，他就会公正地把它描述为伟大的艺术。不过这个，我坚持，与艺术家并无任何关系；如果他因为他给了别人以乐趣或更大的力量而感到高兴，这当然是人之常情；但如果他们在他所创作的作品当中没有找到任何合乎他们意图的东西，他也不应该因此而心存芥蒂。他已经在满足自己的创造性本能的过程中得到了回报。现在这就不是一种理想而不切实际的劝勉了；而是艺术家在朝向他的目标中那不可企及的完美而努力的唯一条件。如果他是个小说家,他会使用他对于人和地方的经验、他对自己的理解、他的爱与恨、他最深沉的思考和他各种稍纵即逝的幻想,在一部接着一部的作品中描绘出人生的图像。这种图像永远都只能是局部的,不过假如他有这份幸运的话,他最终将在其他的方面取得成功:他将描画出一幅他自己的完整图像。

不管怎么说,当你将目光投向出版商们的广告时,这种想法都不失为一种慰藉。当你看到那些长长的书单,当你发现书评人已经在如何称颂它们的机智、深刻、独创和优美时,你的心会忍不住一沉;你怎么能指望跟这么多的天才去同场竞技呢?出版商们会告诉你,一本小说的平均寿命是九十天。你很难让自己接受这样的现实:一本你非但投入了全部的自我,还花费了好几个月焦虑不安的辛苦劳作才告完成的作品只会被人读上三四个钟头,而且很快就要被人完全遗忘。尽管对其本人并没有任何好处,但没有一个作家会目光短浅到不暗自希望,至少他的作品的某些部分能够比他自己再多流传上一代或者两代人的时间。对于身后之名的信心是一种完全无害的虚荣,经常能让艺术家甘心接受他人生中的失望和失败。可是当我们回顾那些仅仅在二十年前已经像是确立了不朽地位的作家时,我们就会认识到这种期望是多么不可能得以实现了。二十年前那些作家的读者如今又在哪里呢?有那么多不断被创作出来的作品,再加上与前代流传下来的那些作品之间无休止的竞争,一部作品曾经被人遗忘、最后居然重新被人记起的可能性是何其渺小!说到我们的子孙后代,是有一种非常奇怪、有些人也许会认为非常不公的情况存在的;那就是他们似乎只会从那些生前曾经大受欢迎的作家当中选择作品来加以关注。那些只能取悦某个小圈子而从未被广大公众所接受的作家,将永远不会赢得子孙后代的喜爱,因为子孙后代们根本就没听说过他们的名字。对于那些深信他们的大受欢迎正是他们毫无价值的充分证明的流行作家们而言，这不失为一种安慰。莎士比亚、司各特和巴尔扎克或许并不是为切尔西的那位小哲人写作的，但看起来却的确像是为了后世子孙而写。作家唯有在他自己的创作中寻求满足，才是真正保险的。如果他在他的作品为他带来的灵魂的解放中，在塑造作品的愉悦中已经于某种程度上至少满足了他自己的美感，他就已经为他的劳作获得了充分的回报，他就能够做得到对最终的结果处之漠然了。

## 五十

因为作家这个职业的种种短处和危险都被一个长处给抵消了，这个长处是如此巨大，使得这个职业所有的难处、失意，也许还有艰辛困苦统统都变得不重要了：它给了作家精神上的自由。对他来说，生活是一出悲剧，他通过创造的天赋享受到了精神上的宣泄和净化，消除了怜悯和恐惧，亚里士多德告诉我们，这就是艺术的目的。因为他的罪过和荒唐，他所遭受的不幸，他没有得到回报的爱情，他身体上的缺陷、疾病和困乏，他已经放弃了的希望，他的悲伤和屈辱，桩桩件件每一样都凭借自己的力量转化为素材，一经写出，他就能把这一切全都克服了。一切都是他磨坊里的谷物，从对街上某个容颜的惊鸿一瞥到震撼了整个文明世界的战争，从一朵玫瑰的芬芳到一位朋友的死亡。降临到他身上的一切，无不可以转化为一个诗节、一首歌曲或者一个故事，而做完这个工作以后就可以把它摆脱掉。艺术家是唯一自由的人。

也许这正是总的说来世界会对他有着如我们所知的深深怀疑的原因所在。当他对人类司空见惯的那些冲动做出如此莫名其妙的反应时，他是否还能被信任就变得不那么确定了。而且令人们大为愤慨的是，艺术家也的确从未觉得自己应该受到通常那些标准的束缚。他为什么要受那种束缚呢？对一般人来讲，其思想和行为的主要目的是满足他们的需求、维持他们的生存；而艺术家却是通过对艺术的追求来满足他的需求、维持他的生存：一般人的消遣就是他严酷的正经，所以他对生活的态度永远都不会和他们一样。他的价值是由他自己创造的。人们认为他玩世不恭，是因为他并不怎么看重他们珍视的美德，也并不怎么反感他们所厌恶的罪恶。他并非玩世不恭。只不过他们所谓的美德也好、罪恶也罢并非他特别感兴趣的那类事情而已。在他赖以构建自己的自由的那个事物的格局当中，这些都是无关紧要的因素。普通人对他们大感愤慨是理所当然的。可这对他并不会有任何好处。他是不可救药的。

## 五十一

在我成为一个成功的戏剧家之后，我一厢情愿地决定就把我的余生都献给戏剧创作。当时的我很开心，很富足，很忙碌，我脑子里装满了想写的戏；不知道是因为那种成功并没有带给我期望的一切呢，还是那原本就是成功所带来的自然反应：我身为流行剧作家的声誉刚刚才得以确立，就开始被自己过去那无比丰富的记忆纠缠不休了。母亲的离世和随后家庭的分崩离析，刚上学那头几年里的悲惨遭遇——我在法国度过的童年完全没有为入学做好准备，而且我的口吃又使我的艰难处境变本加厉，在海德堡初步踏入智识生活时度过的那些舒适、单调而又激动人心的快乐时光，在医院那令人厌烦的几年时间以及伦敦所带给我的兴奋；这时候全都重新回来了，压得我喘不过气来，在我的睡梦中，在我散步时，在我排戏时，在我参加派对时，这已经成为我不堪承受的重负，我不得不打定主意：只有用小说的形式把这一切全都写出来以后，我才能重获内心的平静。我知道这将是一部很长的小说，我希望在写作的过程中能够不受干扰，于是我拒绝了剧院经理们急于要跟我签订的合同，暂时退出了舞台生涯。

我拿到医学学位后去了一趟塞维利亚，在那儿曾写过一部相同主题的长篇小说。幸亏费希尔·昂温拒绝了我开出的那一百镑预付金，而且其他出版商就算一分钱不预付也不愿意拿去出版；否则的话我就会失去一个当时因过于年轻而没有能力尽其所用的上好题材了。小说的原稿还在，可我在把打字稿订正一过以后就再没看过一眼；我毫不怀疑它是非常不成熟的。当初写的时候距离我所描写的那些事件距离还不够远，还无法合理地看待它们，而且当时也还没有后来大大丰富了我最终写成的那部小说的那么多人生经验。在我看来，如果这第一稿的小说最终并没有将那些和我的潜意识密切相关的不愉快的记忆成功地抑制在潜意识中，那是因为只有当他的作品正式出版以后，作家才能最终从他身陷于其中的题材中解脱出来。当那部作品已经呈现给公众以后，就算是公众对它丝毫都不在意，它也已经不再是他的了，而他也就终于能从压迫着他的负担中解放出来。我把这本起名为《烬余之华》，典出《以赛亚书》①，但我所选的这个题目最近已经有人用过了，于是就选了斯宾诺莎②的《伦理学》其中一卷的标题，称之为《人性的枷锁》。这不是一本自传，而是一部自传体小说；事实和虚构密不可分地交织在一起；情感是我自己的，但并非所有的事件都是据实讲述的，有一些并不是从我自己的生活，而是从我熟悉的某些人那儿移植到我的主人公身上的。这本书实现了我的初衷，它出版发行的时候（它所面对的那个世界正处在一场恐怖战争的阵痛中，只顾关心自身的苦难，无暇去旁顾一个虚构人物的历险了）我发现自己已经从过去所经历的那些痛苦和不愉快的回忆中彻底解脱了出来。我把截至当时我所知道的一切全都写了进去，并在最终把它写完时也准备好了洗心革面，重新做人。

---

① "烬余之华"（Beauty from Ashes）典出《圣经·旧约·以赛亚书》第 63 章第 3 节："To appoint unto them that mourn in Zion, to give unto them beauty for ashes…"（钦定英文版《圣经》），中文和合本译作：赐华冠与锡安悲哀的人，代替灰尘。
② 斯宾诺莎（Baruch Spinoza，1632—1677），荷兰哲学家，唯物论的代表之一，从"实体"即自然界出发，提出"自因说"，认为只有凭借理性认识才能得到可靠的知识，著有《神学政治论》《伦理学》等。

## 五十二

我厌倦了。不仅厌倦了人,也厌倦了那些长期盘踞在我心头的思想;厌倦了那些我和他们一起生活的人和我所过的生活。我觉得我已经从这个我一直在其间活动的世界里得到了我能够得到的一切:我作为剧作家取得的成功以及它为我带来的奢侈生活;社交界,大人物的宅第中举行的豪华宴会,乡间别墅里辉煌的舞会和周末派对;与作家、画家、演员这些聪明而又杰出人士的交往;曾经有过的风流韵事和朋友们轻松愉快的陪伴;生活的舒适和安稳。这一切使我感到窒息,我渴望一种不同的生活方式和新鲜的经验。可我又不知道到哪儿才能找得到。我想到了旅行。我厌倦了原本的那个自我,在我看来,如果到某个遥远的国度做一次长途旅行,也许就能让我焕然一新。当时人们想得很多是俄国,于是我萌生了去那儿待上一年的念头,学习那门我已经略知一二的语言,将我沉浸在那个广阔国度的情感和神秘中。我想,在那里我有可能找到某种能够使我的精神得以寄托和丰富的东西。我四十了。如果我还想结婚生子的话,也到了该付诸实施的时候,有段时间我还颇以想象身处幸福的婚姻状况来自娱。也并没有我特别想与之结婚的人。吸引我的只是那种婚姻状态。那似乎是我已经设计好了的生活模式中的一个题中应有之意,而且在我那天真的想象看来(因为虽然我已经不再年轻而且自以为世事洞明、人情练达,我在很多方面仍旧令人难以置信地天真幼稚),婚姻能够提供生活的平静;这种平静可以使我不再受到恋爱情事的骚扰,因为在一开始它可能显得比较轻松随意,可是随之却会带来各种令人烦不胜烦的复杂状况(因为一桩恋爱情事需要两个人的参与,而某男的蜜糖经常就会是某女的砒霜);这种平静能够使我去写我所有想写的东西,不会浪费宝贵的时间,心绪也不会受到无谓的干扰;我因此能得到的不单单是平静,还有一种安定而又尊严的生活方式。我一心寻求自由,并且以为我能在婚姻中找到。我在生出这些观念的时候还在写《人性的枷锁》的过程中,于是就把美好的愿望移进了小说——作家们都会这么做,临近结尾的时候,我描绘了一幅我乐于见到的婚姻画面。总的来说,读者们都会发现这是这部作品当中最不令人满意的部分。

不过我的种种不确定性结果被一桩我完全无法控制的事件给解决了。战争爆发了。我人生中的一章已经结束。新的一章开始了。

## 五十三

我有个朋友是位内阁大臣，我写信请他帮忙安排我做些事情，于是被请到陆军部去面谈；不过由于害怕被安排在国内做文书工作，并且急于奔赴法国，我就加入了一个救护车的部队。我虽然并不认为我的爱国心就比别人的差，不过我的爱国主义当中却掺杂了新鲜经验给我带来的兴奋，我一踏上法国的土地就开始记起了笔记。我一直记到工作变得异常繁重为止，到了那个时候，每天工作结束的时候我都累得筋疲力尽，除了上床睡觉什么都干不了了。对于这种我被强行抛入的新生活以及不需承担任何责任的感觉，我倒是挺享受的。我从离开学校以后就再没有人对我发号施令了，现在有人明确地告诉我去做这做那对我来说倒是挺开心的，而且事情做完以后，剩下来的时间感觉就是我自己的了。身为一位作家我可从来没有过这样的感受；相反，我会觉得自己一分钟都不能浪费。而现在的我却可以在estaminets①里漫无目的地闲扯、浪掷大好的时光而丝毫不会感觉良心不安。我喜欢和很多人认识和接触，而且虽然我当时已经不再写作，我还是将他们的种种特别之处珍藏在记忆里。我从没碰到过任何特别的危险。我急切地想看看我如果身处险境的话自己会有什么样的感受；我从没认为自己有多勇敢，也不觉得有此必要。唯一一次也许可以检验一下自己的场合是在伊普尔②的大广场，我刚走到另一边去看布市大厅的遗址时，一枚炮弹就击中了我刚才倚着的那面墙；不过我因为一时间太惊讶了，根本没顾上去观察我的心理状态。

后来我加入了情报部，看起来总比开救护车这种不三不四的工作能更加用一些。情报工作能极大地满足我的浪漫感和荒诞感。我所学到的摆脱跟踪者的方法、在匪夷所思的地方跟特工秘密碰头、以诡秘的方式传递信息、穿越国境偷运报告，这一切无疑都很有必要，可又处处让人想起那些耸人听闻的廉价小说里的情节，对我而言这把战争的大部分现实感都给剔除掉了，我基本上只能把它当作有朝一日可能对我有用的写作素材看待了。可是它又显得那么老套，我都怀疑自己是否真能用得上。在瑞士待了一年以后，我在那儿的工作也就结束了。那期间真是受了不少的冻，瑞士的冬天严寒刺骨，而无论什么样的天气，我都得在日内瓦湖上来回穿梭。我那时的健康状况非常糟糕。当时貌似再也没有更多的事情可做，工作结束后我就去了美国，我的两部戏将要在那儿上演。我想重新恢复内心的宁静，因为我自己的愚蠢以及由一些我不想细述的事件引发的虚荣，我已经被搅得心烦意乱，于是下定决心去了一趟南太平洋。自打小时候读到《退潮》和《打捞人》③以后，我就一直想去那儿看看，除此以外，我还想为我一直都想写的一部以保罗·高更的生平事迹为基础的小说④寻找素材。

我是怀着寻找美和浪漫的期望去往那里的，而且很高兴有这么一个大洋把我和令我不堪其扰的烦恼间隔了开来。我的确找到了美和浪漫，不过也发现了一些完全出乎我意料的东西。我发现了一个全新的自我。自从离开圣托马斯医院，我就一直和那些极端重视文化价值的人生活在一起。我已经渐渐地认定，世上再没有比艺术

---

① 法语：小咖啡馆。
② 伊普尔(Ypres)，比利时西佛兰德斯省的一个古老的市镇。
③ 《退潮》(The Ebb-Tide)和《打捞人》(The Wrecker)都是英国小说家斯蒂文森(Robert Louise Stevenson, 1850—1894)与其继子劳埃德·奥斯本(Lloyd Osbourne, 1868—1947)合著的小说，分别出版于一八九四和一八九二年。
④ 即《月亮和六便士》。

更重要的东西了。我在茫茫的宇宙间寻找一种意义,而我能找到的唯一一种意义就是各地各处的人所创造的美。表面上看来,我的生活丰富多彩而且激动人心;但骨子里却非常狭隘。现在我一下子迈入了一个新世界,我身上所有那些小说家的本能都不禁欢雀跃着奔出来汲取新鲜的营养。吸引我的不光是那些岛屿的壮美,赫尔曼·麦尔维尔①和皮埃尔·洛蒂②已经为我做好了心理准备,而且虽说美的种类不同,那里也并不比希腊或是南意大利更美;也并不是他们那种狂放的、有点冒险而又安逸的生活;真正令我激动不已的是见识了一个又一个对我来说完全新鲜的人。我就像是个博物学家,一脚踏入了一个动物群落无比丰富多样的国度。其中有一些我认识;他们属于我在书上读到过的那些古老的类型,他们给我的感觉就如同有一次我在马来群岛某棵树的树枝上看到了一只此前只在动物园见到过的鸟儿一样。一见之下,我还以为它肯定是从一个笼子里逃出来的呢。另外的那一些对我来说就是非常新奇陌生的了,他们真令我兴奋不已,激动的心情就像华莱士③偶然发现了一个新物种一样。我还发现他们都很容易相处。他们也是各种各样什么人都有;说实在的,若非那时候我的观察能力已经被训练得不错了的话,那种多样性原本会让我大为困惑的,我发现,无须什么有意识的努力我就把他们每个人分门别类地印在了我的脑海中。他们当中极少有人有文化。他们是在与我完全不同的学校里学习生活这门课的,他们由此得出的结论也完全不同。他们在一个与我

---

① 赫尔曼·麦尔维尔(Herman Melville, 1819—1891),美国小说家,作品多反映航海生活,致力于探索善恶、成败等哲理寓意,代表作有《白鲸》《皮埃尔》《比利·巴德》等。
② 皮埃尔·洛蒂(Pierre Loti, 1850—1923),法国小说家、海军军官,到过中东和远东,作品充满异国情调,主要作品有《冰岛渔夫》《菊子夫人》等。
③ 华莱士(Alfred Russel Wallace, 1823—1913),英国博物学家,提出生物进化的自然选择学说,将马来群岛的动物分布分为东洋区和澳洲区,其分界线被称为华莱士线,著有《自然选择理论文稿》等。

不同的平面上过着他们的生活；由于我多少还拥有一点幽默感，我就不能再继续想当然地认为我生活的层次要比他们更高了。只是不同而已，并无高下之分。在明眼人看来，他们的生活同样也自成一种有秩序的范式，并最终具有其一致性。

我从自我标榜的基座上走了下来。在我看来，这些人似乎比我迄今为止认识的所有那些人都更有活力。他们燃烧出来的不是刺目的、宝石般的火焰，而是炽热、熏人、吞噬一切的熊熊烈火。他们也有他们的狭隘之处。他们也有他们的偏见短视。他们经常都是迟钝而又愚蠢的。对此我并不介意。他们与众不同。在文明社会里，人们的特质都被一定要遵从某些特定的行为规范的要求给磨平了。文化成了隐藏其面目的面具。而在这里，人们把自我赤裸裸地展露了出来。这些被抛入一种保存了大量原始性的生活中的异质生物，从来都没有感到有调整自己以适应传统标准的必要。他们的独特性得到了充分发展的机会，不会受到任何抑制。在大城市里，人们就像是扔进一个口袋的很多石头，所有的棱角都被慢慢磨掉，直到最后光滑得就像是一颗颗弹珠。而这些人的棱角却从来就没有被磨掉。在我看来，他们似乎比一直以来跟我生活在一起的任何人都更接近于人性的本原，所以我不由自主地倾心于他们，就像是多年前曾被出入于圣托马斯医院门诊部的那些人所吸引一样。我在笔记本上记满了对于他们的外表和性格的简短描述，而要不了多久，我的想象就被这些数不清的印象所激发，从一点小线索、一个小意外或是一个巧妙的构思出发，故事就围绕他们当中那些最生动的部分开始自发地逐渐成形了。

## 五十四

我回到美国后不久就被派往彼得格勒去执行一项任务。我对于接受这一指派并没有什么信心,我感觉自己并不具备要完成这样的任务所需要的那些能力;不过当时似乎又并没有更能胜任的人可供差遣,而且我的作家身份对于要求我去做的工作而言又是个极好的"掩护"。我当时的健康状况并不好。我还是有足够的医学知识,能够猜得出我当时的大出血到底意味着什么。一次 X 光就清楚地显示出我的肺部已经有了结核。可我不能错过在托尔斯泰、陀思妥耶夫斯基和契诃夫的祖国待上相当长一段时间的机会;我还有个想法,认为在我奉命去做的工作间隙,我也能得到一些对我本人有价值的东西;于是我就用脚猛踩那个爱国主义的高音踏板,并说服我去咨询的那位医生,向他保证在当时那种悲惨处境中我是不会去做无谓的冒险的。我兴高采烈地踏上了征程,带着无限量可支配的金钱和四位忠心耿耿的捷克人——充当我和马萨里克①教授之间的联络人,而教授手下有多达六万名同胞听其差遣,遍布在全俄各地。我为我的职位所肩负的责任激动不已。我是作为私人特工前往的,必要时可以否认自己的身份,我奉命要跟与政府采取敌对立场的各党派取得联系,想办法使俄国继续留在战争中,并阻止同盟国②所支持的布尔什维克夺取政权。我没必要再告诉读者我的任务惨遭失败了,如果我说在我看来假如我提前半年被派往俄国,至少还是大有成功的可能的话,我也并不期望读者会相信我的话。我抵达彼得格勒三个月后,俄国政府就垮台了,我所有的计划也便无疾而终。

我回到英国。我亲历了一些有趣的经验，还相当彻底地认清了我生平所见最不寻常的人物之一的真面目。此人就是鲍里斯·萨文科夫③，曾行刺特列波夫④和谢尔盖大公⑤。可我离开的时候却失望万分。在需要行动的时候无休止地清谈、犹疑不决、在麻木不仁只能招致毁灭的时候麻木不仁、各种夸大其词的声明抗议，随处可见的这些缺乏诚意和三心二意使我对于俄国和俄国人心生厌恶。而且我回来的时候身体状况非常糟糕，因为我那种不公开的身份使我无法像使馆的人员那样享受到充足的食品供应，以便于他们能够吃得饱饱的为自己的国家服务，我（就像俄国人一样）食物极度匮乏。（我抵达斯德哥尔摩后，要在那儿待上一天等待一艘驱逐舰把我送过北海，我去了一家糖果店，买了一磅巧克力，在当街上就吃了起来。）由于某一桩波兰阴谋的关系本来打算要把我派往罗马尼亚的，这个计划具体的细节我现在已经记不清了，不过最终也落空了。我并不为此感到遗憾，因为我当时咳得昏天黑地，而且持续不断的发烧使我每天晚上都非常难受。我请了我在伦敦能够找到的最著

---

① 马萨里克（Tomáš Masaryk, 1850—1937），捷克政治家、社会学家、哲学家，捷克斯洛伐克共和国的主要缔造者、首任总统（1918—1935），曾任布拉格捷克大学哲学教授（1882）。
② 同盟国（Central Powers），第一次世界大战时由德意志帝国和奥匈帝国等"中部"欧洲国家组成的联盟。
③ 鲍里斯·萨文科夫（Boris Viktorovich Savinkov, 1879—1925），俄国革命者，既激烈反对帝俄政府，又激烈反对苏维埃政权。
④ 特列波夫（Trepov Family）是俄国一个著名的家族，主要成员有费多尔·费多罗维奇、德米特里·费多罗维奇和亚历山大·费多罗维奇。费多尔·费多罗维奇·特列波夫（1812—1889）是圣彼得堡警察总长，曾因下令鞭打学生而被俄国革命家薇拉·查苏利奇用枪击伤，他的儿子德米特里·费多罗维奇·特列波夫（1850—1906）是莫斯科警察头子、圣彼得堡总督，因在俄国一九〇五年革命期间用武力镇压罢工者而臭名昭著，被沙皇尼古拉二世任命为宫廷警卫队长，他的弟弟亚历山大·费多罗维奇·特列波夫（1862—1928）于一九一五年任交通大臣，建造摩尔曼斯克铁路，一九一六年十一月二十三日至一九一七年一月九日出任俄罗斯帝国总理。从时间和职位上判断，这里的特列波夫似应指德米特里·费多罗维奇。
⑤ 谢尔盖大公（Grand Duke Sergius Alexandrovich of Russia, 1857—1905），沙皇亚历山大二世的第五子，在其兄长亚历山大三世一朝是个极有影响的人物。

名的专家给我诊病。因为当时达沃斯和圣莫里茨①都不方便去,他就打发我去了苏格兰北部的一家疗养院,接下来的两年时间,我过的都是病号的生活。

那段时光真是太美妙了。我有生以来第一次发现躺在床上是一件多么令人愉快的事。当你整天都躺在床上的时候,你会惊讶地发现生活有可能变得何等丰富多彩,而且你会发现竟有那么多的事情可以去做。我很高兴我的房间可以让我单人独处,它有着巨大的窗户,窗外就是广阔无比、星光璀璨的冬夜。这给了我一种美妙的安全、超然而又自由的感觉。寂静令人迷醉。这其中似乎蕴含着无限的空间,我的精神与群星独处,似乎可以胜任任何的历险。我的想象力从来没有这样轻捷而又敏锐;就像是满帆的轻舟迎着微风飞驰疾行。单调的日子里,唯一令人兴奋的就是我读的书和我的沉思,这样的日子过得快得令人难以置信。我在终于可以离开病榻的时候居然感觉心痛不已。

在我恢复得可以每天都有部分时间和其他病友一起度过的时候,我感觉自己进入了一个新奇的世界。这些人——有的已经在疗养院里住了好多年——就跟我在南太平洋诸岛上见到的那些人一样,都各有其与众不同之处。疾病以及与世隔绝的怪异生活对他们产生了奇怪的影响,扭曲、加强、恶化了他们的性格,就像在萨摩亚或是塔希提,人们的性格被怠惰的气候和异质的环境所恶化、加强或扭曲了一样。我想我在那家疗养院里学到了很多若是不去那里就永远不得而知的关于人性的知识。

---

① 达沃斯(Davos)和圣莫里茨(St. Moritz)都是瑞士阿尔卑斯山区的游憩胜地。

## 五十五

我病愈康复的时候,战争也结束了。我去了中国。我前往中国的心情就跟任何一位对艺术和古董感兴趣的旅行者一样,很想看看身处如此古老文明中的一个陌生民族到底有些什么样的风俗礼仪;不过我也认为,这次旅行一定也能见识到各种不同类型的人,跟他们的结识自会增广我的见识。的确如此。我在笔记本上记满了对于不同的地方和人物以及由它们而想到的故事的描述。我开始明确地意识到旅行能够给我带来的特别的益处;而此前那只是一种本能的感觉。这一方面是可以得到精神的自由,另一方面则可以搜集到可能对我的创作有用的各种人物形态。自那以后,我去过很多国家旅行。在海上,我乘坐客轮、不定期货船、纵帆船游遍了十几个海洋;在陆上,我乘坐过火车、汽车、轿子,步行过也骑过马。我睁大眼睛留心人们的性格、怪癖和个性。当某个地方可能让我有所收获的时候我很快就能觉察出来,我就耐心地等着,直到真正有所收获才肯罢休。否则的话我就一掠而过。对于不请自来的每一种经验我都欣然接受。可以的话,我就在财富允许的情况下尽可能以舒适的方式旅行,因为在我看来为了艰苦而艰苦纯粹是傻事一桩;不过在环境艰苦甚或不无危险的情况下,我认为我也从来未曾稍事犹豫、望而却步。

我从来都不算是什么观光客。世人已经把那么多的热情倾注在了世界上那些伟大的景观之上,以至于在我终于面对它们的时候,能够唤起的热情真是少之又少了。我更喜欢寻常事物,果木林掩映中一幢建在木桩基座上的小木屋,一弯种着成排的椰子树的小海湾,或是道旁的一丛翠竹。我的兴趣一直都在人及其所过的生活上。我为人腼腆,不善于交结陌生人,但我很幸运,旅途中一直都有一位极富社交天赋的同伴在我身边。他性情友善可亲,可以在非常短的时间内就跟客轮、俱乐部、酒吧间和旅馆里的陌生人交上朋友,这么一来,通过他,我就能轻而易举地直接接触到非常多的人,否则的话我对他们的了解就只能是隔开一段距离妄自揣测了。

我是以一种适合我的亲密程度的方式来跟他们结识的。这种方式的亲密产生于他们那方面所感到的无聊和孤寂,这使得他们几乎无话不谈,不会刻意保留什么秘密,但一旦分开,这种亲密关系也就无可避免地一去不返了。这种关系之所以密切,恰恰在于其界限事先就已经设置好了。回头看那段悠长的岁月,我还真想不出有任何一个人没有什么我愿意知道的东西要告诉我的。我感觉那个时期的我就像是变成了一张非常敏感的摄影底片。对我而言,底片上形成的图像是否真实并不重要;重要的是借助于我的想象力,我能够让我遇见的每一个人都呈现出一种令人信服的和谐。这是我参与过的最令人着迷的游戏。

我们在书上读到说没有一个人是跟另外一个人一式一样的,每个人都是独一无二的,在某种程度上这是事实,但也是个很容易被夸大的事实:在实际上人都是非常相像的。他们可以被分成相对很少的几个类型。同样的环境会以同样的方式塑造他们。从某些个性中自可以推测出某些其他的个性。你可以像古生物学家一样,凭一根骨头就能重塑出一个动物。自从泰奥弗拉斯托斯①以来就

---

① 泰奥弗拉斯托斯(Theophrastus,前370—前287),古希腊逍遥学派(又称亚里士多德学派)哲学家,提出物质自己运动的观点,在植物学和逻辑方面做出贡献,著有《植物研究》《品格论》等。

在文学领域广为流行的"品格说",还有十七世纪的"体液说"①,都证明人们是把自己分成了少数的几个明显类型的。说实在的,这也正是现实主义的基础,而现实主义的吸引力就在于其认识价值。浪漫主义的方法是将注意力转向了"异常",现实主义关注的是"日常"。在生活方式比较原始或者周围的环境让人有些格格不入的国家里,那种略有些不太正常的生活环境反而会凸显出他们的"正常",并由此而形成了属于他们自己的性格;而如果他们本身就有些特立独行——这种情况自然有时候也是存在的——由于没有了通常的那些制约,他们就能够以在更加文明化的社会里几乎绝对难以赢得的自由,不受限制地发展他们的怪癖。然后你就得到了现实主义很难应付的一些造物。我经常是在外面一直待到我的接受能力已经耗尽,而且发现我在遇见陌生人的时候已经没有足够的想象力将其塑造成型并赋予其一致性了才肯罢休;然后我就返回英国,整理自己的印象同时进行休息,直到我感觉自己的吸收能力重新恢复了为止。在经过我想是七次这种漫长的旅行之后,我终于在人们当中发现了某种同一性。我越来越多地碰到之前就经常碰到过的类型。他们已经不再能使我那么大感兴趣了。于是我得出这样的结论:我已经不再能够满怀热情并且以我独有的个性去观察我跑到那么远的地方才找到的那些人了,因为我从来就没有怀疑过,他们身上的那些独有的特质是我发现并赋予他们的,于是我认定这样的长途旅行已经不会再让我像以前那样受益匪浅了。在这样的漫漫长途中我曾有两次差点儿死于热病,有一次差一点淹死,还被土匪

---

① 按照中世纪和文艺复兴时期的生理学理论,所谓的 humours 是人体中的四种主要"体液":血液、黏液、黄胆汁和黑胆汁,这四种体液对人的健康和性情至关重要,哪一种体液占据主导也就相应决定了人的气质类型,分别对应为:多血质、黏液质、胆汁质和抑郁质。

开枪打中过。我很高兴能够重拾一种更加有序的生活方式。

我每次从旅途中归来,都会跟以前有一点点不同。年轻时我博览群书,并非因为我认为那会对我有什么好处,而是因为好奇和一种想学习的欲望;我旅行是因为旅行让我开心,而且能得到对我有用的材料:我从没想过我的这些新鲜的经验会对我产生什么影响,而且一直到很久以后,我才看清楚它们是如何形成了我的性格。在跟所有这些新奇的陌生人接触的过程中,我慢慢失去了此前在过文人那种单调乏味的生活时,就像口袋中的石头那样被磨蚀得无比光滑的状态。我被磨掉的棱角重新又生长了出来。我终于又成为我自己了。我不再长途旅行,是因为我感觉旅行已经不能再带给我更多的东西。我已经无法再有新的发展了。我已经蜕掉了那层文化傲慢的外皮。我处在一种敞开心扉接受一切的状态中。我不会向任何人要求他无法给我的东西。我已经学会了宽容。我为我的同胞的良善感到高兴;但并不为他们的恶行而苦恼。我已经获得了精神上的独立。我已经学会了走自己的路,不再去费心考虑别人会怎么想。我要求确保自己的自由,我也准备给别人以自由。在人们对其他人行为恶劣时,你呵呵一笑耸耸肩膀是很容易做到的;而在他们对你行为恶劣时那可就难得多了。不过我发现这也并非是不可能做到的。我把我对人类所得出的结论借由我在中国海的一艘木船上遇到的一个人的嘴说了出来。"我就简单概括地说说我对人类的看法吧,兄弟,"我让他这么说道,"他们都是些正心诚意之辈,可他们的脑袋却是个完全没用的器官。"

## 五十六

在正式落笔之前，我总喜欢让素材在我脑海中酝酿很长时间，所以直到我记下那么多笔记的四年以后，我才写出了第一篇在南太平洋上就构思好了的短篇小说。我已经有很多年不写短篇小说了。我的文学生涯是以写短篇小说开始的，我的第三本书就是六个短篇小说的合集。它们写得并不好。打那以后，我时不时地尝试给各个杂志写写短篇；我的经纪人极力劝说我要写得幽默一些，可我却并不具备幽默的天资；我阴沉严厉、愤愤不平或者说含讥带讽。我想取悦编辑从而赚点小钱的努力极少能够成功。我现在写的这第一个短篇叫作《雨》，一开始我的感觉是我在这个短篇上的运气并不比年轻时写的那些更好；不过我已经不再介意了，而是继续写下去。等我写出了六篇而且全都成功地在杂志上发表以后，我把它们集成一本书出版了。它们取得的成功让人高兴而又出乎意料。我喜欢那种形式。和我想象中的那些人物共同生活上两三个星期后就跟他们一拍两散，这感觉非常愉快。这样你就没时间像写长篇小说那样容易对笔下的人物心生厌烦，因为要写一部长篇至少要和他们共度好几个月的时光。这种类型的短篇，每篇大概一万两千个单词，给了我充分的空间发展我的主题，但同时也迫使我要写得非常简洁，我身为剧作家的经验幸而已经使我在这方面不成问题了。

对我而言不怎么幸运的一点是，在我开始严肃地创作短篇小说时，英美两国那些比较精英的作家全都臣服于契诃夫的影响之下。文学界总是有些失衡，当一种潮流蔚然成风的时候，它一般不会认为那不过是种一时的风尚,而是将其当作天字号的金科玉律;那种观念无比盛行,即任何一位具有艺术涵养、想要写短篇小说的作家,都必须像契诃夫那样去写。有好几位作家将俄罗斯的那种忧郁、俄罗斯的神秘主义、俄罗斯的不负责任、俄罗斯的绝望、俄罗斯的琐细无聊和俄罗斯的意志薄弱统统移植到了萨里郡或密歇根、布鲁克林①或克拉珀姆②,而且为自己赢得了不小的声誉。必须承认,契诃夫是并不难模仿的。我是付了点代价才知道,有几十位俄国难民都模仿得相当到位:付了点代价是因为他们把自己写的短篇小说送来给我看,请我帮他们纠正英文的用法,后来因为我没办法为他们从美国的杂志那儿争取到大笔的稿费还得罪了他们。契诃夫是个非常优秀的短篇小说家,不过他也有自己的局限,而他非常明智地将这些局限当作了他小说艺术的基础。他没有构思一个紧凑的、戏剧性故事的天赋,这样的故事是你可以在餐桌上讲得绘声绘色的那一种,就像《遗产》或是《项链》③。作为一个人,他似乎具有愉快而又脚踏实地的性情,不过作为一位作家,他却具有消沉抑郁的天性,这使他对激烈的行为或是激昂的言行满怀厌恶,避之唯恐不及。他的幽默,经常是如此令人痛苦,是一个人如琴弦般敏感的感受力因被粗暴地刮擦而起的激愤反应。生活在他看来单调无比。他的人物都没有鲜明的个性。他似乎对他们作为个体的一面没有太大的兴趣。也许这就是他们为什么会让你感觉他们全都是彼此的一个部分、都是相互融为一体的一些奇怪的暗中摸索的灵媒外质④,为什么会让你感觉人生既神秘又徒劳的原因之所在,正是这种神秘和

---

① 布鲁克林(Brooklyn),美国纽约市人口最多的行政区。
② 克拉珀姆(Clapham),英国伦敦西南部一地区名。
③ 《遗产》(L'Héritage)和《项链》(La Parure)均为莫泊桑的著名中短篇小说。
④ 灵媒外质(ectoplasm),据说是灵媒在降神的恍惚状态中发出的一种黏性的体外物质。

徒劳感赋予了他一种独一无二的特质。而这种特质却是他的众多追随者所无力把握的。

我不知道自己能否以契诃夫的方式来写短篇小说。我并不想这么做。我想写的是那种结构紧密，以一条连续不断的线索从故事的呈现一直推进到结局的短篇小说。我把短篇小说看作一种对单一事件的叙述，物质性的或是精神性的，通过删减对于事件的阐明并非绝对必要的一切，可以达成一种戏剧性的整一。我并不害怕那在技术上被称为"中心思想"的东西。在我看来它只有在不符合逻辑的时候才是应该受到责难的，而且我认为人们之所以对它不信任，仅仅是因为它太过经常地只是为了效果而被硬性添加的，并非出于正当理由。简而言之，我更愿意以一个完满的句点而非一串欲语还休的脚点来结束我的短篇小说。

正是由于这一点，我想，使得我的短篇在法国比在英国更多受到读者的欣赏。我们那些伟大的长篇小说都是没形没状而且笨重无比的。英国读者习以为常以后也就乐得迷失在这些庞大、散漫而又亲密熟悉的作品当中；而且这种结构上的松散、这种对于一个漫无边际的故事的随意敷演、这种跟主题并无多大关系的古怪人物的窜进窜出，给了他们一种特别的真实感。但是，也正是这一点，使法国读者感到一种严重的不适感。亨利·詹姆斯不厌其烦地对英国人进行的有关小说形式的鼓吹引起了他们的兴趣，但对他们的实践却极少实际的影响。事实上他们对小说的形式一直是持怀疑态度的。他们在其中发现了某种了无生气的东西；它的种种限制使他们感到厌烦；他们感觉，作家一旦为自己的素材设定了一种有意的形式，生命就已经透过他们的指缝溜走了。法国的评论家要求一部虚构作品应该有一个开头、一个中段和一个结尾，一个能够清晰地发展出一个合乎逻辑的结论的主题，而且它应该告诉你所有与小说主题有重要关系的方方面面。由于我早年就对莫泊桑耳熟能详,由于我作为一个戏剧家所受到的训练,可能还由于我个人独有的性格特质,我也许已经获得了一种法国人所喜闻乐见的形式感。反正不管怎么说,他们发现我既不会感情用事,也不冗赘啰嗦。

## 五十七

真实的生活极少能为作家提供一个现成的故事。事实的确经常是非常令人厌烦的。它们会给你一种能够激发想象的暗示,可是又很容易行使一种只会有害不会有益的威权作用。经典的例证可以在《红与黑》中找到。这是一部非常伟大的小说,不过通常都认为其结尾难以令人满意。其原因并不难找到。司汤达是从当时一桩引起巨大轰动的事件中萌生了创作想法的:一个年轻的神学院学生杀死了一个他心怀怨恨的女人,受到审判,被送上断头台。可是司汤达不但在于连·索雷尔身上注入了大量的自我,而且还注入了更多他想望拥有却悲惨地意识到他并不具备的成分;他创造出了小说世界中最为有趣的人物之一,而且在整整四分之三的篇幅中使他的行为显得既连贯一致又真实可信;可是再到后面他就发现自己必须回到那曾是他创作灵感的事实上来了。而要做到这一点,他就只能让他的主人公违背自己的性格和智商而鲁莽行事。结果产生的震惊是如此巨大,你已经无法再信以为真,而一旦一部小说已经不再让你相信,你也就不会再被它吸引了。如此得到的教训是,如果你的事实已经无法符合你的角色的逻辑了,你就必须要有把事实彻底抛弃的勇气。我不知道司汤达本来可以怎样结束他的小说,不过我想已经很难再找到比他选定的这一种更让人不满意的结局了。

我一直都因为依照现实的真人来描绘我的角色而受到非难,从那些我读到过的评论当中,你也许会认为在此之前还没有人曾这么做过呢。这真是一派胡言。依照现实的真人来塑造角色是作家的一种普遍的习惯。从文学的产生之始,作家就已经拥有了他们创作的原型。我相信,学者们已经考证出了佩特罗尼乌斯①用作他笔下的特里马乔的模特儿的那个富有的老饕姓甚名谁,研究莎士比亚的学生们也已经找到了夏禄法官②的原型。极为善良而且正直的司各特在一本书里描绘了他父亲的一幅尖酸刻薄的肖像,而在岁月的流逝已经使他粗暴的性格变得温和以后,又在另一本书里描绘了一幅更加和蔼可亲的肖像。司汤达在他的一部手稿中——写下了他借以酝酿其角色的那些真人的名字;而我们都知道,狄更斯借助密考伯先生③描绘了他父亲,借助哈罗德·斯金波④描绘了利·亨特⑤的形象。屠格涅夫曾坦承,除非他一开始就把想象力固定在某个真实的活人身上,否则他根本就没办法创作出一个角色来。我怀疑那些否认使用过真实人物充当原型的作家是在自欺(这并非不可能,因为你用不着太聪明就能成为一个很好的小说家)或者欺人。如果他们说的确是实情,写作时的确没有什么特定的人在他们脑子里转悠,我想最后也会发现,他们创作出来的人物更多地应该归功于他们的记忆而非创造性本能。我们有多少次碰到过用了其他名字、换了其他装束的达尔大尼央⑥、普劳迪太太、阿奇迪肯·格兰特利⑦、

---

① 佩特罗尼乌斯(Gaius Petronius,约27—66),古罗马作家,著有欧洲第一部喜剧式传奇小说《萨蒂利孔》,描写当时罗马社会的享乐生活和习俗,现仅有部分残篇。特里马乔(Trimalchio)即这部小说中的一个重要人物。
② 夏禄法官(Mr. Justice Shallow),莎士比亚《亨利四世》下篇中的一个乡村法官。
③ 密考伯先生(Mr. Micawber),狄更斯《大卫·科波菲尔》中一个重要的喜剧角色,不通事务、屡遭蹉跎,而又一直坚信"一切终将好起来的"。
④ 哈罗德·斯金波(Harold Skimpole),狄更斯《荒凉山庄》中的一个重要角色,是个债多不愁、自命"孩子"的乐天派。
⑤ 利·亨特(James Henry Leigh Hunt,1784—1859),英国诗人、散文家、评论家,名作有抒情诗《阿布·本·阿德罕姆》和《珍妮吻了我》。
⑥ 达尔大尼央(d'Artagnan),大仲马《三个火枪手》的主人公。
⑦ 普劳迪太太(Mrs. Proudie)和阿奇迪肯·格兰特利(Archdeacon Grantley)均为特罗洛普《巴塞特郡的最后纪事》中的重要人物。

简·爱和热罗姆·夸尼亚尔①！应该说,依照真实的模特儿来塑造角色不但是普遍采用,而且是必不可少的一种方法。正如屠格涅夫所说,只有在你脑子里有一个确定的人物时,你才能够赋予自己的创造物以活力和独有的个性。

我坚持认为这是种创造。我们即使对于我们最为亲密的人都知之甚少;我们对他们的了解程度根本不足以把他们直接移植到书页之上就能让他们显得栩栩如生。人太难以捉摸、太模糊难辨,没办法被直接拷贝;而且他们还太前后不一、太自相矛盾。作家并不是直接拷贝他的原型;他是从他们身上提取他想要的东西、引起他注意的一些特点、点燃了他想象力的一念之转,由此来构建他的人物。他并不在乎他的人物与原型是否相像;他只在乎要创造出一种符合其终极目的的合理可信的和谐。最终的成品可能与其原型具有了天差地别的不同,以至于作家们都会有一种共同的经历:他们脑子里的原型原本是张三,却被人指责是描画出了李四活生生的肖像。非但如此,作家是否选择跟他具有密切关系的人做模特儿也是个未定之数。对于作家而言,在茶室里对某个人的惊鸿一瞥或者轮船吸烟室里和某个人闲聊的一刻钟,都常常足够成为他笔下人物的源泉。他所需要的就只是那一层菲薄而又肥沃的土壤,以此作为基础,凭借他对人生的经验、他对人性的知识以及他那天生的直觉以完成他的上层建构。

若不是被作家取作人物模特儿的那些人过于敏感,这整桩事情也就一帆风顺、皆大欢喜了。可人类的自我中心实在是广大无边,只要是跟某位作家有过一面之缘的,就会不断地在他的作品中找寻

---

① 热罗姆·夸尼亚尔(Jérôme Coignard),法朗士的小说《热罗姆·夸尼亚尔的观点》的主人公。

自己的形象，而如果他们认定了某个角色是比照他们塑造的，只要对这个人物的描绘有任何不尽完美之处，他们就悻悻然认为自己受到了极大的冒犯。尽管他们也会毫无顾忌地对他们的朋友大肆挑剔、对他们的蠢行大加嘲笑，可是他们自己的虚荣心却超级强大，以至于决不能接受他们也有缺点和蠢行的事实。而如果他们的朋友又出于恶意的愤慨对于他们所遭受的所谓侮辱虚情假意地施以同情的话，那事情就变得更糟了。这其中当然有大量的不实之词。我猜想我肯定不是唯一一个被有些女人故意诽谤中伤的作家：她们宣称我曾到她们家里做客，却在作品当中对她们有不恭的描写，辜负了她们的殷勤好客，而实际上我非但从来没有去过她们尊府，甚至根本都不认识也没听说过她们。这些可怜的愚妇是如此虚荣，她们的生活又是如此空虚，她们故意把自己认作书里的某个可憎的角色，为的就是在某个小圈子里为她们赢得一点可怜的"名声"。

有时候，作家会选取一个非常普通的人作为基础，从他身上创造出一个高贵、克己而又勇敢的人物。他在这个人身上看到了一种跟他一起生活的人全都视而不见的重要意义。结果，其原型就非常奇怪地变得让人认不出来了；而只有在你表现的是某个人的缺陷或是荒唐的癖好时，这个人才会马上就被人认出来。从这一点上，我只能得出这样的结论，即我们是通过其缺点而不是优点来认识我们的朋友的。作家极少会有故意冒犯别人的意图，他会尽其所能地去保护他们的原型；他把自己创造的人物置于不同的地方，改换他们谋生的方式，可能还会把他们安放在不同的阶层；而他没办法轻易做到的是改变他们的外貌。一个人的身体特征会影响他的性格，反之，他的性格至少在大致上也会通过他的外貌表现出来。你没办法把一个大高个儿变矮后，还让他在其他的方面保持不变。一个人的身高会赋予他一种看待周遭环境的不同眼光，由此也会改变他的性格。你也不能把一个娇小的黑发女子一变而为一个高大的金发女郎而丝毫不露出破绽。你不得不在相当程度上保持他们的本来面目，否则的话，你就会失去他们身上原本打动了你，使你想以他们为原型塑造出一个人物的初衷。但没有一个人有权举出一本书里的一个人物说：这个人物就是我。他最多只能说：我为这个人物的塑造提供了灵感。如果他还具备任何常识的话，他只会因此而大感兴趣而非大为生气；而且作家的创造和直觉也会让他认识到他自身的一些对他大为有用的方面。

## 五十八

我对自己的文学地位不抱任何幻想。在我自己的国家里只有两位重要的评论家肯于费心认真地对待我的作品，而当聪明的年轻人在写有关当代小说的文章时，他们从来都不会考虑到我。我对此并没有什么怨恨。这是很自然的事。我从来都不是个宣传家。在过去的三十年间，大众读者的数量大为增加，有一大帮无知的群众想要的是那种不需要花费多大力气就能获得的知识。他们在阅读那些其中的人物会就当下的热点话题热情地发表自己观点的小说时，他们就感觉自己是在学习新东西了。而这里那里穿插的一点性爱场面又使喂给他们的信息足够对胃口。小说被当作观念传播的便利讲坛，有很多小说家也很愿意将自己看作思想的领导者。他们所写的小说更多是新闻而非虚构。它们有了一种新的价值。它们的短处就在于，要不了多久他们就会和上个礼拜的报纸一样不值一读了。但这一数量庞大的新型读者群对于知识的渴求近来已经引发了一种新型图书的大量出版，在这些书中作者用非技术性的语言来探讨科学、教育、社会福利以及我也不得而知的其他大众普遍感兴趣的主题。这些书取得了巨大的成功，已经干掉了宣传小说。不过显然，在其风潮尚在持续的时候，它们似乎比性格小说或是历险小说具有远为重要的意义，而且提供了一个更好的讨论话题。

而睿智的评论家和更为严肃的小说读者自那以后已经将绝大部分的注意力都集中到了那些似乎能在技巧上提供某些新东西的作家身上，这也很容易理解，因为他们呈现出来的种种新奇之处给陈腐老旧的素材带来了一种新鲜的气象，而且这种种新奇之处本身也是颇为值得好好讨论一番的。

大家居然对这些事情如此关注，还是多少显得有点奇怪的。通过一位部分参与小说情节的旁观者的感知把故事讲出来，这种由亨利·詹姆斯发明并发展至高度完美程度的叙事方法的确堪称一大妙招，既可以营造他在小说中孜孜以求的戏剧效果，又给人一种逼真感，这种对逼真的追求自然应该归功于法国自然主义小说家对于小说作者的重大影响，对于采取全知全能的叙述角度的小说家们所遭遇的某些困难同时也是一种规避方式。凡是那位观察者不得而知的东西，尽可以方便地任由它保持神秘。可是再怎么说，这也不过是对同样具有众多优势的自传体形式所做的一种微调而已，把它说得仿佛是个伟大的美学发现似的可就有点可笑了。而在其他的种种实验当中，最重要的当属对"思想流"①的应用了。作家总是会被独具某种情感价值而又不太难理解的哲学家所吸引。他们依次拜倒在叔本华、尼采和柏格森②脚下。精神分析能够赢得他们的欢心是势所必然的。它为小说家们提供了巨大的可能。他知道他写出来的最好的作品在多大程度上应该归功于自己的潜意识，而且能够通过想象他笔下人物潜意识中的图景去对虚构的人物做更为深入的开掘也是非常诱人的。这是个聪明而又迷人的手法，不过仅此而已。当作家们不是把它当作实现某一特别的——反讽的、戏剧性的或是解释性的——目的偶一为之的策略，而是将其作为作品的基础时，其结果就很沉闷乏味了。我推测，这一种以及类似手法中那些有用的成分将被吸收到小说创作的普遍技巧当中，不过那些最初

---

① "思想流"（stream of thought）是"意识流"（stream of consciousness）的另外一种表述方式。
② 柏格森（Henri Bergson, 1859—1941），法国哲学家，生命哲学和现代非理性主义的主要代表，获一九二七年度诺贝尔文学奖。

将它们引介到文坛的作品则很快就会变得令人兴味索然。那些曾为这些新奇的实验所吸引的人似乎并没有注意到，应用这些技巧的作品所探讨的那些问题都是极为浅薄琐屑的。看起来简直就像是这些作者是因为不安地意识到自己的空虚无能，才不得不乞灵于这些奇技淫巧的。他们动用所有这些独出心裁的技巧去描绘的人物本身毫无趣味，讨论的问题毫不重要。这也是意料之中的事。因为艺术家唯有在对他的主题并没有紧迫相关的兴趣时，才会沉迷于自己的技巧。当他专心致志于他的主题之时，他是没那么多时间去考虑在表现上该如何奇妙精巧的。所以在十七世纪，当作家们因文艺复兴的脑力付出而疲惫不堪，又因国王们的专制和教会的统治而不能再去关注人生中的重大问题时，他们就只能把心思转向了贡戈拉主义①、矫揉造作的文体以及诸如此类的玩意儿。也许，近些年来在文艺领域每一种形式的技术实验所引发的兴趣，均指向了我们的文明正在日渐崩溃的事实；在十九世纪显得无比重要的那些主题已经不再有人关心，全新的一代所创造的文明正在取代我们这一代既有的文明，但艺术家们还并没有发现将会影响新一代的重大问题究竟是什么。

---

① 贡戈拉主义（Gongorism），由西班牙诗人贡戈拉-阿尔戈特（Luis de Góngora y Argote，1561—1627）始创的一种文学流派，典型的"夸饰主义"风格的代表。

## 五十九

所以文学界不怎么看重我的作品,在我看来是件很自然的事。在戏剧界,我发现自己身处传统的创作模式当中感觉非常自在。作为一位小说作家,我则上溯了无数代际,重新回到了新石器时代的山洞里,成为给藏身其中、围坐在火堆旁的人们讲故事的那个人。我有某种类型的故事要讲,它也让我有兴趣去讲。对我来说,这故事本身就是足够好的主题了。对我来说不太走运的是,现如今故事被智识阶层所蔑视已经有相当长一段时间了。我读过很多讨论小说艺术的著作,它们都不认为情节有多大的价值。(顺带一提,我应该坦白承认我不怎么理解有些聪明的理论家在故事和情节之间划分出来的明显区别。情节无非就是安排故事如何被讲述的模式。)从这些著作当中你会得出这样的判断:对睿智的作家而言它只能是一种障碍,是他们面对公众愚蠢的要求不得不做出的一种让步。的确,有时候你也许会想,最好的小说家都是散文家,而完美的短篇小说就只有查尔斯·兰姆和赫兹里特才能写得出来。

可是想听故事对于人性来说,就跟喜欢观看戏剧由之而诞生的舞蹈和哑剧一样自然。人类的这种天性至今仍毫发无伤地存在,侦探小说的流行就说明了这一点。最睿智的人也读侦探小说,当然带着屈尊俯就的态度,但还是会读的;可如果不是因为他们的心智所唯一认同的那些心理小说、教育小说、精神分析小说不能给他们这一特别的需要以满足的话,那又是为了什么呢?也颇有一些聪明的作家，脑子里有各种美好的东西想讲出来，也不乏创造活生生的人物的天赋，可在把它们创造出来以后就是不知道该拿它们怎么办才好。他们就是构想不出一个可信的故事来。就像所有的作家一样（在所有作家的身上都存在着一定数量的欺诈不实），他们会把自己的缺陷当作优点来自夸，要么告诉读者他可以自己去想象到底发生了什么，要么就痛斥他什么事儿都想知道。他们声称在真实的生活中，故事都是不完整的，情境都是不圆满的，散乱的线索到最后也都是悬而未决的。这话也不尽然，因为至少死亡会为我们所有的故事画上句点；不过纵然的确如此，这也算不上是个很好的论据。

因为小说家既然自称是艺术家，而艺术家是并不会原样模拟生活的，他会对它加以调整和安排以适合自己的目的。正如画家是以其画笔和颜料进行思考一样，小说家是通过故事进行思考的；他的人生观（虽然他也许并没有明确的意识），他的个性，都以一系列人类行动的方式而存在着。当你回顾过去的艺术创作时，你几乎不可能注意不到艺术家们很少会赋予现实主义以太大的价值。他们基本上就是把自然用作一种形式上的装饰，只有在他们的想象力把他们带得距离自然太远、已经感到一种回归的必要时，他们才会直接地去模仿自然。在绘画和雕塑中，甚至有一种观点认为，与现实过于近似往往就宣告了一个流派的衰亡。在菲迪亚斯①的雕塑中，已经可以看出《望楼上的阿波罗》②的单调无趣，从拉斐尔的《博尔萨

---

① 菲迪亚斯（Phidias，活动时期约前490—前430），古希腊雅典雕刻家，帕台农神庙建筑工程的艺术指导，创造了庙中最重要的神像，监督并可能还设计了庙中全部装饰雕刻。成名作是雅典卫城的三座雅典娜纪念像和奥林匹亚宙斯神庙的巨大宙斯坐像，惜原作均已无存。
② 《望楼上的阿波罗》（Apollo Belvedere），古希腊雕塑家雷奥卡雷斯（Leochares，活动时期为公元前四世纪中叶）所作的青铜雕像，原作已佚失，现存大理石雕像是罗马时期的复制品，因在罗马一个望楼上被发现而得名，现藏梵蒂冈博物馆。

诺的奇迹》①中可以看出布格罗②的了无生气。然后艺术就只能通过强加给自然一种新的艺术表现手法以获得新的活力了。

不过这只是顺带一提而已。

读者想知道那些已然引发了其兴趣的人身上发生了什么事,这是一种很自然的愿望,而情节就是你用来满足这种愿望的方式。构思一个好故事显然是桩难事,可这种困难并不能成其为轻视故事的正当理由。好故事应该具备小说的主题所需要的一贯性和足够的可信性;它应该能够自然而然地展示出人物性格的发展,这在今天是小说需要考量的要点,它还应该具有完整性,如此当情节最终全部展开以后,你不会对参与其中的那些人物产生任何的疑问。它应该就像亚里士多德所论述的悲剧那样有开端,有中段,有结尾。情节的主要用处有很多人似乎并没有注意到。它是主导读者兴趣的一条线索。这可能是小说当中最重要的东西了,因为正是通过主导读者的兴趣,作者才能带领着他翻一页又一页,也是通过主导读者的兴趣,他才能从读者身上诱导出他所期望的那种情绪。为了稳操胜券,作者总是会事先就在骰子里灌上铅的,可他绝对不能让读者看出他这么做了,而且通过操纵情节他能够始终把控住读者的注意力,这么一来他就不会觉察到自己身上已经被施加了多大的力量。我不是在写有关小说的专业论文,所以我也无须一一列举小说家为了达成此目的所采用的各种方法。但这种对于兴趣的引导能够达到多么有效的成果,而忽视了这一点又会造成多大的伤害,在《理智与情感》和《情感教育》中可以说明白无误地表现了出来。

---

① 《博尔萨诺的奇迹》(Miracle at Bolsano)似应为《博尔塞纳的弥撒》(The Mass at Bolsena),意大利文艺复兴时期的画家拉斐尔一五一二至一五一四年创作的著名壁画。
② 布格罗(Adolphe William Bouguereau, 1825—1905),法国学院派画家,维护正统艺术,排斥印象派,多画裸体、田园和宗教神话等题材,风格严谨细腻。

简·奥斯丁是如此坚决地引领读者沿着那个简单故事的线索稳步前进，结果读者根本就没机会停下来想想，埃莉诺其实是个假正经，而玛丽安其实是个傻瓜，那三个男人则都是死气沉沉的木偶。以严格的客观性为目标的福楼拜极少去主动引导读者的兴趣，其结果就是他对小说中各个人物的命运完全无动于衷。这使得小说非常难读。我实在想不出还有哪一部小说在拥有这么多优点的情况下，居然给人留下如此模糊的印象。

# 六十

我二十多岁的时候批评家说我野蛮,我三十多岁的时候他们说我轻薄,我四十多岁的时候他们说我冷嘲,我五十多岁的时候他们说我能干,如今我六十多岁了,他们又说我肤浅。我一直都在走自己的路,沿着我为自己规划的路径,努力用我的作品去充实我为自己所找寻的范型。我认为作家不去读评论文字是不明智的。把自己训练得无论是受到褒奖还是遭到责难统统宠辱不惊是大有益处的;因为你在发现自己被人说成是天才的时候,耸耸肩膀表示无所谓自然是容易做得到,可是在被当作傻子对待时还能不当回事就没那么容易了。既有的批评史表明,当代的评论是最容易出错的。作家应该在多大程度上看重它又在多大程度上忽视它,是个不容易拿捏的关节点。评论家的意见众说纷纭,一位作家想从中得出自己到底有何优点的结论是非常困难的。在英国有一种轻视小说的自然倾向。某个无关紧要的政客的自传、某位王室情妇的生活史都能得到严肃的批评性的讨论,而半打小说则会由某个书评人打包评论,而且这位书评人更多的往往是不惜将它们嘲笑一通以博人一粲。一个简单的事实就是,英国人对于提供信息的作品比对艺术性作品更有兴趣。这使得小说家很难能从对他的作品的评论中汲取任何对自己的发展有用的东西。

对于英国文坛而言,本世纪我们还没有出现一位像是比如说圣伯夫、马修·阿诺德甚至布吕纳介①这种级别的评论家,实属巨大的不幸。像这样一位评论家的确是不会太过关注当下的文学——

如果我们以我提到的这三位评论家来判断的话，即便是他真的予以关注了，对于当代作家来说也不会有什么直接的帮助。因为如我们所知，圣伯夫由于对他梦寐以求的成功的形式过于热衷了，而他又从来没有心想事成，结果他就没法公平地对待他同时代的作家了；而马修·阿诺德在研究同时代的法国作家时，他的鉴别力又出了太多的偏差，所以你没有理由期望他在面对英国作家时能够做得更好。而布吕纳介则缺乏宽容之心；他以不容变通的严苛的法则来衡量作家，如果作家追求的目标他并不认同，他就看不到他们身上的长处。他强势的性格对他的影响超过了他的天赋所能包容的限度。可是不管怎么说，作家们的确还是从严肃地关心文学的评论家那里获益匪浅；纵然他们痛恨评论家，他们仍旧可能受到敌忾心理的刺激而会对自己的目标有更清晰的界定。评论家能够在作家的内心激发出一种兴奋的情绪，促使他们投入更为自觉的努力，而他的儆戒作用也促使他们以更严肃的态度去对待他们的艺术。

在他的一篇对话中，柏拉图似乎试图展现批评这种行为的不可能；不过事实上他仅仅展现出苏格拉底的方法有时可能会导致怎样的不知节制。有一种批评方式显然是徒劳无益的。这就是评论家写出来用以补偿自己在年少时期所受到的屈辱的那种批评。批评成了一种让他重获自尊的方式。因为在上学的时候无法适应那个狭小世界里的各种标准，他因此而被人拳打脚踢，等他长大以后，就轮到他来对别人拳打脚踢，以抚慰他那受伤的感情了。他把兴趣放在他对正在评论的那部作品的主观反应，而不是那部作品对他造成的客观反应上面。

---

① 布吕纳介（Ferdinand Brunetière，1849—1906），法国文学评论家、文学史家，拥护和发展了泰纳的实证主义文学批评原则，并用达尔文的生物进化论解释一切文学流派的发展，强调作家才能中的个性化特征，著有《法国戏剧的诸时期》《十九世纪法国抒情诗的进化》《文学体裁的演进》等。

很少有比现在更需要一位权威评论家的了,因为文学艺术正处在乌七八糟的状况中。我们看到作曲家在讲故事,画家在探讨哲学,而小说家则在说教布道;我们看到已经对音调韵律感到不耐烦了的诗人正在尝试把散文的韵律用在诗歌上,我们也看到散文作家正尝试将诗歌的节奏强加在散文中。现在亟需一个人来重新对于几种艺术形式的特性做出界定,并向那些误入歧途的人士明确指出,他们的所谓实验只能导致自我的迷失和混乱。指望找到任何一个能对所有的文艺类型拥有同等评判能力的人自是一种奢望;不过,需求会产生供给,我们仍旧可以希望,某一天会有那么一位评论家能够崛起于当今,登上曾由圣伯夫和马修·阿诺德占据的王位。他可以大有作为。我最近读过两三本书,书中声称要建立一门精确的批评科学。但它们并没有能令我信服,我觉得这样的事情还是不太可能的。文学批评在我看来是种关乎个人的私事,不过如果评论家拥有伟大的个性,那倒也没有任何可以反对的地方。危险的是他把自己的行为看作创造性的活动。他的本职工作是去引导、去评价、去指出创造的新路径,可是如果他把自己看作是创造性的,他就会更多地投身于创造这种人类最迷人的活动,而忽略了自己应尽的职能。曾经写过一出戏、一部小说或是几首诗作对他来说也许不是坏事,因为舍此以外再无掌握文学技法的办法;但除非他意识到创作并非他的本分,否则他就无法成为一位伟大的评论家。当今的文学评论之所以如此没用的原因之一就在于,它们是创造性的作家作为副业去写的。他们唯有在认为他们正在做的事情是最值得做的情况下,才是最自然的。伟大的评论家应该具有与他的知识同样广博的同情心。它不应该建立在一种普遍性的无所谓的基础之上(这种无所谓会让人们容忍那些他们并不真正关心的东西),而是应该植根于一种对于多样性的积极主动的喜爱之上。他必须既是心理学家又是生理学家,因为他必须知道文学的基本要素是如何跟人们的心理和肉体联系在一起的;他还必须是个哲学家,因为从哲学当中他能学得平静、公正以及人事的无常。他必须不仅仅熟悉他本国的文学。拥有了建立在以往文学基础上的各种评判标准,并且勤勉地学习了其他国家的当代文学以后,他就会清楚地看出文学在其进化过程中正在追摹的趋向,如此他方能真正有益地去指导他自己的国民。他必须以传统作为自己的支撑,因为传统是一个民族的文学当中必然所具有的特质的表征,不过他必须尽其所能地鼓励传统沿着其自然的方向继续发展。传统是个向导而非狱卒。他必须拥有耐心、恒心和热心。他阅读的每一本书都应该是一次新鲜而又刺激的冒险;他凭借他广博普适的知识和他性格的力量对其进行评判。事实上,伟大的评论家必须是个伟大的人。他必须要有伟大的胸怀,愉快而又顺从地认识到他的工作尽管如此重要,也不过只有短暂的价值;因为他的价值就在于回应其同代人的需要并为他们指明道路。新的一代出现以后会有其他的需要,他们面前会展开一条新的道路;他已经再没有任何东西可说了,于是就和他所有的作品一起被扔进了垃圾堆。

假如他认为文学是人类最重要的追求之一的话,那么为这样的一个目的度过此生也算是值了。

## 六十一

这是作家一直都自我标榜的,而在此之上他又增加了另一重自我标榜:他声称他跟别的人不一样,所以他无须服从其他人所遵守的规则。而对此,其他人则待之以谩骂、嘲笑和蔑视。因个人所独有的气质性格不同,他所应对的方式也自不同。有时候他会故意以特立独行的古怪行径来炫示他与他称之为凡夫俗子的那些人之间的不同,像是泰奥菲勒·戈蒂埃①,为了 épater le bourgeois②而故意炫耀他的红背心,像是热拉尔·德·奈瓦尔③,用一条粉红的丝带牵着一只龙虾招摇过市;有时候他也会满怀一种嘲讽的快感假装和别的人一模一样,就像是勃朗宁④,将诗人的形象隐藏于富有的银行家外表之下。也许我们每个人都是一束相互矛盾的自我的集合体,可是作家、艺术家,对此却有深刻的自觉。就其他人而言,他们所过的俗世生活使得他们的某个方面占据了优势地位,于是,除了也许会在深层的无意识当中以外,这最终会导致他们成为一个完整的人。可是画家、作家、圣徒却总是在他们自己身上寻找全新的一面;重复自己会让他感到厌倦,他一直都在竭力避免——虽然他实际上可能并不知道自己在这么做——成为一个单向度的人。他从来都没有机会成长为一个有条有理、前后一致的生物体。

其他人常常会因为发现艺术家的实际生活与其作品之间存在矛盾差异而义愤填膺。他们没办法调和贝多芬的理想主义与他精神上的卑微、瓦格纳那天国般的狂喜与他的自私和不诚实、塞万提斯的道德偏邪与他的温柔敦厚之间的差距。有时候,盛怒之下,他们会试图说服自己：这些人的作品不可能拥有他们原本以为的价值。当他们得知，那些伟大而又纯洁的诗人们在其身后居然留下了大量淫秽的诗篇时，他们简直被吓坏了。他们有种非常不安的感觉，恐怕这整个事情都是一桩骗局。"这些人都是些彻头彻尾的骗子！"他们会说。可作家的要义正在于他不是一个人，而是很多个人。正因为他是很多个人，他才能够创造出很多人，衡量其伟大的标准就在于他是由多少个自我所组成的。如果他塑造出的某个人物无法令人信服，那是因为在他身上并没有那个人的影子；他就不得不退而求其次，借助于观察来写这个人物，于是他就只能去描写，而不能去降生。作家不是从外部去揣摩体会，而是在内心感同身受。他所拥有的不是同情，同情经常只会导致感情用事；他所有的是心理学家称之为"神入"的心意相通。正因为莎士比亚的"神入"能够做到出神入化的程度，他才可能同时成为既最富有生命力又最不感情用事的作家。我感觉歌德是第一位开始意识到这种多重性格的作家，而且这个问题困扰了他整个一生。他总是不断地拿作为作家和作为常人的自己进行比较，一直都没办法弥合这其中的不一致。但艺术家和其他人的终极目的是不一样的，因为艺术家的目的在于创造，而其他人的目的则是正确地行动。所以艺术家对生活的态度在某种程度上是独一无二的。心理学家告诉我们，对普通人而言，一个形象是不及一种感觉来得生动的。形象只是一种被稀释了

---

① 泰奥菲勒·戈蒂埃（Théophile Gautier, 1811—1872），法国诗人、小说家、评论家，由浪漫主义转向唯美主义，首倡"为艺术而艺术"，作品有诗集《珐琅与玉雕》、小说《木乃伊故事》等。
② 法语：让那些布尔乔亚大吃一惊。
③ 热拉尔·德·奈瓦尔（Gérard de Nerval, 1808—1855），法国文学中最早的象征派和超现实主义诗人，创作盛期精神严重失调，至少八次被送进精神病院，最后在巴黎的路灯柱上自缢身亡。
④ 勃朗宁（Robert Browning, 1812—1889），英国诗人，突破传统的题材范围，采用创新的戏剧独白形式和心理描写方法，对二十世纪诗坛有较大影响，代表作为无韵体叙事诗《指环和书》。

的经验，用以提供有关感知对象的必要信息，在感官世界中它是行动的指南。他的白日梦满足了他的情感需要，满足了在世俗世界当中那些受挫的欲望。可它们只是真实生活苍白的影子，在他内心的最深处他其实认识到了感官世界的这些需要是存在另外一种合法性的。对作家来说却并不是这样。群集于他头脑中的形象和随时浮现的想法，对他来说并非指南，只是他进一步行动的材料。它们具有感觉上的全部鲜活和生动性。他的白日梦对他来说无比重要，反而是感官世界成为了暗影，要想实际地够到它必须通过意志的努力方能做到。他在西班牙的那些城堡并非虚无缥缈的空中楼阁，而是他生活于其中的真实的城堡。

艺术家的自我中心是令人发指的：他必须如此；他天生就是个唯我论者，对他而言，世界只是为了能让他实施其创造力而存在的。他仅以一部分的自我去投入生活，他从来不会全身心地去体会人之常情，因为无论这种需要是多么迫切，他同时既是个演员又是个观察者。这经常使他显得毫无心肝。拥有狡黠的直觉的女人对他万分防备；她们被他吸引，却又本能地感到她们永远都别想能完全控制他——这是她们的愿望，因为她们知道他无论如何都会从她们身边溜掉。歌德这位大情圣不是就亲口告诉我们，他如何在情人的臂弯里写诗，如何用像是会唱歌一般的手指轻柔地在她优美的后背上敲击出六步格的节奏吗？和艺术家一起生活是有害无益的。他在创作的时候情感可以是无比真诚的，可是在他内心深处还藏着另外一个人，会对这种真诚的情感轻蔑地竖起中指。他完全靠不住。

但神祇从来都不会在创造出任何天分的时候而不同时再加上一个缺陷的，而作家的这种多重性使他能够像神祇一样抟土造人，同时又妨碍他在自己的创造当中成就至高的真实。现实主义是相对的。最为现实的作家也会由着兴趣的指引歪曲他的造物。他透过自己的眼睛去看他们。他使得他们比真实的自己更有自觉意识。他使得他们更加复杂、更加内省。他把自己投入到他们当中，努力把他们塑造成普通人，但他从来就不是太成功；因为那赋予他天赋、使他成为一个作家的特质使他永远都无法知道普通人到底是个什么样子。他所得到的不是真实，而只是他自己个性的一种换位。而且他的天分越高，他的个性也就越强大，他所描绘的人生途径也就越发不切实际。有时候在我看来，如果我们的后代子孙想要知道今天的世界是个什么模样的话，他不应该去找那些以其独特的个性特质在我们这个时代留下了深刻烙印的作家，而应该去找那些比较凡庸的作家，正是他们的普通使得他们可以更为忠实地描绘他们周围的事物。我不会提及他们的名字，因为哪怕他们已经确定无疑地得到了后世读者的认可，但凡是人总归不喜欢被贴上凡庸的标签。不过我想我这么说大家可能都不会反对：你从安东尼·特罗洛普的小说中所得到的有关当时的生活图景的印象，要比从查尔斯·狄更斯的小说中得到的更为真实。

## 六十二

有时候作家必须扪心自问，他写的东西除了对他自己以外，是否还有任何价值。这个问题现在也许格外迫切，因为这个世界似乎——至少在生活于其中的我们看来——正处在一种以前并不常见的动荡不安和悲惨不幸的状况中。这个问题对我来说特别重要，因为我从未希望自己就只是做个作家而已；我一直都希望能过一种完整的生活。我一直都不安地意识到，我有责任参与到公益事业中，不管参与的程度是何其微不足道。我天性一直都倾向于对各种公共活动敬而远之，我曾在某些因为某种暂时的利益而成立的委员会中服务过，但都是带着老大的不情愿。每念及我这整个的一生全用来学好写作都不够长，我一直都很不愿意把自己亟需用来达成心中大愿的宝贵时间花在其他事务上。我从来都没有能让自己相信，舍此以外，还有其他任何真正重要的东西。尽管如此，当成百上千万的人正生活在饥饿的边缘，当自由在人类居住的这个星球上的大部分地方正在或者已经灭亡，当一场可怕的战争之后又继之以大部分人类都无法把握到幸福的漫长岁月，当人们因为看不到生命的价值、因为多少个世纪以来一直支撑他们忍受悲惨生活的那些希望已经变成虚妄而悲痛欲绝；你很难不会扪心自问：在这种时候去写戏剧、短篇和长篇小说是否真的并非徒劳无益？我唯一能想到的回答是：我们当中的有些人已经天造地设成这副样子，除此以外就再也不会做任何别的事了。我们不是因为想要写才去写的；我们写是因为我们必须写。世上可能还有其他更为紧迫的事情需要人去做；但我们必须从创作的负担当中解放自己的灵魂。虽然罗马正在燃烧,我们仍旧只能一如既往。别人可能会因为我们没有搭把手提桶水去救火而鄙视我们;我们却是情非得已;我们不知道怎么使用水桶。而且,熊熊烈火使我们紧张而又兴奋,使我们心中充满了千言万语。

不过,作家时不时也会投身于政治。这对身为作家的他们来说是大有伤害的。我并没有注意到他们的忠告对实际的事务有多大的影响。我唯一能想到的例外是迪斯累里①;不过就他的情形而言,说写作本身并非目的,而只是推行其政治的手段,应该不算是不公道。现今,在我们这个专业化的时代里,我的看法是,总的说来补鞋匠还是应该尽力补好自己的鞋子为上。

因为我听说德莱顿是通过研究蒂洛森②的作品来学习英文写作的,我就去读了几段这位作者的文字,碰巧读到一段在这方面能给我些许安慰的话。他是这样说的:"我们应该感到高兴,那些适合从政的人在被召唤去从政的时候,居然乐于担起这副重担;是呀,还要非常感谢他们愿意不辞劳苦、不惮麻烦地去治国理政,并且生活在众目睽睽之下。因此,世上竟有这么一些人是专为从政而降生而被培养,而且这种劳役对他们来说只是小菜一碟或者至少是可以容忍的,这实在是这个世界的幸事一桩……人们因为过一种更加虔诚、更加退隐和更加好学深思的生活而获得的好处就是,他们不会被很多事务所打扰和分心;他们的思想和情感都投注到一件事上;他们所有感情的奔涌和力量全都朝着一个方向。他们所有的思想和努力都集结为一个伟大的目标和计划,这使得他们的生活成为一个整体,而且自始至终都与其自身协调一致。"

---

① 迪斯累里(Benjamin Disraeli,1804—1881),英国首相、保守党领袖、作家,写过小说和政论作品,任上推行殖民主义扩张政策。
② 蒂洛森(John Tillotson,1630—1694),英国高级教士、坎特伯雷大主教,曾任英王查理二世的宫廷牧师,反对无神论、清教主义和天主教义。

## 六十三

在本书的一开始我就提醒读者,也许我唯一能够确定的就是我对除此以外的任何事情都不能确定。我一直都在尝试着把我对各种主题的想法整理清楚,我不求任何人一定要同意我的观点。在修订我已经写下的文字时,我已经在很多地方进行了删削,因为尽管它们都是从我的笔端自然流泻而出的,我仍旧发现它们有些拖沓冗赘,不过这种删削只应被理解为对我每一种说法的修正和限定。既然现在我已经写到了本书的最后部分,我也就不得不以比以往更为殷切的态度重申一下:我所写的都只不过是我自己的一点小见识。也许它们都很肤浅。也许有的还自相矛盾。这些臆想和推测都是脱胎于各种偶然的经验、同时又沾染上特定的个性色彩的思想、感情和欲望的产物,不可能像一个欧几里得命题那般逻辑谨严。我在写到有关戏剧和小说的时候,我写的还是经过实践我多少有些认知的东西,而现在我要处理的是哲学家们思考和探讨的领域,那么和那些过了多年忙碌且多变生活的普通人相比,我就并不具备任何更多的专业知识了。生活也是一门哲学,不过它就像是一所那种现代的幼儿园,听任孩子们在里面自由发展,只学习他们感兴趣的科目。他们的注意力被那些似乎对它们有某种意义的东西所吸引,对那些跟他们没有切实相关的东西则完全置之不理。在心理学的实验室里,老鼠被训练着在迷宫中找到出路,要不了多久,经过试错法,它们就能找到它们寻找的那条通往食物的路径。在我现在所从事的这项工作中,我就像一只沿着复杂的迷宫的各条通道急速奔跑的老鼠,但我不知道是否有那么一个中心,我能在那儿找到我所追寻的东西。因为据我所知,所有的路径都是死路一条。

我是经由库诺·菲舍尔①的指引得以进入哲学之门的,我在海德堡时听过他的课。他在当地拥有巨大的声望,那年冬天开了一门叔本华的课程。每堂课都人满为患,要想占个好位子就得提早去排队。他是个短小精悍、有些发福的人,衣着整洁,脑袋滚圆,一头白发 en brosse②,满面红光。一双小眼睛灵活犀利、灼灼放光。有点滑稽的扁平蒜头鼻,像是被人给砸扁了一样,你大可以把他认作一个老职业拳击手,而非什么哲学家。他是个幽默大师;他确曾写过一本有关机智的书,当时我就读过,不过已经完全忘记讲的是什么了;他开玩笑的时候,听课的学生中不断会爆发出阵阵哄堂大笑。他的声音清晰有力,他是个非常生动、引人注目而且激动人心的演说家。当时的我太年轻又太无知,他讲课的内容我大部分都理解不了,不过我却对叔本华那古怪而又独特的个性留下了深刻印象,对于他的哲学体系所具有的戏剧性价值和浪漫主义特质产生了一种有些混杂的感情。经过这么多年以后,我仍旧不敢贸然做出任何论断,不过我感觉库诺·菲舍尔更多的是把叔本华的哲学当作一件艺术品而非对于形而上学的严肃贡献来看待的。

打那以后,我读了很多哲学著作。我发现它们是非常好的读物。的确,对那些将阅读当作需要和乐趣的人来说,哲学可谓众多可供他们阅读的重要门类当中最多姿多彩、最充裕丰赡,也最令人满意的读物。古希腊令人激动不已,但从这个角度来看可读的内容还是不够;总有一天你会把存世的那一点文献以及所有关于这方面的重要论著全部读完。意大利文艺复兴同样令人无比神往,不过其

---

① 库诺·菲舍尔(Kuno Fischer,1824—1907),德国哲学家、哲学史家、评论家。
② 法语:剪成板刷。

主题相对而言还是太小；贯穿于其中的思想寥寥无几，在其创造性价值早就已经耗尽的情况下，你会对它的艺术感到厌倦，因为留下来的就只剩优美、妩媚和对称美了（这些特质你已经见得够多的了），你对那些人物也会感到厌倦，因为他们的多才多艺全都纳入了整齐划一的模式当中。有关意大利文艺复兴的著作你可以一直读下去，可是在所有材料尚未穷尽以前，你就已经没什么兴趣了。法国大革命是另一个很能吸引注意力的主题，它的优势在于它仍具有实际的意义。从时间上看它距离我们相当近，这样我们的想象力只须稍作努力，我们就能置身于那些发动了这场大革命的人们当中。他们差不多就是我们的同代人。他们的所作所为所思所想直接影响着我们今天所过的生活；我们多多少少都算是法国大革命的后代。而且其材料非常丰富。跟它有关的文献不可胜数，关于它的定论还远远没有得出。你总能找到一些新鲜而又有趣的阅读材料。可它还是不能让你满足。它直接催生的艺术和文学实在是微不足道，所以你就不得不去研究发动了大革命的那些人，而这方面的著作你读得越多，你就越发会为他们的卑琐和鄙俗感到灰心失望。在人类历史上最伟大的戏剧之一中充当演员的，可惜都配不上他们的角色。最终你会略带厌恶地掉头而去，不会再去理会这个主题。

但形而上学永远都不会让你失望。你永远都不可能抵达它的尽头。它就和人的灵魂一样多姿多彩。它很伟大，因为它讨论的是全部知识的总和。它探讨宇宙，探讨上帝和不朽，探讨人类理性的性质以及生命的宗旨和目的，探讨人的能力和局限；如果它无法回答人类在这个黑暗而又神秘的世界的旅途中困扰着他的那些问题，它就会劝他以乐观的态度安于自己的无知。它教人以忍从，诲人以勇气。它既诉诸想象，同时也诉诸智力；我想，它为业余的爱好者提供的幻想材料要远远多于专门的从业者，而这种幻想是人类打发其闲暇最为甘美的乐趣。

自从受到库诺·菲舍尔讲课的启发开始阅读叔本华,我已经相当认真地读遍了伟大的经典哲学家所有最为重要的著作。虽然其中有很多地方我并没有读懂,而且也许我真正读懂的也并没有我自以为的那么多,我读的过程中却一直保持着强烈的兴趣。唯一一直都让我感到厌烦的是黑格尔。这无疑是我的错,因为他对于十九世纪哲学思想的影响已经证明了他的重要性。我发现他冗长得可怕,对于在我看来他用于证明无论他想到的任何东西时所应用的那种把戏,我从来就适应不了。也许我是受到叔本华讲起他来总是语带讥讽的影响而对他有了偏见。不过对于柏拉图以降的其他哲学家,我一位接一位地沉溺于他们的哲学世界,满怀一个旅行者在一片未知国土上进行探险的乐趣。我不是以钻研批判的态度去读的,而是像读小说一样,是为了体验其中的兴奋和乐趣。(我已经坦白承认,我读小说不是为了得到教诲,而是为了取乐。我恳请读者宽容包涵。)身为一个研究人类性格的学生,我从不同的哲学家为我的调研所提供的自我揭示当中得到了巨大的乐趣。我看到了隐在哲学背后的那个人,为在某些人身上发现的高贵气质而高兴不已,又为从某些人身上觉察出的怪异之处而开心不已。在我头晕目眩地跟随柏罗丁①从一种孤独奔向另一种孤独的时候,我感到一种奇妙的欢欣;尽管我早就知道笛卡儿②从有效的前提中得出了荒谬的结论,我仍旧为他表述的清晰明澈而着迷。读他的作品就像在一泓清澈见底的湖水中游泳,那水晶般透明的湖水令人耳目一新。我把第一

---

① 柏罗丁(Plotinus,约205—约270),古罗马哲学家,新柏拉图学派主要代表,亚历山大里亚-罗马新柏拉图学派创始人,提出"流溢说",著有《九章集》。
② 笛卡儿(René Descartes,1596—1650),法国哲学家、自然科学家、解析几何学的奠基人,提出"我思故我在",其哲学基础是灵魂和肉体、"思维"实体和"广延"实体的二元论,主要著作有《几何学》《方法谈》《哲学原理》等。

次阅读斯宾诺莎视作我的生命当中一个具有标志性的经验。它在我的内心当中充满了你唯有在观赏连绵不绝、高耸入云的崇山峻岭时方能感受到的那种雄伟壮丽而又令人欢欣鼓舞的力量。

当我开始读英国哲学家的作品时,心底里可能还是带了一点偏见的,因为我在德国得到的一种印象是,可能除了休谟以外,他们基本上都是可以忽略不计的,而休谟唯一的重要性也仅仅在于康德曾经批驳过他,结果我发现,他们除了是哲学家以外,还都是极为罕见的优秀作家。而且尽管他们可能并不是非常伟大的思想家——这一点我没办法妄加评判——他们却肯定都是些很奇特的妙人。我想,很少有人在读霍布斯①的《利维坦》时不会被这个粗鲁直率的"约翰牛"的性情所吸引,肯定也没有人在读贝克莱的《对话录》时不会为这位讨人喜欢的主教的魅力所折服。而且,尽管康德可能当真把休谟的理论批驳得体无完肤,可在我看来,要想把哲学写得比他更优美、典雅和清晰是不可能的事。他们——在这方面洛克②也是当仁不让——所写的英文是研究英语文体的学生不容忽视的学习范本。在开始写一部新小说以前,我有时候会再读一遍《老实人》③,这样就能在我的脑海当中形成明晰、优雅和睿智的风格标杆;我认为,如果我们当代的英国哲学家在开始写一部著作之前,能够心甘情愿地把阅读休谟的《人类理智研究》作为一项训练去执行的话,那对他们是不会有什么害处的。因为他们现在并不总能写得清楚明了。也可能他的思想要远比他们的前辈复杂精妙,所以只能

---

① 霍布斯(Thomas Hobbes,1588—1679),英国政治哲学家、机械唯物主义者,认为哲学对象是物体,排除神学,拥护君主专制,提出社会契约说,主要著作有《利维坦》《论物体》等。
② 洛克(John Locke,1632—1704),英国唯物主义哲学家,反对"天赋观念"论,论证人类知识起源于感性世界的经验论学说,主张君主立宪政体,著有《政府论》《人类理解论》等。
③ 《老实人》(Candide),法国启蒙主义思想家、作家、哲学家伏尔泰的哲理小说代表作。

去使用一套他们自己发明的专门术语;但这是一种危险的做法,当他们探讨的是与所有具有思考能力的人迫切相关的问题时,你就只能对他们无法把自己的意思清楚地表达出来,让所有的读者都能理解而感到遗憾了。人家告诉我,怀特海教授①在现今从事哲学思想研究的人当中是头脑最有独创性的。如此说来的话,他并不总是肯尽力去把他的观念清楚地表达出来就是一种遗憾了。斯宾诺莎有一条很好的原则:那些用以表明事物本质的词语,其通常的意义不应该完全与他意欲赋予它们的意义相反。

---

① 怀特海(Alfred North Whitehead,1861—1947),英国数学家、哲学家,与罗素合著《数学原理》,一九二四年移居美国后任哈佛大学哲学教授,著有《科学与现代世界》《过程与实在》等。

## 六十四

哲学家没有理由不应该同时也是个文学家。但写得好可不是单凭本能就能做到的；这是门需要努力去学习的艺术。哲学家不单单只向别的哲学家和正在攻读学位的大学生发言；他也向文学家、政治家和有思考习惯的人发言，而正是这些人直接塑造了下一代人的思想观念。自然，他们肯定会为一种引人注目且不太难消化的哲学所吸引。我们都知道尼采的哲学是如何影响了世界上的某些地方，而且极少有人会坚持认为其影响并不是灾难性的。它的风行一时，并非源于其思想可能具有的深刻性，而是由于其文体的生动性和形式的有效性。一个不肯费力去把自己的意思表达清楚的哲学家，只能表明他的思想只具有学术上的价值。

不过，在发现有时候就连职业哲学家之间都不能相互理解以后，我不禁感到了一种安慰。布拉德利[①]就经常坦承，他在与人辩论时会不理解对方到底是什么意思，怀特海教授有一次也说，布拉德利说的某些话他不太明白。如果就连这些最杰出的哲学家相互间都并不总能理解对方的意思，那门外汉经常读不懂他们的著作也就大可以听天由命了。形而上学当然很难懂。你必须有这个心理准备。一个门外汉在不借助横杆保持平衡的情况下去走钢索，他要是能跌跌撞撞地把这一程勉强糊弄下来，那已经要谢天谢地了。这一壮举真够激动人心的，值得他去甘冒从上头跌下来的风险。

我到处都看到这么一种提法，说哲学是高等数学家们的领域，这让我大为惊惶不安。假如说知识真像进化论的学说所表明的那样，是人类在力求存活的斗争中为了实用的目的发展得来的，那么知识的总和——对于整个人类的福祉而言都是至关重要的这么一种东西，却只为一小撮天生具备某种稀有能力的人所专有，这在我看来实在是难以令人相信。但若非幸运地无意中看到就连布拉德利都承认他对这门深奥的科学知之甚少，我可能已经知难而退，不再去进行这个方向上的令人愉快的研究了，因为我实在是没有数学的头脑。而布拉德利可绝非什么低劣的哲学家。我们知道每个人的味觉都是各不相同的；但如果没有了味觉，人类就会灭亡了。在我看来，如果说除非你是位数学物理学家，否则你就不可能对宇宙以及人类在其中的位置、对"恶"的神秘和现实的意义持有一种合理的理论，这就如同说除非你具有经过严格训练的识别力，能够毫无差错地辨别出二十种红葡萄酒的出产年份，否则你就无法享受品尝一瓶葡萄酒的乐趣一样地荒谬绝伦。

因为哲学可不是个只跟哲学家和数学家有关系的学科。它和我们所有的人都有关系。诚然，我们大多数人所接受的关于事物的观点都是经哲学二手处理过的，而且压根儿都不知道这当中还包含任何哲学的成分。但即使在那些最没有思想的人身上也隐含着哲学。那位最早说出"为洒出来的牛奶哭鼻子没什么用"的老太太在某种程度上就是个哲学家。因为她这句话不就是"懊悔没用"的意思吗？其中隐含着一套完整的哲学体系。宿命论者认为，你在人生中迈出的每一步都无不是那一刻的你所驱动的；你不仅仅是你的肌肉、你的神经、你的内脏和你的大脑；你还是你的习惯、你的意见和你的观念。就算是你对它们浑然不觉，即便是它们相互矛盾、不可

---

① 布拉德利（Francis Herbert Bradley，1846—1924），英国唯物主义哲学家，认为物质、运动、时间、空间等知识"现象"而非"实在"，只有"绝对经验"才是"实在"，主要著作有《逻辑原理》《现象与实在》等。

理喻、充满偏见，它们仍旧实际存在着，影响着你的行为和反应。就算是你从未把它们用言语表达出来，它们仍旧是你的哲学。大多数人并不会去系统地阐释它也许是件好事。他们具有的都很难说是思想，至少不是有意识的思想，那是种模糊的感觉，一种类似生理学家不久前发现的"肌觉"的体验，这种感觉汲取自他们生活于其间的那个社会的当前的观念，而且经过了他们自身经验的微调。他们过着自己井然有序的生活，满足于这种混乱的观念和情感的混杂体。由于这其中包含了世世代代累积下来的某些智慧，对日常生活中的寻常目的而言也足敷使用了。但我一直都在试图为自己创立一种生活模式，从早年起就力图找出我必须要对付的基本问题。我想要尽量去获取有关宇宙的普遍结构的知识；我想要确定我需要考虑的是只有此生抑或还有来生；我想要明确我是不是个自由的个体，确定我那种我能按照自己的意愿塑造我自己的感觉是否只是种幻觉；我想要知道我的人生是否具有任何意义，还是必须要由我来努力赋予它意义。所以，我就断断续续地开始阅读哲学。

## 六十五

最先吸引我注意的主题是宗教。因为对我而言最重要的是要认定我生活的这个世界是否我唯一需要考虑的世界，还是只能把它当作一个为来世做准备的考场。我在写《人生的枷锁》时，专用一章的篇幅写我的主人公是如何丧失他自小的信仰的。一位非常睿智的女人出于好心对我的创作有些兴趣，她看了我的打字稿，跟我说这一章写得不够充分。我重写了这一章，可我觉得并没有多大改进。因为我描写的是自己的经历，而我由此得出那个结论的理由无疑是并不充分的。那是一个无知男孩儿的理由。更多的是源于感情而非理智。我父母双亡以后，是做牧师的叔父收养了我。他是个没有子嗣的五十岁的人，我想要负起抚养一个丢给他的小男孩的责任肯定让他厌烦透顶。他一早一晚都要念诵祷文，礼拜天要去两次教堂。礼拜天是个繁忙的日子。我叔父总说他是他的教区里唯一每周工作七天的人。而事实上他闲得令人难以置信，他把教区的工作全都丢给他的副牧师和堂区俗人委员去做。不过我是个很敏感的孩子，很快就变得非常虔诚了。不管是在叔父的牧师公馆还是后来在学校，人家教给我什么，我都怀着无条件的信任全盘接受。

有一件事很快对我产生了很大的影响。开始上学没多久我就发现，口吃对我来说是个多大的不幸，我得忍受无尽的嘲笑和羞辱；我在《圣经》里读到说信心能够移山。我叔父向我保证那是不折不扣的事实。有天夜里，因为第二天我就要返校，我以全部的虔诚向上帝祈祷，求他除去我的口吃；我满怀信心地上床睡觉，确信第二天一早醒来的时候我就能像其他人一样自如地讲话了。我在想象中勾画出同学们（我那时还在预备学校）发现我不再结巴时的惊异表情。我满心欢喜地醒过来，发现自己口吃得跟以前一样厉害时，那对我真是一个可怕的打击。

我年龄渐长，进了国王公学。教师们都是牧师，他们既愚蠢又性情暴躁。他们对我的口吃很不耐烦，如果不是完全忽视我——我宁肯如此——就是欺负我。他们似乎觉得口吃是我的错。不久我又发现，我的叔父是个很自私的人，只关心自己的舒适，除此以外的其他事情一概不管。邻近的牧师有时也会到他的公馆里来。其中一位因为让自己养的奶牛挨饿而被郡法院课以罚金；另一位因为被判醉酒而丢掉了自己的圣职。人们教导我说，我们生活在上帝面前，生而为人的主要任务是拯救自己的灵魂。可我禁不住注意到我认识的这些牧师里面，没有一个真正践行了他们鼓吹的那一套。我的信仰尽管还很热诚，我也已经深深厌烦了强迫我去教堂这一类的事情，不管是在家还是在学校，借着前往德国的机会，我终于迎来了能使我从中解脱出来的那种自由。不过出于好奇，我有两三次前往海德堡的耶稣会教堂去望大弥撒。虽说我叔父对天主教徒有种天生的同情（他是个高教会派的牧师，在选举期间会在花园的篱笆上漆上"此路通罗马"的字样），他毫不怀疑他们还是会在地狱里承受油煎火烤之苦。他毫不怀疑地坚信有永恒惩罚的存在。他痛恨教区里的那些不顺从国教者，而且的确认为国家居然容忍他们实在是咄咄怪事。让他感到安慰的是，这些人也将遭受永堕地狱的惩罚。天堂是为英国国教的信徒们预备的。我把自己在他们那个宗教团体里被抚养长大当作上帝伟大的神恩来看待。那就和生为英国人一样是神恩的奇迹。

但等我到了德国以后，我发现德国人就跟英国人以生为英国人为傲一样,也以生为德国人为傲。我听他们说英国人不懂音乐,莎士比亚只有在德国才被人欣赏。他们把英国说成是个小店主的国家,而且他们认为,身为艺术家、科学家和哲学家,他们无疑是远比其他的民族更为优越的。这让我大为震惊。而在海德堡望大弥撒的时候,我忍不住注意到,教堂里一直拥塞到门口的那些学生,看起来也都非常虔诚。看起来他们的确是像我信仰我的宗教一样真诚地信仰他们自己的宗教。这也真够奇怪的,因为我当然知道他们的信仰是假的,我的信仰才是真的。我想我应该是天生就没有强烈的宗教感情,否则的话,在我那丝毫都不肯通融的年轻时代,肯定会因为我接触到的那么多神职人员的言行不一而大为震惊,而已经开始要发生动摇、产生怀疑了;要不然也就很难想象,我当时突然形成的一个如此简单的小念头对我居然会产生这么重要的后果了。我突然想到的是:我也很有可能降生在德国南部,那么很自然地,我就会作为一个天主教徒而被抚养成人了。完全不是由于我的过错,却要遭受地狱里永恒折磨的惩罚,在我看来这实在太难以令人接受了。我率真的天性对这种不公产生了反叛。下一步就水到渠成了,我由此而得出了这样的结论:一个人信仰什么是无关紧要的,上帝是不会只因为某人是个西班牙人或霍屯督人①就责罚他们的。我如果不是那么无知的话,原本可能就此打住,接受某种类似流行于十八世纪的自然神论了,但自小灌输给我的那些信仰在我体内已经打成一片,当其中的一种开始变得肆无忌惮的时候,其他的那些也会起而步其后尘。这整个可怕的信仰结构,原本就不是建基于对上帝的爱,而是对地狱的恐惧之上的,就像一幢硬纸板做的房子一样轰然倒塌了。

---

① 霍屯督人(Hottentot),非洲南部的一个部落种族。

无论如何，我在理智上都已不再信仰上帝了；我感到了一种因全新的自由而产生的狂喜。但我们并不是只以自己的头脑来信仰的，在我灵魂深处某个隐秘的角落，仍旧有对于地狱之火的古老恐惧逗留不去，我获得自由的欢喜在长久以来一直都笼罩在那古老焦虑的阴影之下。我已经不再相信上帝；可是在我的骨子里，我却依然相信魔鬼。

## 六十六

我在成为一个医科学生时,想要驱除的就是这种恐惧,而我由此进入了一个新世界。我博览群书。它们告诉我,人不过是受制于机械法则的机器;机器停转的时候,他也就完结了。我眼看着人在医院里死去,我那受到惊吓的情感更证实了那些书本教给我的东西。我满足于相信,宗教和上帝的观念都是人类为了生存的便利而逐渐发展起来的一种构造,代表的是一度曾经——尽管我准备说时至今日仍旧——对人类这个物种的生存有价值的某种东西,但这种东西必须在历史的语境下进行解释,而且跟任何真实的东西都不具有相关性。我称自己为不可知论者,但在我的血液和骨子里,我把上帝看作一个有理性的人必定会加以拒斥的假设。

但如果没有了会把我交付给永恒的火焰的上帝,那也就没有能被托付的灵魂了;如果我只是机械力的玩物,而生存的争竞就是其驱动力的话,我也就看不出诸如我一直都被教诲的行善积德还有任何意义了。我开始读伦理学。我费力苦读了卷帙浩繁的鸿篇巨著。我得到的结论是:人的终极目标除了求得自身的快乐以外再无其他,而当他为了别人而牺牲自己的时候,那让他相信他所追求的并非只是个人的满足的,无非是种幻象。而既然未来是无法确定的,那么抓住当下所能提供的每一分快乐也就不过是题中应有的常识了。我认定了是与非只是种表述方式而已,行为的准则也不过是人们为了服务于自私自利的目的而设定的习俗轨范。除非可以满足个人的便利,否则自由的人没有任何理由去遵从它。我当时有种喜用警句的倾向,而警句又正是流行的风尚,我就把这种信念以这样的措辞表示出来,对自己说:尽管遵从你的意愿,只需留神街角的警察①。到我二十四岁的时候,我已经建构起了一套体系完整的哲学。它建基于两条原则:事物的相对性以及人类的圆周性。当时我就发现第一条原则并非多么原创的发现。另一条可能相当深刻,不过尽管我绞尽了脑汁,我却无论如何也想不起它到底是什么意思了。

有一次,我读到一个特别喜欢的小故事。是在阿纳托尔·法朗士《文学生活》的某一卷中读到的。那是很多年前的事了,但我还记得这个故事是这样说的:一位年轻的东方国王在登上王位后一心想最为公正地统治他的王国,就把国内的智者召集起来,命令他们将世界的智慧裒辑成书,这样他就能阅读并学习如何最好地为人处世。智者们遵旨离去,三十年后带领一个驼队,驮着五千册大部头书籍回来了。这五千册书里,他们禀报国王,汇集了智者们认真参详历史和人类命运而学到的一切智慧和知识。可是国王因为政务纷繁,实在没时间阅读这么多的书,于是他就命他们去把这些知识再大大地压缩一下。十五年以后,他们带着驼队驮着五百本书回来复旨。在这些书里,他们禀报国王,陛下能够找到世界上所有的智慧。但书仍嫌太多,国王又把他们遣走了。十年过去了,他们回来复旨,这次只带回来了不超过五十本书。可此时的国王已经老迈而又疲惫。就连读这几十本书的时间都没有了,于是他命这些智者再度大幅压缩这些书的篇幅,在一册书里就为他呈现人类知识的一个大要,这样他就最终能够学到对他而言无比重要的内容了。他们再次出发,埋头工作,五年后回来复旨。这最后一次面圣的时候他

---

① 这一表述被当作主人公的信念首次出现于《人性的枷锁》中。

们也都垂垂老矣，他们将一生辛劳的成果呈献给国王御览，可国王已经不久于人世，就连他们献上的这唯一一本书都没有时间去看了。

我想找的就是这么一本书，一本能够一次性回答所有困扰我的问题的书，这样所有的问题就能一劳永逸地得到解决，我就能毫无障碍地追求我的生活模式了。我读了又读。我从古典的哲学家转向现代的哲学家，心想在他们当中，我也许能找到自己想要的东西。但我没有找到多少我能够认同的内容。我发现他们作品当中批判性的部分是能够让我信服的，但读到建设性的部分时，尽管我经常并不能看出有什么纰漏，但感觉就是没办法让我心悦诚服。我感觉这些哲学家自有其学识、逻辑和派别，可是他们之所以秉持这样或那样的信念却并非由于理性的引导，而是他们的性情将这样的信念强加给他们的。要不然的话我就没办法理解，自有哲学以来他们彼此之间竟会有这么泾渭分明的差别了。我看到过费希特①的一种说法，具体是哪本书我不记得了，他说一个人接受什么样的哲学取决于他是什么样的人，当时我就想，我想找的可能是根本不可能找到的东西。在我看来，如果在哲学中并没有每个人都能接受的普遍真理，而只存在与个人的性格相合的相对真理的话，那我唯一能做的就是缩小我搜寻的范围，找寻因为跟我是同一类人所以其哲学体系也就适合于我的那种哲学家。他对于令我困惑的那些问题所提供的答案定能让我满意，因为那将是唯一适合我的性情的可能的答案。

有段时间，我很为实用主义哲学家所吸引。我从英国那些著名

---

① 费希特（Johann Gottlieb Fichte，1762—1814），德国唯心主义哲学家，认为真正的知识只能是"自我"的创造活动，强调"自我"的能动性，主要著作有《知识学基础》《人的使命》等。

大学的教师们所写的形而上学著作中所得到的教益并没有我预期的那么多。在我看来，他们都太像温文尔雅的绅士，所以成不了特别优秀的哲学家，而且我忍不住要怀疑，有时候他们不能将某个论题穷追到其符合逻辑的结论，是因为怕伤害了跟他们有社会关系的同事的感情。实用主义者富有活力。他们生气勃勃。那些最为重要的实用主义哲学家写得都很好，对那些我无法彻底搞清楚的问题，他们都能赋予它们一种简单易解的面貌。但尽管我非常乐意，我还是不能就跟他们那样真心相信，真理是为了迎合我们的实际需要而被塑造成型的。感觉资料——我认为它是所有知识赖以形成的基础——在我看来是某种天赋的东西，不管它符不符合你的愿望你都得接受，别无选择。"如果上帝存在这种观念能够使你得到安慰，那祂就是存在的"这种论点，也让我感觉很不舒服。于是，实用主义哲学家也就不再让我那么大感兴趣了。我发现柏格森很好读，但特别无法令人信服；在贝内代托·克罗齐①身上我也没有发现任何我想寻找的东西。另一方面，在伯特兰·罗素②身上，我发现了一个我大为喜欢的作家；他很容易理解，而且他写得一手好英文。我满心叹服地拜读了他的作品。

我很愿意就把他当作我一直在寻找的那个向导。他拥有世俗的智慧和常识。他对人性的弱点有宽容之心。但我及时地发现他是个很不清楚路径的向导。他的思维无比活跃、变动不居。他就像这样一个建筑师，在你想要造一幢房子住的时候，他先是劝你用砖头来造，然后又向你一一列举用石头来造的种种好处；而在你已经

---

① 贝内代托·克罗齐(Benedetto Croce, 1866—1952)，意大利哲学家、史学家和文艺批评家、新黑格尔主义者，创立"精神哲学"体系，强调精神是唯一的实在，主要著作有《精神哲学》等。
② 伯特兰·罗素(Bertrand Russell, 1872—1970)，英国哲学家、数学家、逻辑学家、分析哲学的主要创始人，世界和平运动的倡导者，获一九五〇年度诺贝尔文学奖，主要著作有《数学原理》（与怀特海合著）《哲学问题》《数理哲学导论》等。

同意改用石头来造以后，他又以同样的方式证明，唯一可用的材料其实是钢筋混凝土。而与此同时，你一直都上无片瓦遮身。我想寻找的是像布拉德利那样前后一致、独立自洽的哲学体系，其中每个部分都跟另一个部分紧密地扣合在一起，这样一来，任何一个部分都不能被擅自改动，否则整个组织都将分崩离析。这样的东西伯特兰·罗素给不了我。

最终我得出这样一个结论：我永远都不可能找到那本我苦苦寻觅的唯一的、完备的且令人满意的书，因为那样的一本书只能是一种属于我自己的表述。于是更多地出于勇气而非谨慎，我下定决心一定要为自己写出这样的一本书。我找出大学生为了取得哲学学位一定要研读的书目，不辞劳苦地一本本精读起来。我想这样一来我至少就有了一个撰写自己的著作的基础。在我看来，有了我这四十年的人生已经获得的知识（因为产生这个念头的时候我正好四十岁），外加我准备花上数年时间勤勉地研究哲学文献得到的收获，我应该能够写出我心目中的这么一本书来。我意识到除了对我本人以外，它所具有的价值也就无非是它能勾画出一个勤于思考之人其灵魂（因为缺乏一个更确切的字眼）的清晰肖像，此人所过的生活比通常被归入职业哲学家的那些人更加完整充实，获得的经验也更加丰富多样。我非常清楚我并没有进行形上思辨的天分。我是想从这里那里采撷那些现成的理论，它们不仅能够满足我的思想的需要，而且还能满足我不得不认为比思想更加重要的我的本能、感情和根深蒂固的偏见所形成的综合整体的需要（那些偏见是整体的一个如此紧密的组成部分，几乎无法将其与本能区分开来）；然后从中打造出一个真正能对我切实有效的体系，让我能够借此去追求属于我的人生道路。

可是我读得越多，这个主题在我看来就显得越复杂，我也就越发意识到我是多么无知。那些专业的哲学杂志尤其让我感到气馁，因为我发现其中花巨大的篇幅无比详尽地加以讨论的一些专题显然是非常重要的，但在我这个不明就里的人看来却显得微不足道；而且这些讨论所进行的方式、那些逻辑推演、辩论每一个观点以及可能遇到的反驳时的谨慎小心、每位作者在初次使用某个术语时对其所下的界定、他所引用的权威论断，所有这些都向我证明了至少现在，哲学无论如何都是只限于专家们相互之间处理的内部事务。门外汉们休想能理解其中的精妙之处。我应该需要二十年的时间来为我计划中的那本书做好准备，而等我真把这本书写完的时候，我可能也就像是阿纳托尔·法朗士故事里的那位国王一样，已经不久于人世，我所花费的那些劳力至少对我来说也已经不再有什么用处了。

  我放弃了这个念头，而我能够展示一下我曾付出了多少努力的，无非就是当初记的那几本散漫杂乱的笔记了。我并不认为这些笔记，甚至我记这些笔记时所用的那些文字，还有任何独创的价值。我就像个尽其所能把自己装备起来的流浪汉：仁慈的农妇施舍的一条裤子、从稻草人身上扒下来的外衣、从垃圾箱里捡到的不成双的靴子，以及在路上拾到的帽子。它们全都不过是些破烂，可穿在他身上却很合身也很舒服，虽然看起来很不像样，他却发现它们跟他相当般配。当他经过一个身穿漂亮的蓝色套装、头戴新帽、皮鞋锃亮的绅士时，他觉得人家确实是仪表堂堂，可他不太能确定如果他穿上这么一身雅致体面的行头以后，是不是还会像他穿自己那身破衣烂衫一样地无拘无束。

## 六十七

我在读康德的时候,发现我不得不放弃年轻时热衷的唯物主义以及与之相生相伴的生理决定论。当时我还不知道把康德体系驳斥得千疮百孔的那些反对意见,我在他的哲学当中得到了一种情感上的满足。它激励我去思考那不可知的"自在之物"①,我满足于那个人类根据表象建构的世界。它给了我一种非常特别的解放感。可对他的那句名言:你应该如此这般行事,这样你的行动就可能成为宇宙的准则,我则有些退避三舍。我过于服膺人性的多样化,无法相信这种说法的合理性。我认为对某个人来说是正确的,对另一个人而言可能就是错的。就我而言,我最希望的就是别人不要来打搅我,但我发现这并不是很多人希望的状态,如果我听任他们一个人独处、不去打搅他们的话,他们反会觉得我没有礼貌、冷漠而又自私。可一个人如果研究唯心主义哲学家久了,是不会接触不到唯我论的。唯心主义就一直在唯我论的边缘摇摆。哲学家们就像受惊的小鹿般在它面前畏缩不前,可是他们的论证过程又不断地把他们引回原路,而且依我看,他们之所以逃避唯我论,仅仅是因为他们不愿意将他们的论证推进到底。唯我论是一种几乎注定会对小说家构成诱惑的理论。它的主张就是他们的惯常做法。它具有一种使它显得无比诱人的圆满和优雅。既然我不能假设这本书的每位读者对各种哲学体系都很熟悉,我想简要地介绍一下唯我论到底是怎么回事,希望博闻强识的读者予以谅解。唯我论者只相信自己和他的经验。他将这个世界创造为他行动的剧院,他创造的这个世界是由他自己、他的思想和感情所构成；此外再无别的存在。每一种可知物，每一样经验的事实，皆是他头脑中的一个观念，没有了他的头脑，这些就都不存在了。他没有可能也没有必要在假定他自身之外还有任何东西存在。对他来说，梦和现实是一体的。生命是一场梦，他在梦中创造出在他面前出现的那些事物，一个连贯而协调的梦，当他停止做梦的时候，这个世界，连同其所有的美好、苦痛、悲哀以及无可想象的多样性，也就终止了其存在。这是个完美的理论，只有一个缺点：不可信。

在我雄心勃勃地想写一本有关这些问题的著作时，心想我必须从头开始，于是我就研究了认识论。我发现我检视过的理论当中没有一种是非常令人信服的。在我看来，唯有那些没有能力判断它们的价值的普通人（他们是哲学家们蔑视的对象，除非在他们的观点与哲学家们相一致的时候，只有在这种情况下，哲学家们才会认为他们还是颇有价值的）可能才有资格从中选择一种最能满足其先入观念的理论。如果一个人不愿意哪怕临时性地将自己的判断弃置不顾，那么在我看来以下这种理论当中倒是不乏大量的合理性的，即除了他们称为既定事实的那些特定的基本数据，以及他们类推得出的尚存在于其他人的思维这个事实以外，人们对其他的一切均毫无把握。其他所有的知识均是虚构，均是他们思维的建构，是为了其生活的方便而设计出来的。在进化的过程中，出于不得不使自己适应不断变化的环境的需要，他们已经用因适合其需要而从各处撷取的片段拼凑成了一幅图景。这就是他们所知道的现象世界。真实只不过是他们作为其起因而提出来的假设。也很有可能他们撷取的是另外一些片段，由此拼凑成的也就是另外一幅图景了。而由

---

① 自在之物（thing in itself），又译"物自身""物自体"或"物如""真如"等，作为康德哲学的一个基本概念，指与本体意义相接近的极限概念，强调的是自在之物的不可知性质，认为人的认识到此为止，不能超过这个极限，极限之内是现象界，人可以认识，超越这个界限即自在之物，人不能认识。

此形成的这个不同的世界其实也会跟我们自以为知道的那个世界同样协调、同样真实。

要说服一个作家让他相信身体与思维之间并无密切的交互作用并非易事。福楼拜在写到爱玛·包法利服砒霜自杀时自己也身受砷中毒的症状之苦,这种经验不过是每个小说家都有切身经历的一个极端的例子。大部分作家在投身创作时,都有过发冷和发热、疼痛不适以及不时恶心呕吐的经验;反过来,他们也意识到他们很多最愉快的创作经历都应归功于各种病态的身体状况。在认识到他们很多最深刻的情感以及很多似乎直接来自天堂的思考也许应该归因于缺乏锻炼或是肝功能不良以后,他们免不了就会以某种嘲讽的态度来看待自己的精神经验了吧?不过这也是个好消息,因为这么一来他们就能够有意识地对其进行管理和操控了。就我而言,在哲学家们为普通人考虑而提出的各种物质与精神之关系的理论当中,迄今我仍旧感到最满意的是斯宾诺莎的观念:思维实体与广延实体①乃是一种而且相同的实体。不过当然今天称其为能量更为方便。除非我理解有误,伯特兰·罗素在说到作为精神和物质世界原材料的中性物质时,其实是用其现代的方式表达了一种并无太大不同的观点。为了让自己对此形成一幅直观的图景,我是这样看的:精神就像是在物质的丛林中冲出一条河道的河流;但与此同时河流就是丛林,丛林就是河流,因为河流和丛林本是一体。假以时日,生物学家在实验室里成功地创造出生命看来并非是不可能的,到了那时对于这些问题我们可能会有更多的了解。

---

① 广延实体(extensive substance/substance extended),斯宾诺莎的哲学用语,在《伦理学》中他认为实体就是自然,就是神。实体不但具有思想的属性,而且具有广延的属性。广延是实体的一个属性。属性是构成实体的本质的东西,因此,同一实体如果从广延的属性去了解,它就是广延实体,如果从思想的属性去了解,它又是思想实体。

## 六十八

但普通人对于哲学的兴趣是很实用性的。他想知道生命的价值是什么、他该如何生活,以及能为宇宙赋予何种意义。如果哲学家们置身事外,对于这些问题连最初步的意见都拒绝给出的话,他们就是在逃避责任。而现在,摆在普通人面前最紧迫的就是"恶"的问题。

我注意到哲学家们在谈到"恶"时,非常喜欢用牙疼来作例子,这实在有些奇哉怪也。他们公正无欺地指出,你是没办法感受到我的牙疼的。在他们那备受呵护、轻松安逸的生活当中,似乎这就是使他们大为苦恼的唯一痛苦了,人们几乎可以得出结论:随着美国牙医科学的逐年进步,这整个的问题都可以非常便当地束之高阁了。有时候我忍不住会想,如果规定哲学家们在被授予学位、开始向年轻人传授他们的智慧之前,必须在某个大城市的贫民区里从事一年的社会服务,或者靠体力劳动谋生的话,那一定是件大好事。如果他们曾亲眼看到一个孩子死于脑膜炎,他们就能以别样的眼光去看待跟他们切身相关的某些问题了。

假如这个问题没有这么迫切的现实性,我们在阅读《现象与实在》[①]中论"恶"的那个章节时就很难不感到一种嘲讽的乐趣了。它绅士派头得实在有些骇人听闻。它让你得到这样一种印象:为"恶"附加任何的重要性都着实是种失礼的行为,虽然必须承认它的存在,但为它大惊小怪就不合情理了。不管怎么说,它被人为地大大夸大了,而其中明显是有很多好的成分的。布拉德利认为,总体来说没什么大不了的。"绝对"相对于每一种不和谐以及它所包含的所有多样性而言，都是一种更为丰富的存在。正如在一部机器中，他告诉我们，各个零部件所承受的阻力和压力成就的是一个超越了所有零部件之上的总的目的，在一个高得多的层面上来看，"绝对"亦是如此；而如果这是可能的话，它无疑也就是真实的。"恶"和错误成就的是一个更广大的计划，而且在这个计划当中得以实现自己的价值。它们在一个更高层次的"善"中起到了一份作用，在这个意义上，它在不知不觉当中就是"善"。简言之，"恶"是对于我们感觉的一种欺骗，仅此而已，再无其他。

我曾试图查找一下其他学派的哲学家在这个问题上是怎么说的。结果发现并不多。可能是对于这个问题没什么好说的，哲学家们自然是会更为重视那些能够进行详尽讨论的题目。在他们所说的这为数甚少的内容当中，我找不到多少能让我感到满意的东西。可能是我们经受的那些"恶"教育了我们，使我们变得更好了；可是观察的结果并不能让我们认为这是个普遍规律。可能勇气和同情都是不可多得的美德，如果没有了危险和苦痛，它们也就不会存在了。一个士兵因为冒着生命危险救了一个盲人而被授予维多利亚十字勋章，可我很难看得出来，这枚勋章怎么就能对他的失明起到什么安慰作用。布施钱财表现了一种慈悲之心，做慈善是种美德；一个瘸子因为贫困而作了恶，可那种善能抵偿这种恶吗？"恶"就在那里，无处不在：痛苦和疾病、我们所爱之人的死亡、犯罪、罪孽、失意的希望，这个名单是没有头的。而哲学家们又提供了什么样的解释呢？有的说"恶"在逻辑上是有其必要性的，如此我们方能知道什么是"善"；有的说，就世界的本质而言是存在"善""恶"之间的

---

① 英国哲学家布拉德利的代表作，参见第六十四章译注。

对立的,而且相互间存在一种形而上的必要性。那么神学家又提供了什么样的解释呢?有的说上帝在人世间设置"恶",是为了对我们进行试炼;有的说祂把"恶"降临到人类身上是为了惩罚他们的罪孽。可我曾亲眼看到一个孩子死于脑膜炎。我只找到一种能够同时满足我的情感和想象的解释。那就是灵魂转世说。如大家所知,这种理论认为人的生命并非始于诞生或终于死亡,而是无尽的生命系列当中的一环,其中每一段生命都取决于前世的所作所为。善行能把一个人超拔至天堂之巅,而恶行又会把人贬谪到地狱之渊。所有的生命都会有个终点,就连神祇的生命亦复如此,唯有从对于生之轮回的超脱以及被称为"涅槃"的恒久不变的静谧状态中,才能觅得幸福喜乐。如果一个人能够相信他这一生遭逢的"恶"只不过是他前世所犯过错的必然结果,那么承受起来也就不会那么困难了;而在有了来世会有更大的幸福报答他的希望以后,向善的努力在实行起来也就不会那么困难了。但如果一个人对于自身苦痛的感受要比对别人的更为强烈(正如哲学家们所言,我无法体会到你的牙疼),那么别人的苦痛就会引起他的愤慨。要实现对自身苦痛的达观忍从是有可能的,可是唯有沉迷于"绝对"之完美的哲学家们,方能以同样达观的心态去看待其他人的那些经常显得如此不公的苦痛。如果因果报应果然不爽的话,你在看待这些苦痛的时候会满怀同情,同时也满怀勇气。强烈的反感将会显得不合时宜,而且人生当中将再也不会存在痛苦的无意义了——而痛苦的无意义正是悲观主义者无法得到解答的永恒追问。我唯一感到遗憾的是,我发现这种学说就跟我上文提到的唯我论一样无法令人信服①。

---

① 在六年后七十岁上出版的长篇小说《刀锋》(*The Razor's Edge*)中,毛姆通过主人公拉里探索人生意义的精神历程,对灵魂转世这种学说进行了更为详尽深入的探讨,可以参看。

## 六十九

不过我"恶"的话题我还没说完。这个问题在当你考虑上帝是否存在,以及如果祂存在该如何为祂定性时会显得非常迫切。就我而言,这个时刻,就像别人一样,是在我阅读物理学家们那些引人入胜的作品时产生的。我不禁满怀敬畏地沉思着两个星球间那遥远的距离以及光在传到我们这个星球前所花费的漫长时间。我为星云那难以想象的广袤所震惊。如果对我阅读的内容理解无误的话,我必须这样来假设:一开始,宇宙间相互吸引和排斥的那两种力之间是平衡的,所以宇宙得以在一种完美的均衡状态中持续了数不清的漫长岁月。然后在某个时刻,这种状态受到了干扰,破坏了这种平衡,由此而造成了天文学家向我们描述的这个宇宙以及我们所知道的这个小小的地球。可是最初的创造行为是由什么引起的呢,又是什么打破了这种稳定的均衡呢?这样我就会不可避免地被吸引到"造物者"这个概念上来:除了一种全能的存在,又有什么能够创造出这个广袤无垠的宇宙呢?可是世界上存在的"恶"又迫使我得出这种存在不可能全能尽善的结论。一个全能的上帝也许应该因为这个世界上的"恶"而受到公正的谴责,而以敬慕之情和崇拜之心去对待祂也就会显得荒唐可笑了。可理智和情感又都会反感上帝并非尽善的这样一种观念。于是我们就会被迫接受上帝并非全能这样一种假设,可是这样一个上帝就既不能解释祂自己的存在,又不能解释由祂所创造的这个宇宙之存在了。

在阅读世界上的几种伟大宗教赖以建立的那些文献时,你会注意到后来的时代已经为它们附加了那么多额外的意义,这一点是非同寻常的。它们的教诲、它们的榜样,已经创造出了一个比其自身更为伟大的理想范型。我们多数人在被别人加以文辞华丽的恭维时都会感觉有些尴尬。奇怪的是,虔诚的信徒们会认为在他们卑躬屈膝地赞颂上帝时,上帝居然会感到高兴。我年轻的时候曾有位年长的朋友,经常请我到他乡下的住处小住几天。他是个有信仰的人,每天早上都要把全家集合起来听他念诵祷文。不过他用铅笔把《公祷书》中所有赞颂上帝的段落全都划掉了。他说,再没有比当面赞美一个人更粗俗的举动了,而且身为一位绅士,他无法相信上帝会这么没有绅士风度,居然喜欢这一套。当时在我看来这似乎是一种颇不寻常的怪癖。现在我觉得我这位朋友显示出了极好的判断力。

人是热情的,人是软弱的,人是愚蠢的,人是可怜的;要让他们来承担类似上帝的愤怒这样巨大的负担似乎是非常不合适的。要宽恕别人的罪孽并不是很困难。在你设身处地站在他们的角度的时候,通常都很容易能明白是什么导致他们做出了那些不该做的事情,而且也能为他们找到借口。一个人在受到伤害并导致其采取报复行动的时候,感到生气是一种自然的本能,在跟自己切身相关的事情当中是很难采取一种超然态度的;不过只要稍想一想,就能使我们站在旁观的立场上来看待这个问题,通过训练,再要原谅施加给自己的伤害就不再那么困难了。而要原谅那些被你伤害过的人反而要困难得多;那确实需要非同寻常的意志力。

每位艺术家都希望能为人所相信,可他也不会对不愿接受他提供的沟通的那些人生气上火。上帝却没有这么通情达理。祂是如此迫切地渴求被人信仰,你都会觉得他是需要你的信仰来确定自己的存在。他许诺给那些信仰祂的人以各种回报,用可怕的惩罚威胁那些不信仰祂的人。就我来讲，我无法信仰一个因为我不信祂就对我发怒的上帝。我无法信仰一个还爱我那么宽容的上帝。我无法信仰一个既没有幽默感也不具备常识的上帝。普鲁塔克①很久以前就把这件事讲得很简明扼要了。"我是宁肯，"他写道，"人们在讲起我的时候说不论是过去还是现在都从没有一个叫作普鲁塔克的人，也不愿意人家说普鲁塔克是个前后不一、变化无常、容易动怒，为了一点点刺激就想报复、为了一点点小事就要动怒的人。"

不过，人们尽管将种种不完美之处归在了上帝身上，而这些问题就算放在自己身上都会为之而深感遗憾，却也并不能证明上帝就不存在。它只证明人们所接受的种种宗教只不过是拐入了一个无法通过的丛林的一条条死路罢了，没有一条能够通往那个伟大奥秘的中心。人们举出过不少论据以证明上帝的存在，我请求读者在我对它们进行一番简略的考察时略微有点耐心。其中一种论据认为人类拥有一种"完美存在者"的观念，而既然"完美"包含"存在"，那么也就必然存在一种完美的存在者。另一种论据认为凡事都有个起因，既然存在这么一个宇宙，它也必然有一个起因，而起因就是造物主。第三种论据是从"设计"的角度出发的，康德说上帝的观念是最清楚、最古老而且是最适合人类理性的，用休谟那些伟大对话中的一个人物的话说就是："自然的秩序和安排，终极原因的谨严的调节，每个部分和器官的显明用途和意图；所有这些都以最清楚的语言表明了存在一种智慧上的起因或者造物主。"不过康德又总结性地表示，相对于其他两种论据而言，这个论据并不具备更大的优势。在这三者的基础上，他又提出了另外一种。简而言之的大意就是，如果没有上帝，就无法保证责任感——而责任感是以自由而且

---

① 普鲁塔克（Plutarch，约46—约120），古希腊传记作家、散文家，代表作《希腊罗马名人传》《道德论丛》等。

真实的自我作为先决条件的——不是一种幻觉,因此,出于道德的必要性,人是应该信仰上帝的。通常认为这个观点的提出更多地应归因于康德友善的性情,而非其精妙的智慧。这个论据在我看来比其他各种说法都更有说服力,不过现在却已经完全失宠了。这就是所谓 e consensu gentium① 的证明。这种理论主张所有的人自最遥远的人类起源时起,即有某种对于上帝的信仰,这种信仰伴随着人类一同成长,为最智慧的人,为东方的圣贤、古希腊的哲学家、伟大的经院哲学家们所广泛接受,你很难想象这样的一种信仰会不具备一种事实的基础。对很多人而言这似乎是一种出于本能的行为,而且唯有具备了得到满足的可能性以后,一种本能才有可能(你只能说"有可能",因为远非能够确定)存在。经验表明,一种信仰的盛行,不管它能持续多久,都不能保证它的真实。所以看来这些关于上帝之存在的论据中,没有一个是有切实根据的。不过当然了,你不能因为无法证明它的存在就否认其存在。敬畏仍然存在,人们的无助感以及他渴望在自我和整个的宇宙间达成和谐的愿望仍然存在。而宗教的源头就是这些,而不是对自然或是祖先、魔法或是道德的崇拜。我们没理由相信我们希望存在的那些东西确实存在,但如果说你没权利去相信你无法证明其存在的东西,那就未免过于苛刻了;哪怕你意识到你的信仰缺乏证据,也并不就成其为你不该继续相信下去的理由。我想,如果你天性如此:你在磨练中需要安慰,需要一种支持你和鼓励你的"爱",你就既不必去寻找也根本就不需要什么证据了。有你的直觉就足够了。

神秘主义是无法加以证明的,而且它的确也只需要一种内在的信念。神秘主义的存在并不依赖具体的教义,它能在所有的教义中

---

① 拉丁文:基于民众之认同。

汲取营养，而且它又是那么个人化，它能够满足每一种性情癖好的需要。神秘主义是这样一种感觉：我们生存于其间的这个世界不过是一个精神宇宙的一部分，并从这个精神宇宙中获取其终极意义；它是这样的一种认识：上帝与我们同在，并且一直在支持和安慰我们。神秘主义者如此频繁地描述他们的经验，而且使用的措辞又是如此相似，我不明白你怎么能够否认其真实性。的确，我本人就有过一次这样的亲身经验，而我也只能采用神秘主义者经常用于描述其心醉神迷状态的词语来描述这次经验。当时我是坐在开罗附近的一座废弃的清真寺里，突然感受到一种类似圣依纳爵·罗耀拉当初坐在曼雷萨河畔时那样的心醉神驰。宇宙的能量及其意义排山倒海般向我压来，完全将我淹没，而且还有一种与它亲密无间而又无比震撼的神交感觉。我几乎可以说我感受到了上帝的存在。这无疑只是一种相当平常的感受，神秘主义者只有在其影响能够清楚地体现在其结果当中时，才会小心地赋予其价值。我有一种想法，这种感受也能够由宗教以外的其他原因所引发。圣徒们自己都已经愿意承认，艺术家也可能会有这样的感受，而且爱，如我们所知，也能够产生极为类似的精神状态，以至于神秘主义者都会忍不住去使用情人们的语汇以表达这种福至心灵的幻景。有一种精神现象是心理学家至今都无法加以解释的，就是你有时会有一种强烈的感觉，你正在经历的那种体验是在过去的某个时间就已经经历过的，我不知道神秘主义者体验到的心醉神迷的感受是否比这种状况更加神秘。这种心醉神迷的感觉是足够真实的，不过也只对他本人具有切实的有效性。神秘主义者和怀疑论者都同意，在我们一切智力上的努力终了的尽头，仍存在一个巨大的谜团。

面对这样的一个谜团，为宇宙的巨大深感敬畏的同时又不满足于哲学家和圣徒的解说讲述，有时候我忍不住会往回追溯，越过穆罕默德、耶稣和佛陀,越过希腊众神、耶和华和太阳神,一直追溯到《奥义书》中所讲的"梵"①。这种神灵,如果可以称其为神灵的话,全出于自造,它独立于其他所有的存在,尽管所有的存在都存在于其中,它是所有生命唯一的生命之源——它至少有一种能够满足我们的想象的伟丽庄严。可是我忙于寻章摘句的时间实在太久,忍不住会对它们产生怀疑,当我回头去看刚写下的文字时,不由得感觉它们的意义是何其贫乏。在宗教当中,居于一切之上唯一有用的东西就是一种客观的真理。而唯一有用的上帝就是那个富有个性、至上而又良善的存在,而且祂的存在就像二加二等于四一样确定无疑。我无法参透这种神秘。我仍旧是个不可知论者,而不可知论的实际结果就是,你会像上帝并不存在那样我行我素。

---

① 《奥义书》(Upanishads),原意为"师生对坐所传之秘密教义",后专指古代印度文献的一部分,是最古文献《吠陀》的一部分,亦称"吠檀多"(Vedânta),意即"吠陀的终结"。多数是晚出的宗教、哲学著作,现存总数约有一百零八篇。《奥义书》的特殊要旨在于对事实本质的注重,逐步发展出唯一至高存在的概念,知识以与最高存在者合一为导向,突出的是提出"梵"(宇宙本源、宇宙精神)与"我"(个人精神、个体灵魂)的关系问题。

## 七十

信仰永生并不意味着一定要信仰上帝，不过要把这两者完全剥离开来也殊非易事。即使在那种神秘兮兮的生存方式中——这种生存方式指望人类的意识一旦从肉体中分离出来，就会融入一种共同的意识，成为它的一部分——也只有在你否认了上帝的功效和价值以后，你才有可能拒绝承认上帝的名号。而且正如我们所知，永生和上帝这两种观念在实际上已经被密不可分地联系在了一起，结果死后的生活一直就被看作上帝之手在掌控着人类的最为有力的工具。它为一个满怀仁慈的上帝提供了奖赏善行的乐趣，也为一个充满仇恨的上帝提供了惩罚邪恶的满足。支持永生的理由相当简单，可是除非你首先接受上帝存在的这个前提，否则的话，这些理由纵使并非毫无意义，也会显得没多大力量。不管怎么说，我还是先把这些理由罗列一下吧。一种理由是基于生命本身的不完整而提出的：我们都有一种实现自我价值的渴望，可是时势不由人再加上我们自身的局限，总是使我们有一种壮志难酬的挫折感，这种缺憾唯有一种未来的生活方能加以弥补。所以即便是像歌德这样有那么多方面巨大成就的伟人，仍感觉还有更多的事情要做。与此类似的理由源自人类的愿望：如果我们能够想象永生，如果我们还渴望永生，这不就表示它是存在的吗？我们对于永生和不朽的向往唯有在这些向往有可能得以实现的前提下才能被人理解。向往永生的另外一个理由，则建立在当人们想到这个世界所盛行的那些不公正和不公平时所必然产生的愤怒、痛苦和困惑之上。恶人就像绿色的月桂树一样枝繁叶茂。正义要求有一个罪恶可能受到惩罚、纯洁能够受到奖赏的来生。恶行唯有在来世以善行来补偿才能被宽宥，而上帝本尊也需要永生来证明祂对人类所作所为的正当性。然后，就有了这种理想主义的理由：意识不能为死亡所灭绝，因为既然只有意识方能设想意识的湮灭，那么意识的灭绝也就是不可想象的了；它还继而断言价值只为思想而存在，并指向一种价值在其中得以完全实现的至高无上的思想。如果上帝是爱，人就是祂的价值，而你无法相信对上帝有价值的东西会被允许毁灭。不过在这一点上，某种程度的犹疑已经暴露了它自己。通常的经验，尤其是哲学家们通常的经验表明，很多人都很稀松平常。而永生可是个过于堂皇惊人的概念，平常的凡人实在是消受不起。他们太过微不足道，不配承受永恒的惩罚或享有永恒的福佑。于是就有哲学家已经提出这样的说法，那些有可能达至精神完满的人将享受一种有限的生存，直到他们有机会达至他们有可能达至的完美，然后才会心满意足地消亡，而那些根本无此可能的人，马上就会被仁慈地消灭。可是当你着手查究在这种情况下到底应该具备什么样的品质，才能允许这些少数上帝的选民得以领受那有限生存的福佑时，你会有些不安地发现这样的品质是只有那为数不多的哲学家方才具备的。可是你忍不住要纳闷了，在他们的美德已经得到应有的奖赏以后，这些哲学家们将以何种方式来消磨他们的时间呢？因为在他们客居地球期间，那些盘踞在他们头脑的问题想必都已经得到了圆满的回答。你只能猜想他们会跟着贝多芬学弹钢琴或在米开朗琪罗的指导下画水彩画。除非这两位伟人已经大大地改变了，否则他们会发现这两位可都是性情暴躁的大师。

要想测试你接受一种信仰所仰赖的论据的说服力之大小，一个很好的办法就是自问，是否会为了同等分量的理由去从事任何一项比较重要的实际操作。比如说，你会在律师尚未核查过契据、测量师也没检测过下水道的情况下仅凭道听途说就买下一幢房子吗？那些试图论证永生的论据在一个个被单独考量的时候已经显得薄弱无力，放在一起通盘考虑时自然也不会更加令人信服。它们确实颇有诱惑力，就像日报上登的房产广告一样，可在我看来，它们并没有多大的说服力。就我个人而言，我是不明白意识怎么能在其物质基础已经被毁灭以后，还能继续存在下去，反正至少我对自己的肉体和思维之间的关系是非常确定的，我没办法想象那离开了我的肉体而存在的任何意识，还会是任何意义上我自己的生存。即使你能说服自己，相信人的意识会存在于某种共同的意识中这种说法多少具有那么一点真实性，这种想法所能提供的安慰也着实可怜，而满足于类似"你存活在自身所创造的精神力量中"这样的观念，也不过是以空话大话自欺罢了。唯一有价值的生存方式就是个体完整的生存。

## 七十一

如果人们因为"上帝之存在"与"永生之可能"太过可疑,不会对人的行为产生什么实质性的影响而把它们搁置在一边,那么他们就不得不决定生命的意义和作用到底是什么了。如果死亡能结束一切,如果我既不必寄希望于天降福佑,又不必惧怕于恶行果报,我就必须要扪心自问:我降生到人世到底所为何来,以及在这种情况下我该如何自处。现在的情况是,其中一个问题的答案其实已经非常简单清楚了,只是它太令人难以接受,多数人都不愿意去面对它:生命没有理由,生命也没有意义。我们降生到世间,不过是围绕一颗小恒星旋转的小小行星上转瞬即逝的过客,而那颗恒星又不过是无数星系里一个星系当中的一员。也许只有这颗行星能够维系生命的存在,也许在宇宙的其他部分,还有别的一些行星也有可能形成一种适宜于某种物质生存的环境,而我们猜想,我们人类就是由这种物质在历经漫长的时间过程以后逐渐创造产生而来的。如果天文学家们所言非虚的话,那么这颗行星终将达到一种生命无法再在其上生存的状态,而且到最后的最后,就连整个宇宙都将来到那最终的平衡阶段,到了那时就什么事都不会发生了。而在无数个亿万年之前,人类早就已经湮灭不存了。到了那时再去设想"人类曾经存在过",又有什么意义呢?他只会成为宇宙历史中的一个章节,就像记录曾居住在远古地球上那些怪物的生存经历的那个章节一样毫无意义。

那么,我就必须扪心自问,所有这些对我而言又有什么不同,以及如果我想最大程度地过好我的人生、最大限度地获取我能够从中得到的成果,我该如何来应对这样的情况。在这里讲这番话的不是我,而是存在于我的内心深处、存在于每个人的内心深处那要维持自我生存的热望;是我们从那远古的能量中继承得来的利己主义,而正是这种能量在遥不可测的过去为人类的历史开了一个头;是那存在于每个生命体之中并使其得以存活的自我肯定的需要。这就是人之为人的根本。这种满足就是斯宾诺莎曾告诉我们,我们有望得到的至高之物的那种自我满足,"因为没有人会为了任何目的的缘故而努力去维持自己的生存"。我们可以这样来设想:人的意识就是被激发出来作为一种工具,以使其能够应付所处的环境的,而且长久以来,除了能够应对其实际生存中那些生死攸关的重要问题以外,它并没有得到更高程度的发展。不过随着时间的推移,人类意识的发展似乎已经超出了应付其即时需要的程度,而且伴随着想象力的增强,人类已经大为扩展了其生存的环境,将无可见的事物也都包括于其中了。我们知道人类会以怎样的答案来圆满回答到那时他会向自己提出的问题。在他内心燃烧着的能量是如此强烈,他决不会对自己的重要性有任何的怀疑;他的利己主义简直是无所不包,他无法设想他有朝一日居然会灭绝的可能性。对很多人来说,这样的回答仍旧是令人满意的。它们给了生命以意义,给了人类的虚荣心以安慰。

大多数人都极少思考。他们想当然地接受他们在这个世界上的存在;他们是受着拼命苦干之奴役的盲目的奴隶,这种努力就是他们的主要动力,驱动着他们这样那样地去满足其自然的冲动,当这种力量日益衰退的时候,他们也就像是烛光一样慢慢熄灭了。他们的生命纯粹是出于本能。或许他们的生存智慧更为高明,也未可知。可是如果你的意识已经得到了充分的发展,你发现某些特定的问题在压迫着你,而你又认为旧有的那些回答都是错的,那你该怎么办?你会给出什么样的回答?至少对其中的一个问题,有两位有史以来最为睿智的人物已经给出了自己的回答。这两个回答看起来貌似说的是同一个意思,我也不能肯定其中确有深意。亚里士多德说,人类活动的目的就是正确的行动,而歌德则说,生命的秘密就是生活。我猜想歌德的意思是说,当人类达到自我实现的境界之时,也就等于充分实现了生命的价值;他对于受控于转瞬即逝的心血来潮和不加克制的本能冲动的生命殊少尊重之意。"自我实现"会将你所拥有的每一种能力都发挥至至高完美的境地,所以你就能把生命中蕴含的所有乐趣、美感、情感以及趣味全都榨取出来,为你所有;但自我实现的困难在于,别人的要求会不断地限制你的活动;而且道德家们因为既受到理论的合理性所吸引,又受到其后果的惊吓,所以花费了无数墨水来证明一个人唯有在自我牺牲和大公无私中方能最大限度地实现自己的价值。这当然不是歌德的意思,而且似乎也并不真确。在自我牺牲当中确有一种独特的乐趣,这一点鲜少有人否认,而且就其为人的活动提供了一个新领域、为人的自我发展出了一个新方面这一点而言,它对自我实现也自有其价值;可是如果你自我实现的目的仅在于它不会干涉别的任何人在同样目标上的努力的话,那你就不会走得特别远。这样的目标需要很大程度的冷酷无情以及对自我的全神贯注,这对别的人是一种冒犯,因此也经常会使其自身显得徒劳无益。我们都知道,很多跟歌德有过接触的人都因为其冷淡的利己主义做派而大为光火。

## 七十二

我居然不满足于沿着比我聪明得多的人的脚步前进,这似乎显得有些傲慢。可是虽然我们彼此非常相像,我们当中还没有两个人是一模一样的(我们的指纹就表明了这一点),我也看不出有什么理由我就不该尽我所能选择自己的道路。我一直都企图建构我自己的人生范式。这一点,我想可以被描述为被一种轻快的讽刺感所软化了的自我实现;尽量把坏事变为好事。不过在本书开篇我讨论这个题目时有意逃避的一个问题现在却又跳了出来;既然我已经避无可避,我也只得再退回去重新进行讨论。我意识到我在有些地方太把自由意志想当然了;我说起话来就好像我有能力随时以我之所好来塑造我的意图、引导我的行动。而在另外一些地方,我说起话来则又像是接受了决定论[①]。如果我是在写一部哲学著作的话,这种举棋不定犹豫不决就非常糟糕了。我并没有这么自命不凡。不过,你怎么能指望我这么一个业余爱好者来解决一个哲学家们都还在争论不休的问题呢?

把这个问题放到一边,看来似乎是唯一的明智之举,可它碰巧又是跟小说家渊源特别深的一个问题。因为身为作家,他会发现读者会迫使他成为一个严格的决定论者。我在此前已经指出,观众是多么不愿意接受舞台上的冲动行为。而冲动只是行动的一种驱动力,产生冲动的本人对其动机并无明确的意识;它就类似于一种直觉,是一种你在尚未意识到其根据就做出的判断。不过尽管冲动也有其动机,但由于隐而不显,观众并不会接受它。一出戏的观众和一本书的读者坚持要知道人物行为的理由,除非那理由令人信服,否则他们就不承认其可能性。每个人的行为都必须符合他的个性,这就意味着他必须按照他们因对他的了解而产生的期望去做。为了能让他们接受一点他们在现实生活中不假思索就会照单全收的偶然和意外,必须煞费苦心地巧言令色一番方能过关。作为一个人来说他们都是决定论者,而轻视了他们这种顽固偏见的作家只会一败涂地。

但当我回顾自己人生的时候,我不禁注意到,那些对我产生了深刻影响的因素当中,有多少差不多只能被视为纯粹的机缘巧合。决定论告诉我们,人的选择是沿着最强的动机当中阻力最小的那个方向做出的。我并没意识到我选择的总是那阻力最小的线路,而假如说我一直都是遵循动机最强的方向前进的话,我的动机就是我逐渐发展成熟的自我观念。拿下棋来做比,尽管已经陈腐不堪,用在这里却非常贴切。棋子已经分到了我手里,我就必须接受每个棋子特有的走棋规则;我还得接受跟我对弈的那些人所走出的棋;不过在我看来,我也还是有自己的决定权:以我之好恶以及我为自己设定的理想,照我的自由意志来走棋。我感觉我时不时地还能做出一番并没有被完全框定了的努力。如果这是种幻觉,那也是一种不失其功效的幻觉。我具体走出的那些棋,我现在知道,经常是错招,不过它们都以这样或那样的方式在企图达到我心目中的目标。我希望自己没有犯那么多的错,不过我没有为此而悲哀,我也没办法把这些错误给抹去。

有一种观点认为,宇宙中的万物联合在一起从而导致了我们的

---

① 决定论(determinism)是认为一切事务具有不以人的意志为转移的规律性、必然性和因果制约性的哲学学说,而与其相对的"非决定论"则强调自由意志,否认任何规律,有的非决定论虽也承认因果性,但将其归属精神的性质。

每一种行为,而这其中也自然包括了我们所有的观点和愿望,我认为这种观点并没有什么不合理的;不过一种行为既经实施以后,从"永恒"的角度来说是否就是无可避免的,那就只能在你认定是否存在那种布罗德博士①所称的"因果之祖源"的事件以后才能决定了,而是否存在这样的事件尚未完全确定。休谟很久以前就向我们表明,在因果之间并无能够被人的意识所觉察的内在必然联系;而至于近来的"测不准原理",则通过使人们认识到某些特定的事件很明显并无可以被指派的原因,向迄今为止科学赖以建立的那些法则的普适性提出了质疑。看起来,对于"偶然"必须重新加以认真考虑了。不过如果我们并非必然为因果律所束缚的话,那也许我们的意志是自由的就并非一种幻觉了。主教和教长们已经像是揪住魔鬼的尾巴一样抓住这一新观念不放了,他们希望借此能把老魔鬼本尊给拽回来现形。不管怎么说,如果不是在天堂的庭院里,那至少在主教的宫殿里,已经是一片喜气洋洋。不过感恩赞可能唱得太早了一点吧。最好是别忘了,我们当今最杰出的两位科学家都是以怀疑主义的态度看待海森伯②的测不准原理的。普朗克③表示,他相信进一步的研究将扫清这些反常情况,而爱因斯坦则将建立在此基础上的那些哲学观念描述为"文学";我恐怕这只是称其为一派胡言的委婉方式罢了。物理学家们自己跟我说,物理学进展神速,只有仔细研究期刊文献才能跟上它的步伐。基于一门这么不稳定的学科所提出的原理而创建一种理论,自然是一种鲁莽轻率之举。

---

① 布罗德博士(Charlie Dunbar Broad,1887—1971),英国知识学家、哲学史家、科学哲学家和道德哲学家。
② 海森伯(Werner Heisenberg,1901—1976),德国物理学家,创立量子力学,提出测不准原理及矩阵理论,获一九三二年度诺贝尔物理学奖。
③ 普朗克(Max Planck,1858—1947),德国物理学家,量子物理学的开创者和奠基人,因发现基本作用量子获一九一八年度诺贝尔物理学奖。

薛定谔①本人就说过,目前想就这个问题作出一个最终而全面的判断是不可能的。普通人最好还是姑且骑墙为上,不过让两条腿在决定论这一边晃荡,也许不失为一种审慎之举。

---

① 薛定谔(Erwin Schrödinger,1887—1961),奥地利物理学家,因建立量子力学的波动方程与英国理论物理学家狄拉克(P. A. M. Dirac,1902—1984)共获一九三三年度诺贝尔物理学奖。

## 七十三

生命力是旺盛的。跟它相伴而生的喜悦抵消了人们遭遇的所有痛苦和磨难。它使得生活值得过下去，因为它直接在内部起作用，并用它明亮的火焰照亮每个人所处的环境，使得无论多么无法忍受的环境都变得似乎可以忍受了。很多的悲观主义都是由于你将设想自己身处别人位置时的感受硬归在别人身上而产生的。正是这一点（姑且不论其他）使小说显得异常虚假。小说家由自己私人的世界里营造出一个公共的世界，并赋予他想象出来的人物以他本人所特有的敏感性以及思考和情感的能力。大多数人都极少具有想象力，在想象的世界里无法忍受的种种环境，他们实际上并不以为苦。比如说，穷人生活中缺少隐私这一点在我们这些重视隐私的人看来似乎是非常可怕的，可是对于这些穷人来说却似乎并非如此。他们讨厌单人独处，群居生活反而会给他们一种安全感。凡是跟他们一起生活过的人都会注意到，他们其实根本就不嫉妒富人。事实上，他们并不需要很多在我们看来必不可少的东西。这对富人来说实属幸运。因为凡是看不到大城市里无产阶级的生活尽是悲惨和混乱的那些人，都瞎了眼。你很难让自己接受这样的现实：人竟会没有工作可做，工作竟会如此枯燥乏味，他们——以及他们的妻子和孩子——竟会生活在饥饿的边缘，到最后除了穷困潦倒竟没有任何东西可以期盼。如果唯有革命才能纠正这一切的话，那就让革命到来，而且快点到来吧。当我们看到，就在现在，就在我们习惯上称为文明社会的那些国家里，人与人之间是如何残忍地相互对待时，再要说它们已经比以前要好了就未免有些轻率了；尽管如此，如果认为相比于历史上所看到的过去而言，我们生活的这个世界总体说来已经有所改善，大多数人的命运虽然还是很糟糕，却毕竟不像过去那么可怕了，这种想法却也并不能说就是昏聩；人们也许有理由希望，随着知识的增长，随着对于众多残忍的迷信和陈腐传统的扬弃，随着一种更加真实的慈悲仁爱之感的形成，很多人类深受其苦的罪恶必将会被铲除。可是很多罪恶也必定仍将继续存在。我们是大自然的玩物。地震会继续横行肆虐，旱灾会继续造成绝产，无法预知的洪水会继续摧毁人类的各种精心构建。呜呼，人类的愚蠢也将继续以战争的方式毁灭各个民族。无法适应生活的人将继续降生出来，而生活将成为他们的负担。只要有的人强有的人弱，那弱的就总是会被逼到绝境。只要人类还有可诅咒的占有欲——我推测，只要人类还存在，这就免不了——他们就会从那些无力保有自己财产的人手里夺取他们能够获得的任何东西。只要他们还有固执己见的本能，他们就会继续不惜以他人的幸福为代价而加以行使。简言之，只要人还是人，他就必须准备好去面对他能够承受的一切苦难。

"恶"的存在是无法解释的。它只能被看作宇宙秩序的一个必要的组成部分。对它视而不见是幼稚的；对它痛心疾首是无益的。斯宾诺莎称怜悯是妇人之仁；这种表述出自那个温柔而又朴素的哲人之口，听上去的确有些刺耳。我想他是认为，对你无法改变的事情反应强烈不过是白白浪费感情罢了。

我不是个悲观主义者。说实在话，我要是的话那就太荒唐了，因为我一直都很走运。我都经常惊奇于我的好运道。我清楚地意识到，有很多比我更有资格的人却并没有得到降临到我头上的那种好运。这里一个小意外，那里一个小意外，就有可能改变一切，使我大为受挫，就像那么多跟我同样有天赋甚至比我更有天赋，并拥有同样机会的人却大为受挫一样。如果他们当中有人碰巧看到了这几页的话，我想请他们相信，我并不想傲慢地把我得到的东西归功于我的优点，认为是我分所应得，而是将其归之于一连串偶然联系在一起的意外事件，对此我也没办法解释清楚。尽管我有那么多缺点和局限，既有身体上又有精神上的，我还是很高兴能活着。我不愿意重新再过一遍自己的人生。那样做没有任何意义。我也不高兴重新再经历一遍我遭受的那些巨大的苦痛。由于我天性的缺陷，我在自己的生命历程中所遭受的痛苦要多于我所享受到的喜乐。但如果没有了生理上的种种缺憾，拥有了更强壮的身体和更机敏的头脑，我倒不介意重新再在这个世界上活上一遭。现在展现在我们眼前的那些岁月，看起来像是挺有趣的样子。现在的年轻一代进入生活的时候所拥有的那些有利条件，是我们那一代年轻人所不具备的。他们受到的传统束缚相对要更少，他们也已经知道年轻的价值有多大。我二十来岁时候的那个世界是个中年人的世界，年轻是一个需要尽快走完的过程，以便终于能进入成熟的阶段。现在的年轻人，至少在我所属的中产阶级当中，在我看来准备工作做得比我们当初要好。他们已经被教授了很多对他们有用的东西，而我们当初却只能尽可能地自己去学习。两性之间的关系也更加正常了。年轻的女人已经学会去做年轻男人的伴侣。我们这一代——亲眼目睹了女性解放的一代——必须面对的一个难题是：女人已经不再早早地就成为家庭主妇和母亲，她们过着一种跟男人分离的生活，有她们自己的兴趣和特别的关切，而且正尝试着参与到男人的事务中来，虽然并不具备相应的能力；她们要求获得应有的关注，同时又不满足于自视比男人低一等，而且坚持她们的权利，她们最新赢得的权利，要参加所有男性化的活动，而她们明知在这些活动当中她们只够成为让人讨厌的对象。她们已经不再是家庭主妇,却尚未学会怎么才能做个良伴。在年长的绅士看来,再没有比当今这些年轻姑娘们更令人愉快的景象了,她们如此能干又如此自信,她们既能掌管一个公司又能打一场艰苦的网球比赛,她们既能明智地关注公共事务又能欣赏艺术,她们已经准备好了自立自强,以冷静、精明而又宽容的目光去面对生活。

我远没资格披挂上先知的斗篷,但我想,这些正在登上舞台的年轻人显然一定在期望着那将改变整个文明的经济上的变革。他们不会知道那曾经舒适安闲、备受庇护的生活,大战①前已处在盛年的那代人回望那段岁月就如同法国大革命的孑遗缅怀 Ancien Régime② 一样。他们不会知道所谓的 douceur de vivre③。我们正生活在大革命的前夜。我不怀疑,随着无产阶级越来越清楚地意识到自己的权利,最终将在一个又一个国家里夺取政权,而我一直惊讶于现在的统治阶级居然仍在继续与这种势不可挡的力量做着徒劳的抗争,而不愿尽一切努力为了他们将来的任务去训练群众,以便于将来当他们的政权被夺取以后,他们的命运可以不必像降临到俄国统治阶级头上的那么残酷。很多年前,迪斯累里就告诉过他们该怎么做。就我个人而言,我必须坦白地承认,我希望社会目前的状态能在我的有生之年继续下去。可是我们生活在一个瞬息万变的时代,我有可能会亲眼看到西方国家改由共产主义统治。一位我认识的俄国流亡者跟我说,在他失去地产和财产的那一刻,他万分绝望;可两个星期以后他就恢复了平静,再也不会去想他被剥夺的那些身外之物了。我想对于自己的各种财物,我也并没有那么依恋,

---

① 第一次世界大战。
② 法语:(大革命前的)旧制度。
③ 法语:甜蜜的生活。

在失去它们以后会为之而久久地感到遗憾。如果这样的一种状态也在我生活的这个世界里出现的话,我会尝试着对自己做出调整,然后,如果我发现生活已经无法忍受,我想我应该不会缺少勇气,退出那个我再也无法演好自己的角色的舞台。我不知道为什么有那么多人会万分惊骇地从自杀的念头前调转过头去。将自杀说成是怯懦之举纯粹是胡说八道。当生命只能带给你痛苦和不幸时,依据自己的意愿结束生命的做法我只能表示赞同。普林尼①不是说过,在你愿意的时候主动求死的力量是上帝赐给人类的所有生之苦难中最好的东西吗?抛开那些认为自杀是罪过,因为它违背了神圣律法的人不谈,我认为自杀之所以勾起那么多人的怒火的原因即在于它嘲笑了生命力,而通过蔑视这一人类最为强大的本能,它向人类保全并延续自身的力量提出了一个令人恐惧的疑问。

借由本书,我将为自己规划的人生范式勾画出一个完整的轮廓。如果我还能继续活下去,我还会再写出几本书来,为的是自娱,同时也希望能娱乐我的读者,不过我不认为它们还会为我的规划增添任何实质性的东西②。房子已经造好了。还会有些增建:一个可以观赏美景的露台,或者一个在炎炎的夏日可以在其中沉思冥想的凉亭;不过如果死亡已经不允许我再多事了的话,哪怕那些专门拆旧房子的人在讣告里知道我已经下葬的次日就开始拆房破屋,那幢房子毕竟是已经造好了。

我以毫不沮丧的心情期待着老年的到来。当阿拉伯的劳伦

---

① (老)普林尼(Pliny the Elder, 23—79),古罗马作家,共写作品七部,现仅存百科全书式著作《博物志》三十七卷。
② 其他作品不论,毛姆最重要的长篇小说代表作之一《刀锋》即出版于本书出版六年之后。

斯①因车祸丧生的时候，我读到他的一个朋友写的纪念文章，说他一直都有超速驾驶摩托车的习惯，而且宁肯由一场车祸在他仍完全拥有各种能力的盛年结束其生活，免得他去忍受年老体衰的耻辱。如果这是真的，那么这就是这位奇怪而且多少有些戏剧性人格的人物身上的一个重大缺陷了。这显示出理性的欠缺。因为完整的人生、完美的范式除了青年和成熟的壮年以外，也应该包括老年在内。清晨的魅力与正午的辉光固然都很好，可如果一个人拉上窗帘、打开电灯，就为了把黄昏的宁静关在门外，那就蠢不可及了。老年自有属于它的乐趣，尽管不同，却也并不少于青春的乐趣。哲人们总是告诉我们，说我们是自身热情的奴隶，既然如此，终于能从热情的控制中解放出来，这算是小事一桩吗？蠢人到了老年仍旧是蠢人，可他年轻的时候也是一样蠢。年轻人满怀恐怖地从老年面前别过脸去，是因为他们以为到他们老了的时候，仍会渴望那些给他们的青春带来变化和趣味的事物。他错了。老年人诚然不再能够攀登阿尔卑斯山或者跟漂亮姑娘在床上颠鸾倒凤，诚然不再能够勾起他人的欲火了；不过同时也就可以不再经受单相思之苦以及嫉妒的折磨了。随着欲望的熄灭，那经常毒害年轻人的嫉妒心也就相应得到了纾解。不过这还都是些消极性的补偿；老年人也有积极性的补偿。虽然听上去显得有些自相矛盾，老年人拥有了更多的时间。在我年轻的时候，看到普鲁塔克说大加图在八十岁上开始学习希腊语，曾感到大为惊讶。我现在已经不再感到惊讶了。到了老年，你会愿意承担那些因为耗时太久在年轻时不肯承担的任务。到了老年，品位得到了提升，你就有可能不带个人偏见地去欣赏艺术和文

---

① 阿拉伯的劳伦斯（Thomas Edward Lawrence，1888—1935），英国军人、学者，曾研究中世纪城堡学，第一次世界大战时受命加入阿拉伯军队，从事间谍工作和游击战，经历极富传奇色彩，因此而有"阿拉伯的劳伦斯"的美誉，著有《七根智慧之柱》等。

学了,而在年轻时这种偏见经常会歪曲了你的判断。老年会有一种自我实现的满足。它终于从人类利己主义的束缚中解放了出来;终于获得了自由,灵魂在每个逝去的瞬间都能获得愉悦,却并不强求它停留下来。它已经完成了生命的范式。歌德曾要求死后的生存,这样他才有可能去实现他的自我在生前尚未有时间去发展的那些方面。可他不也说过,凡是有所成就的人必须要学会限制自我吗?你在读他的生平传记时,禁不住要对他在那些琐细爱好上浪费的时间感到震惊。可能如果他在自我限制方面做得更加谨慎的话,他就能充分发展那些真正属于其独特个性的方面,也许就发现已经不再需要来世的生活了。

## 七十四

斯宾诺莎说过,一个自由人想什么都比想死亡要多。对死亡想个没完固然没有必要,但像很多人那样干脆回避所有有关死亡的思考则是愚蠢的。一个人到底是否惧怕死亡,只有在面对死亡的时候才可能知道。我经常试着去想象,如果医生跟我说我得了不治之症,将不久于人世了,我到底会有怎样的感受。我也已经通过我笔下很多的人物之口来谈论他们对死亡的感受,不过我知道我这样做的本身就已经把它们给戏剧化了,我不知道它们是否就是到时候我真实的感受。我并不觉得我从本能上讲对生命有特别强烈的执念。我生过很多严重的疾病,只有一次明确地知道自己离死已经不远了;不过当时我实在是身心俱疲,都感觉不到害怕了,我只想着能尽快结束这种挣扎。死是不可避免的,一个人遭遇死亡的方式相对就没那么重要了。如果有人希望自己在死前不会意识到死的迫近,在死的时候又幸运地没有任何痛苦,我并不认为这有什么该受责备的。

我一直都过多地生活在未来当中,以至于到了现在,未来虽然已经屈指可数,我却仍旧摆脱不了这个习惯,我的内心带着一定程度的自满,期待着在不久的将来就能完成我一直都在努力为自己制定的那个人生范式。有时候,我对死亡的期盼是如此热切,就如同扑向情人的怀抱那样迫不及待。它给我带来的兴奋和激动就跟多年前生命给予我的一样热烈激昂。我沉醉于对它的想象当中。在我看来,它会赐给我最终而且绝对的自由。话虽如此,只要医生们能把我的健康维持在可以忍受的范围内,我还是很愿意继续活下去；我乐于享受这个花花世界的各种景观色相，它吸引我饶有兴趣地去观看将要发生什么。很多在跟我平行的人生轨道上已经圆满完成的人生图景，为我提供了源源不绝的思考食粮，有时候也印证了我早已形成的一些理论。跟朋友们的分别将使我感到难过。对于我曾指导并保护过的某些人的幸福安宁我还做不到漠不关心，不过在依靠了我那么久之后，他们能够享受到不管将他们带往何处的自由，也是好事。在这个世界上占据一个位置这么长的时间以后，我很高兴别的人很快就将取我而代之。毕竟，对于一种范式来说，最重要的就是它应该得以完成。当再增加一点什么就会破坏了其整个规划设计的时候，艺术家就该就此罢手了。

　　不过如果现在有人问我，这个范式到底有什么用处或者意义的话，我只能回答：没有。它只是因为我是个小说家而为无意义的生活所强加的某种东西。为了让我自己满意，为了让我自己开心，为了满足我自己那类似一种机体需要的感受，我按照某种特定的规划设计来有意地塑造我的生活：有开端、有中段、有结局，就像我根据在这里和那里碰到的各色人等来构思出一出戏、一部长篇或是一个短篇一样。我们都是我们的天性以及环境的产物。我所塑造的并非我认为最好甚至最喜欢的范式，而只是一种似乎可行的范式。有很多的范式比我的这个要强。我并不认为自己仅仅是受到对文人而言最自然不过的幻想的影响，才认为最好的人生范式就无过于农民的生活，他耕种土地、收获庄稼，他享受劳动、享受闲暇，他恋爱、结婚、生子、死去。在那些受上帝眷顾的土地上，农民不需要过度的劳作就能有丰富的收成，每个人的快乐和痛苦就是人类自然而然会产生的快乐和痛苦，当我观察这些农民的生活时，在我看来完美的生活已经在那儿完美地实现了。在那儿，生活就像一个好故事一样，沿着一条坚实而又完整的线索，从头到尾一气贯通。

## 七十五

人类的利己主义使他不愿意接受生命的无意义，而当他很不幸地发现自己已经无法再继续相信一种更高的力量时（对此力量之目的，他自认为还是有所助益的），他就会通过构建某种貌似比他那些切身的福祉更高一层的价值，以力图赋予生命以意义。一代代人的智慧已经遴选出了其中的三种，作为最值得重视的价值。为了其自身的缘故去追求这些价值，就似乎为生命赋予了某种意义。虽然无须怀疑它们本身也自有其生物学上的效用，不过它们确有一种无关私利的表象，给人一种借此可以逃脱人性枷锁的错觉。它们的高贵增加了他对自身精神意义的犹疑感，不管其结果如何，对它们的追求本身似乎就证明了其努力的正当性。它们就是"存在"这个广阔沙漠中的绿洲，由于人类知道自己的旅途并没有其他终点，他也就说服自己，它们无论如何还是值得抵达的，到了那里，他就能得到休息，并能找到自身问题的答案。这三种价值就是真、美、善。

我感觉"真"是出于修辞的原因，才在这个单子上找到一席之地的。人类赋予"真"以伦理学上的品质，诸如勇气、荣誉与精神的独立，这些品质的确经常是通过人类对于真理的坚持才得以彰显的，但实际上它们与"真"并无任何关系。既然为自己的独断专行找到了这么宏大的理由，让它承担任何牺牲他都是在所不惜的。可是既然如此，他的兴趣就是在他自己，而非真理本身了。如果真理确是一种价值的话，那也是因为它是真实存在的，而不是因为把它挂在嘴边是勇敢的。可真理具有一种评判的属性，所以你会觉得它的价值在于它所描述的那种评判,而不在它本身。一座连通两个大城市的桥梁要比连接两块荒地的桥梁更为重要。而且如果"真"是一种终极价值的话,那么居然没有人知道它究为何物就似乎有些奇怪了。哲学家们仍在就其含义争论不休,持不同学说的派别间极尽讽刺挖苦之能事。在这种情况下,普通人必须随他们争论去,而只满足于普通人自己的真理。普通意义上的"真"相当谦逊,只针对某些特定的存在提出某些特别的要求。它只是对事实的一种赤裸裸的陈述。如果这也是一种价值的话,那你就必须承认,再也没有比它更受忽略的价值了。就"求真"可以合法地加以抑制的各种情况,伦理学的著作当中开列了长长的名单;这些著作的作者本可以为自己省掉这些麻烦的。由一代代人所积累的智慧早就已经裁定:toutes vérités ne sont pas bonnes à dire①。人总是为了自己的虚荣、舒适和利益而牺牲了真理。他不是靠真理,而是靠伪装活着,而他的理想主义有时候在我看来,只不过是想要在为了满足他的自命不凡而虚构出来的假象之上再罩上真理的光环的一种努力罢了。

---

① 法语:所有的真理都还是不说为妙。

## 七十六

"美"的情况更好一些。我在很多年间都认为,赋予生活以意义的就只有"美",而对于一代又一代在地球上繁衍生息的子民而言,他们所肩负的唯一目的也就是时不时地产生出一位艺术家来。我认定,艺术作品才是人类生活最伟大的产品,是人类经受的所有苦难、无尽的苦工以及备受挫折的奋争的终极理由。唯有如此,米开朗琪罗才能在西斯廷礼拜堂的穹顶上画出那样的人物,莎士比亚才能写出那样的台词,济慈也才能写出那样的颂诗,在我看来,数以千万计的人为此而默默无闻地生活、受苦、死去,全都是值得的。虽然我后来把美好的生活也包括进了唯一能赋予生活以意义的艺术作品当中,对这种夸张的说法多少进行了一些修正,但我最为珍视的仍旧是"美"。而所有这些观念我很早以前就已经抛弃了。

首先是我发现,"美"是个休止符。在我对美的事物进行思考的时候,我发现除了凝望和敬慕以外再也没有任何事情可做了。它们给予我的情感是精妙的,但我却没办法保有它,也没办法无限地重复拥有它;这世上最美的事物最后居然都是以让我感到厌倦收场。我注意到,我从那些更具有实验性质的作品中能得到更为持久的满足。因为他们尚未达到完美的成功,它们反倒是为我的想象力提供了更大的活动空间。在那些最伟大的艺术作品中,一切都已经得以实现,我什么都给不了它们,而我那躁动活跃的头脑又厌倦了被动的沉思冥想。在我看来,"美"就像是群山的峰巅;你到了那儿以后,除了重新下来以外就再没有什么可做的了。完美是有点无趣的。我们最好都不要完全实现我们追求的完美目标,这真是人生中不小的讽刺。

我想,我们所谓的"美",是指满足了我们美感的对象,或是精神的或是物质的,而更经常是物质的。可是这话告诉你的,就跟人家跟你说水是湿的以后你对水的了解一样多。为了了解权威们都发表了怎样一些能把这个问题讲得稍微清楚明白一点的高论,我已经读了非常多的书。我跟很多沉迷于艺术的人士也很熟悉。恐怕我既没有从他们那儿,也没有从书本上得到多少对我大有益处的东西。而不由得引起我注意的最古怪的事情之一就是,在对"美"的判断上并没有永恒的标准。博物馆里塞满了一段时间之内最有教养最有品位的人认为是美的东西,可在如今的我们看来已经毫无价值了;在我自己的这一生当中,我已经亲眼目睹了"美"从不久之前还被认为非常精妙的诗歌和绘画中蒸发掉了,就像旭日升起后的白霜一样。尽管我们或许有些虚荣,我们也不大会认为我们自己的判断就是盖棺论定;我们认为美的东西无疑会被另一个时代的人所嘲笑,而我们瞧不上眼的东西也可能受到尊崇。唯一能得出的结论就是,"美"是和一个特定时代的需要联系在一起的,想在我们认为美的事物当中去寻找"绝对美"的特质是徒劳无功的。如果"美"是能够赋予生命以意义的价值之一,那它也是一种变动不居因此无法加以分析的东西,因为我们无法感受到我们的祖先所感受的美,就如同我们无法嗅到他们曾经嗅到的玫瑰花香一样。

我曾尝试从美学家的著作中找出,在人的天性当中是什么有可能使我们获得美感,这种情感又到底是什么。他们经常会谈到审美本能:这个术语像是在人类的几种最主要的动力当中为它谋得了一席之地,就像饥饿和性一样,而且同时还赋予了它一种能够满足对统一性的哲学渴求的特质。所以美学源于一种表达的本能,一种洋溢的生命力,一种神秘的绝对感,以及我也不知道的其他种种。在我看来,我要说它根本就不是一种本能,而是一种身心的状态,部分建基于某些强有力的本能之上,但又与作为进化过程之产物的人类的特性结合在一起,而且与人生的普遍境遇密不可分。它与性本能有很大的关系,这似乎可以从这样一个事实中显现出来:大家普遍都承认,那些拥有非同寻常的精妙美感的人,在性方面都会偏离常轨,达到一种极端而且经常是病态的程度。在我们身心的构造中,可能有一种能将某些特别的音调、节奏和颜色呈现得对人类特别有吸引力的物质,所以在我们认为是美的那些要素当中,的确可能存在一种生理学上的原因。不过我们也会因为某些事物令我们想起了我们曾经爱过的某样东西、某个人或是某个地方而认为它们很美,或者是由于时光的流逝而为它们抹上了一层情感的价值。我们发现某些事物是美的,或者是因为我们认出了它们,或者恰恰相反,是因为它们的新异之处令我们感到惊讶。所有这些都意味着,因相似或是反差而引发的联想,大量进入了审美的情感当中。也只有联想,方能解释"丑"的审美价值。我不知道有什么人曾研究过时间对于美之创造的影响。这种影响不仅仅体现在随着我们对于事物的深入了解而逐渐认识到它们的美;更重要的则是后世从中所得到的乐趣以某种方式也会增加它们的美。我想,这也就是为什么它们的美在当今已经确定无疑的某些作品,在刚刚问世时却并没有引起很大注意的原因之所在了。我有个想法,济慈的颂诗现在应该比他当初写成的时候更美。它们已经因为所有那些在它们的美好中寻得安慰和力量的无数人的情感,而变得更加丰富了。所以我绝不认为审美情感是一桩明确而且简单的事情,我认为它非常复杂,是由各不相同而且经常是很不和谐的要素构成的。美学家光说什么你不应该为某幅画或某支交响曲所感动,仅仅因为它令你性欲勃发,令你因回忆起某个久已忘怀的情景而心痛神驰、泪流满面,或者通过联想激起你神秘主义的狂喜,这是没有什么意义的。它就是有这样的效果;而且这些方面的感受就跟你因为均衡和结构而产生的非功利性的满足一样,也是审美情感的重要组成部分。

一个人对于一部伟大的艺术作品确切的反应到底是怎样的?比如说,一个人在观看卢浮宫中提香的《基督下葬》或是聆听《名歌手》中的五重奏时,他到底会有什么样的感受?我知道自己是种什么感受。那是令我欢欣不已的一种兴奋感,既是智识上的,却也充满了一种感官上的愉悦;那是一种幸福感,在其中我似乎能体味到一种力量感以及从人类的束缚中解放出来的自由感;与此同时,我在内心深处感受到一种满蕴着人类同情的柔情;我感到精神焕发、平和安宁而又超然物外。的确,有时候在观看某些画作或是雕塑,在聆听某些音乐时,我会有一种极为强烈的情感体验,这种体验我只能用神秘主义者用来描述与上帝的结合时使用的那些字眼来形容。这也就是我为什么会认为那种与更广大的真实之间的交流汇通感并非只是宗教的特权,通过祈祷与斋戒以外的途径也同样可以达到。不过我也曾扪心自问,这种情感的用处又是什么?当然,它令人愉悦,而愉悦本身就是好的,可又是什么使它高于其他的任何一种愉悦,高到就连说它是愉悦都像是贬低了它的程度呢?杰里米·边沁①虽然说过所有的快乐都一样好,可如果所有的愉悦都是等量的话,那图钉也就跟诗歌一样好了,这话岂不是太愚蠢了吗?神秘主义者就这个问题给出的答案是毫不含糊的。他们说,狂喜若

---

① 杰里米·边沁(Jeremy Bentham,1748—1832),英国哲学家和法学家,功利主义伦理学的代表,认为利益是行为的唯一标准和目的,每个人关心自己的利益,就会达到"最大多数人的最大幸福",主要著作有《道德及立法原理》《义务论或道德科学》等。

是不能增强性格，使人更有能力采取正确的行为，那它就一钱不值。它的价值就在于其效用。

我天生就注定大部分时间都跟那些拥有审美敏感性的人生活在一起。我现在所说的并不是那些创造者：在我看来，在创造艺术和欣赏艺术的人之间是有很大不同的；创作者进行创作是因为他们内心有一种冲动，迫使他们去将自己的个性以形象的方式彰显出来。如果他们创作的产品中具有美的成分，那也纯属意外；创造美很少会成为他们专门的目的。他们的目的是将灵魂从压迫着它们的重负中解脱出来，而他们使用的工具就是他们的笔、他们的颜料或是黏土——任何一种他们天生驾轻就熟的工具。而我现在所说的是将思考和欣赏艺术作为其生活的主业的那些人。我发现他们身上很少有值得赞赏之处。他们虚荣而又自负。他们干不了生活中的实际事务，却又鄙视那些谦卑地从事于命运强加给他们的平凡职务的人。只因为读过很多书或是看过很多画，他们就认为自己比别人都要高明。他们利用艺术来逃避生活的现实，而且在他们对普通事物的愚蠢轻视中，整个否定了人类基本活动的价值。他们其实并不比瘾君子们更好；不如说更糟，因为瘾君子无论如何都不会把自己置于基座之上，去俯视群伦。艺术的价值就跟神秘主义的价值一样，体现在其功效上。假如艺术只能提供愉悦，不管那种愉悦多么富有精神性，那它就不会有什么重要的价值，或者说至少不会比一打牡蛎和一品脱蒙特拉谢白葡萄酒的价值更大。如果它能给人一种抚慰，那已经够好的了；这个世界上到处都是不可避免的"恶"，如果能有个时不时让自己退步隐身的去处绝对是件好事；但并不是为了逃避，而是为了集聚新的力量去面对这些恶。对于艺术而言，如果要将其视作人生中的重大价值之一的话，它就必须教给人以谦卑、忍耐、智慧和宽宏。艺术的价值不是美，而是正确的行为。

　　如果美是人生的重大价值之一的话，那就很难令人相信，能让人们去欣赏艺术的那种美感仅仅是某个阶层的特权了。你不可能坚持认为一种仅为少数选民所享有的感受形式，能够成为人类生活的必需品。然而这却正是美学家们的断言。我必须坦承，年轻时由于愚蠢无知，我曾认为艺术（我把自然之美也包括在内，因为无论是当时还是现在我都坚持认为，自然之美绝对是由人类所创立的，就如同绘画或交响乐一样）是人类的努力所取得的最高成就，是人类之存在的正当理由，而认为艺术只能被经过拣选的极少数人所欣赏，给了我一种特别的满足感。不过这种想法早就已经让我大倒胃口了。我无法相信"美"是某个特殊阶层的封地，而且我倾向于认为，一种艺术表现形式如果只对那些经过特殊训练的人才有意义的话，那它就像它所吸引的那个特殊的人群一样毫不足取。一种艺术唯有在所有的人都能够欣赏的情况下才是伟大和有意义的。一个小团体的艺术只不过是种玩物而已。我不知道人们为什么要对古代艺术和现代艺术进行区分。艺术就是艺术。艺术是活生生的。通过论述与一件艺术品有关的历史、文化或是考古背景而试图赋予它生命，是没有意义的。一件雕塑是由一位古代的希腊人还是现代的法国人雕成的，并没有什么关系。唯一重要的是，它应该此时此地给我们以审美的悸动，而且这种审美悸动应该推动我们，产生效用。如果它不仅仅成为一种自我放纵的凭借和自我满足的理由，那它就一定会强化你的性格，使其更适合正确的行动。虽然我很不喜欢这样的一种推论，我却也不得不接受它；那就是：艺术品必须由其成果来进行评判，如果其成果不佳的话，那它也就没有价值了。而艺术家却只有在不刻意为之的情况下才能达到这样的效果，这很奇怪，却又是个事实，我也不知道该作何解释，但必须被当作事物的本质而加以接受。只有在他没有意识到自己在说教的时候，他的布道才是最为有效的。蜜蜂只为了自己的目的生产蜂蜡，而并不知道人类会把它用于各种途径。

## 七十七

看来,不论是"真"还是"美",要说它们有什么内在价值的话是不可能了。那么"善"呢? 不过在我谈"善"之前,我想谈谈"爱";因为有些认为它已经将其他三种价值全都包括在内的哲学家,认为"爱"是人类最高的价值。柏拉图主义和基督教精神联合起来,赋予了它一种神秘主义的重要意义。"爱"这个字眼所引发的联想也为其平添了一种情感色彩,使它比单纯的"善"更加激动人心。相形之下,"善"就显得有点乏味了。但是"爱"有两层含义:纯粹而简单的爱,也就是性爱;以及仁爱。我想,就连柏拉图也并没有明确地将这两者区分开来。在我看来,他似乎将伴随性爱而生的狂喜、权力感、活力增强的感觉也归到了另一种他称为"天堂之爱"的身上,而我更愿意称其为仁爱;而由此,就以"世俗之爱"那无法根除的"恶"感染了"天堂之爱"。因为"爱"会消逝。"爱"会死亡。人生的大悲剧不在于人会死亡,而在于他们会停止去爱。生命中并非最小而又几乎无计可以阻止的一桩"恶"就是你爱的人不再爱你了;拉罗什富科[①]发现,在两个爱人之间,总有一个爱对方而另一个让自己被对方爱,他把这个发现以一句箴言表述出来,认为这种不和谐必定会妨碍人们在爱中获得完美的幸福。不管人们是多么憎恶这一事实,多么愤怒地拒绝接受,这个确定无疑的事实就是,"爱"是依靠性腺的某种分泌物而存在的。绝大多数人的性腺并不会无限持续地受到同一对象的刺激,而且随着年事日高,性腺也会萎缩。人们在这一问题上非常虚伪,不愿意面对现实。他们会欺骗自己说,当他们的爱已经衰减为他们所谓的坚实而又持久的温情以后,他们会心满意足地接受下来的。就好像温情和爱真有什么关系似的!温情是由习惯、利益的一致、便利性以及有人陪伴的需要而创造出来的。它更多的是一种慰藉而不是一种兴奋。我们是一种变化的生物,变化就是我们呼吸的空气,难道我们最强烈的一种本能有可能免受这一法则的制约吗?今年的我们跟去年已经不是同一个人了,我们爱的人也是一样。如果一直在变化中的我们继续去爱一个变化了的人,那是个幸运的偶然。多数情况下,已经不一样的我们仍会付出决绝而又悲惨的努力,在一个已经不一样的人身上去爱那个我们曾经爱过的人。只是因为爱的力量在攫住我们的时候显得如此强大,我们就说服自己,认为它能永远持续下去。在它减弱的时候,我们会感到羞愧,而且因为受到了欺骗,会为我们的软弱而责备自己,而其实我们应该将我们内心的变化当作我们人性的自然结果接受下来。人类的经验已经使得他们以一种混杂的感情来看待爱了。他们怀疑它。他们经常赞美而又同样经常地诅咒它。为自由而奋斗的人类灵魂,除了很短暂的时刻以外,都会把爱所要求的自我屈从看作神恩的失落。它所带来的幸福可能是人类所能得到的最大的幸福,可是它又极少、极少是纯粹的。它所写下的故事基本上都有个悲伤的结局。很多人怨恨它的力量,愤怒地祈祷从它的重负中解脱出来。他们拥抱他们的锁链,可因为知道它们是锁链,所以也憎恨它们。"爱"并不总是盲目的,所以很少有比全心全意去爱一个你明知并不值得去爱的人更加悲惨的事了。

但仁爱并没有染上"爱"那无可补救的缺点——短暂。它并非

---

① 拉罗什富科(Duc François de La Rochefoucauld,1613—1680),法国箴言与回忆录作家,出身法国著名的贵族世家,著有《箴言录》五卷,以善于剖析人性、愤世嫉俗著称。

全无性爱的元素,这是事实。它就像是跳舞;你是为了那节律性运动本身的愉悦去跳的,而不会一定是希望和自己的舞伴上床;但只要和舞伴上床并非一件令人不能接受的丑事,那它本身也就成为一项令人愉快的运动了。在仁爱当中,性本能得到了升华,但也把自身温暖的成分和充满活力的能量赋予了仁爱。仁爱是"善"中更好的那一部分。它为"善"所包含的那些较为严厉的特质加上了一层慈悲的光彩,使得践行自我控制和自我节制、耐心、纪律和宽容这些较小的美德变得稍微不那么困难了一些,而这些美德都是"善"当中消极而又不那么令人兴奋的元素。在这个表象的世界里,"善"似乎是唯一一种可以宣称其自身就拥有一种目的的美德。美德就是它自身的回报。我很惭愧,居然得出了这么普通的一个结论。出于追求效果的本能,我原本更喜欢以某种惊人而又似是而非的宣言,或是以我的读者窃笑着当作我的典型特色的冷嘲热讽来结束本书的。相比于你在任何习字簿上看到的或是讲道坛上听到的,我似乎并没有更多的东西可以说。我绕了一大圈子以后所发现的,不过是每个人都已经知道的东西。

　　我极少有什么敬畏感。这世上敬畏感未免太多了些。很多并不值得敬畏的东西也要求人们敬畏。它经常也不过就是我们对于那些不愿意产生积极兴趣的东西所表示的一点常规的敬意。对于过去那些伟大的人物——但丁、提香、莎士比亚、斯宾诺莎——我们能够给予的最好的敬意不是对他们表示敬畏,而是把他们当作我们的同代人那样,以相应的熟不拘礼的态度去对待他们。这样,我们就给了他们我们所能给予的最高礼赞;我们对待他们那熟不拘礼的态度正说明他们对我们而言仍旧是活生生的。可是当我偶尔和真正的"善"不期而遇时,我发现敬畏之情会从心底里油然而生。这时,这"善"的极为罕见的拥有者哪怕有时不像我所希望的那么有头脑,似乎也就并不十分要紧了。我小时候在碰到不快乐的时候,经常会夜复一夜地梦到我在学校的生活不过是一场梦,我醒来后就会发现自己重又回到自己家里和母亲生活在一起了。她的死是一道五十年的时光都没有完全愈合的伤。我已经很久都不再做这个梦了;可我从来就没有完全失去这样一种感觉,即我的生活就是海市蜃楼,我在里面做这做那,是因为它就该是这样的结果,可是即便当我在其中饰演我的角色的时候,我还是能够远远地看着,知道那不过是个海市蜃楼。当我回顾自己的人生,回顾其中的成功与失败,无尽的错误、欺骗与成就,欢乐与悲哀时,在我看来,它很奇怪地缺乏一种现实感。它虚幻而又轻飘。也许是因为我那找不到任何憩息之地的心灵,对于那和我的理性没有任何交集的上帝和不朽有着某种深深的、祖传的渴望。由于缺少任何更美好的东西,有时我似乎会假装认为我在自己的人生道路上所遇到的那些为数不少的人身上见识到的"善",是具有现实性的。也许我们在"善"中能够看到的,不是人生的理由或者对于人生的解释,而只是一种意存偏袒的辩解。在这个冷漠的宇宙中,从摇篮到坟墓,我们无不为不可避免的"恶"所包围,"善"所能够充当的,也许并不是一种挑战或是回答,而是对我们自己那独立自主的一种肯定。它是幽默面对命运那悲剧性的荒诞做出的反击。不同于"美",它能够在做到完美的同时而并不令人生厌,而且它比"爱"更伟大,时间并不能消损它的快乐。可是"善"是在正确的行为中得以显现的,而在这个无意义的世界里谁又能说得出什么才是正确的行为呢?那并非以幸福为目的的行为;如果幸福由此而产生的话,那只是个幸运的偶然。我们知道,柏拉图盼咐他的智者放弃沉思默想的宁静生活,投身于实际事务的喧嚣之中,从而将对于责任的要求置于了对幸福的渴望之上;而我想,我们所有的人有时候都会因为它是对的而选定了一种生活的道路，虽然我们都很清楚它既不能在当下也不能在未来为我们带来幸福。那么到底什么才是正确的行为呢？就我个人来讲，我所知道的最佳答案是由路易斯·德·莱昂修士①所给出的。要理解它看起来并不会太难，人性的弱点不至于因为超出了自己的能力而畏缩不前。我可以用它来归结这本书。生命之美，他说，也不过就是每个人都应该以符合其天性和职分的方式去行动。

---

① 路易斯·德·莱昂修士（Fray Luis de León，1527—1591），西班牙神秘主义者、诗人，曾给予西班牙文艺复兴时期的散文和诗歌以重大影响。

## 《总结：毛姆创作生涯回忆录》编辑后记

戴斯蒙·麦卡锡（Desmond MacCarthy）在一九三四年一篇回忆毛姆的文章里写道，小说家要建立一流声望，须同时做到两点：取悦大众（delight the many），讨好"精英"（satisfy the discriminating few）。有些作者选择先让专业人士惊艳，另一些则直接追求更广泛的认同。那种由小圈子向外扩展的声名，随着周界（circumference）变大，中心部分会逐渐式微（die away at the centre），麦卡锡在文章里接着说，像巴尔扎克、狄更斯那样，先征服广大读者，再赢得那些自认为人贵言重的评论界权威不情不愿的赞赏，或许是确保持久声望更为稳妥的办法。文学家的成名方式是个人经营更是机缘，是命数，殊途难同归。毛姆的成名之路在他看来大致属于第二种。

麦卡锡是毛姆眼中英国唯二认真对待他作品的重要评论家——另一位是西里尔·康诺利（Cyril Connolly）。他对《人生的枷锁》《客厅里的绅士》的点评有情、有识，想必让作者引为知音，但他说毛姆在文坛地位稳固（his position in the world of letters is now so sure），恐怕只可视作友情的偏爱了。评论界对毛姆从来不友好，在出版于一九三八年的《总结》里，他写过这样一段话：

> 我二十岁的时候批评家说我野蛮，我三十多岁的时候他们说我轻薄，我四十多岁的时候他们说我冷嘲，我五十多岁的时候他们说我能干，如今我六十多岁了，他们又说我肤浅。

"我对自己的文学地位不抱任何幻想。"毛姆断言道。

《总结》由英国海涅曼出版社于一九三八年一月出版，两个月后尼尔森·道布尔迪公司推出了美国版，是毛姆酝酿多时、对他个人具有重大意义的写作生涯回忆录式作品，虽然他在全书开篇就澄清说"本书既非自传，也不是回忆录"。在《总结》的前半部分，毛姆详尽回顾了自己的作家职业生涯，后半部分则由他对人生各个阶段影响他思想的问题的探讨构成。写作《总结》时毛姆年近六十，初衷是为了立下作为作家的"遗嘱"，他眼看老之将至，虽说"一个人不会在他立完遗嘱以后马上就死掉的"，"立下遗嘱是为了以防万一"。事实上，他写完《总结》后又活了二十七年，期间更是写出了代表作《刀锋》。

从一八九二年至一八九七年，毛姆在伦敦圣托马斯医学院学医，并取得外科医师资格。他的第一部小说《兰贝斯的丽莎》即以他在伦敦平民窟为产妇接生的亲身经历写成。《兰贝斯的丽莎》在文坛引起了一些关注，可他随后创作的几部小说都乏人问津，便转而写作通俗戏剧，成为了在商业上大获成功的戏剧家。戏剧带来的名利并没有让毛姆放弃当小说家的念头。一九一三年，他暂停写戏，花两年时间写出了《人生的枷锁》，正式回归小说创作。之后的二十年是毛姆一生中最为高产的时期，小说、戏剧左右开工，直到一九三三年《谢佩》(Sheppey)上演失败，他从此完全转向小说。三十年后回过头来看这段历史，毛姆将自己第一次转型的成功首先归因于天赋："貌似我天生就拥有一种明晰晓畅的风格，知道怎么能写出轻松随意的对话。"与此同时，他认为自己的天赋存在明显缺陷："我几乎没有隐喻方面的天分；我很少能想到富有原创性的、引人注目的明喻。热情奔放的诗意和席卷一切的高妙想象都是我力不能及的。"

在语言风格上,毛姆推崇明晰、简洁和悦耳这三个特质(依重要性排列),"简洁和自然方是至真标志"。和大部分文章家一样,他也是经过了一系列模仿、探索和自我否定才形成自己的风格。年轻时,他反复琢磨沃尔特·佩特和王尔德的遣词造句,尽管他承认这都是些"贫血的东西",精巧的文辞背后是病态的品格,却难以抵挡华丽文藻的诱惑;后来他追慕"奥古斯都时代"的英国文学,热情研读斯威夫特和德莱顿等名家的作品,但又逐渐意识到,虽然斯威夫特的散文堪称无懈可击,但"完美"有一个严重缺点:容易变得乏味。约翰生博士(Samuel Johnson)能言善辩,与人交谈秉持理念"不要怕听者厌烦"(never be afraid to bore),毛姆则有个相反的理论,说作家落笔成文,要建立"比读者更为活跃的厌烦机能",要抢在读者之前率先感到厌倦,"必须时刻对过于风格主义的倾向保持警惕"。

对有些人来说,聊天既能活跃思维又能放松精神,毛姆却视社交往来为畏途。不管谈话对象无聊还是有趣,他都不愿在对方身上花费太多时间。他生性喜静不喜闹,主动与人群保持距离,比起跟人打交道,他宁可居家读书,他甚至说:"这个世界的歇斯底里使我感到厌恶,再也没有比置身一帮沉迷于剧烈的快乐或是悲伤之情的人当中更能让我体会到疏离感的了。"虽说毛姆素来不喜与人交往,却或许是个耐心的倾听者,更一定是个敏锐的观察者。他说自己不喜欢"整体意义上的人",但对"单个的个体"充满兴趣。人性的复杂与这种复杂在每个人身上造就的矛盾与反差,让他感到兴味盎然:

> 自私和厚道、理想主义和耽于声色、虚荣、羞涩、无私、勇气、懒惰、紧张、固执以及畏怯,所有这些都可能存在于一个人

身上,并能形成一种貌似讲得通的和谐。

毛姆不愿意评价人,而是满足于观察他们。他对人的兴趣主要出于职业的考虑,他将人看作对自己写作有用的素材,并不掩饰功利的目的:"如果从某人身上弄不到足够的材料,至少供我写一篇还读得下去的故事,我是不会和任何人共度一个钟头的时间的。"

第一次世界大战中,毛姆加入英国情报部门工作——这段间谍经历,不仅成为了出版于一九二八年的小说《阿申登》(Ashenden)的灵感,更让他体会到了旅行与独处的美妙。时常变化的空间为毛姆带来了一个又一个"完全新鲜的人",不停丰富着他小说家的人格。毛姆难以忍受周遭环境的一成不变,不愿自己的身心囿于一时一地,同样,也没有哪一种观念、哪一种信仰可以说服他抱定终生。幼时的毛姆一度是个虔诚的信徒,可很早就遭遇了信仰危机。陷入迷茫的他求助于经典作家的哲学和宗教著作,读柏拉图、读罗素、读基督教神秘主义作家,却始终没有得到答案。毛姆最终变成了一个不可知论者,认为"一个人信仰什么是无关紧要的"。他只愿意相信艺术,因为唯有艺术,才能解放艺术家的灵魂,"作家唯有在他自己的创作中寻求满足,才是真正保险的"。

《总结》出版后,名作家普利切特(V. S. Pritchett)和格林(Graham Greene)都给予了好评,也很受读者欢迎,美国版面世不久销量就达到了十万册。当然,想从书里捡拾文坛八卦的读者可能会失望,借由《总结》,毛姆是想给自己规划的"人生范式"(a pattern of my life)勾画出一个完整的轮廓,"因为完整的人生、完美的范式除了青年和成熟的壮年以外,也应该包括老年在内"。毛姆此书是以一贯的自我贬低口吻写就的,他说唯一有价值的生存方式就是个体

完整的生存,随后又轻描淡写地多少否定了"范式"的作用和意义:

  它只是因为我是个小说家而为无意义的生活所强加的某种东西。为了让我自己开心,为了满足我那类似一种机体需要的感受,我按照某种特定的规划设计来有意地塑造我的生活:有开端、有中段、有结局,就像我根据在这里和那里碰到的各色人等来构思出一出戏、一部长篇或是一个短篇一样。

  言下之意,他遵行的"范式"是为自己量身定制的:心无旁骛地写作,全情投入地生活——"虽然罗马正在燃烧,我们仍旧只能一如既往"。至于对别人的借鉴意义,毛姆虽不见得会在乎,却浓缩在了全书结尾他引用的路易斯·德·莱昂修士(Luis de León)的名言中:"生命之美,也不过就是每个人都应该以符合其天性和职分的方式去行动。"

顾 真

W. Somerset Maugham
THE SUMMING UP

图书在版编目(CIP)数据

总结：毛姆创作生涯回忆录／（英）毛姆（W. Somerset Maugham）著；冯涛译．—上海：上海译文出版社，2021.5
（毛姆文集）
书名原文：The Summing Up
ISBN 978-7-5327-8552-0

Ⅰ.①总… Ⅱ.①毛… ②冯… Ⅲ.①回忆录－英国－现代 Ⅳ.①I561.55

中国版本图书馆 CIP 数据核字(2021)第 070704 号

总结：毛姆创作生涯回忆录
〔英〕毛姆／著 冯 涛／译
责任编辑／顾 真 装帧设计／张志全工作室

上海译文出版社有限公司出版、发行
网址：www.yiwen.com.cn
200001 上海福建中路 193 号
浙江新华数码印务有限公司印刷

开本 850×1168 1/32 印张 9 插页 6 字数 180,000
2021 年 5 月第 1 版 2021 年 5 月第 1 次印刷
印数：0,001—8,000 册

ISBN 978-7-5327-8552-0/I・5267
定价：52.00 元

本书中文简体字专有出版权归本社独家所有，非经本社同意不得转载、摘编或复制
本书如有质量问题，请与承印厂质量科联系。T：0571-85155604